KB072820

레전드급 전생자

레전드급 전생자 4

홍성은 퓨전 판타지 소설

초판 1쇄 찍은 날 § 2021년 4월 7일
초판 1쇄 펴낸 날 § 2021년 4월 14일

지은이 § 홍성은
펴낸이 § 서경석

총괄팀장 § 노종아
편집책임 § 강서희
디자인 § 스튜디오 이너스

펴낸곳 § 도서출판 청어람
등록번호 § 제387-1999-000006호
등록일자 § 1999. 5. 31
어람번호 § 제1-3129호

주소 § 경기도 부천시 부일로 483번길 40 서경B/D 3F (우) 14640
전화 § 032-656-4452 팩스 § 032-656-4453
http://www.chungeoram.com
E-mail § chungeorambook@daum.net

ⓒ 홍성은, 2021

ISBN 979-11-04-92334-0 04810
ISBN 979-11-04-92312-8 (세트)

※ 파본은 구입하신 서점에서 교환하여 드립니다.
※ 저자와 협의하여 인지를 붙이지 않습니다.
※ 이 책은 도서출판 청어람과 저작자의 계약에 의해 출판된 것이므로,
   무단 전재 및 유포·공유를 금합니다.

청람
도서출판

레전드급 전생자 4

홍성은 퓨전 판타지 소설

USION FANTASTIC STORY

목차

제1장
—

왕의 귀환 II

뭐가 어떻게 된 건지 설명이 필요할 것 같다.

하지만 사실 나도 잘 모른다.

내 인식으로도 눈을 한 번 깜박거렸더니 괴도가 갑자기 사라지고, 그 직후에 바닥에 피를 뿌리며 나뒹굴었다는 게 전부였으니까.

물론 눈으로 직접 보지만 못했을 뿐, 이론상으로는 안다.

단검.

바이론이 뭘 하기 전에 계속 허공에다 대고 그은 저 묵빛의 단검에 수수께끼가 다 담겨 있다.

나는 재빠르게 움직여 괴도의 손에서 단검을 빼앗고 놈을 묶었다. 이 단검을 또 쓰게 만들면 일이 복잡해진다.

내가 단검을 손에 넣자, 라플라스가 단조로운 어투로 내게 설명했다.

─[어둠장막의 단검]입니다. 3야급 흑법사가 다룰 수 있는 자원인 [응축된 어둠]을 축적시킨 후 허공을 베면 일정 시간 동안 소유자의 행동을 이 세계의 존재가 인식하지 못하게 됩니다.

나와 케네스가 괴도의 접근을 인지하지 못한 것도, 괴도가 모습을 드러낸 이후에도 순간적으로 괴도가 아예 이 세상에서 사라진 것처럼 보인 것도 이 단검의 능력 때문이다.

설명만 들으면 무적처럼 보이는 단검이지만, 약점이 없는 건 아니다.

먼저 초월적 인지능력을 지닌 4검급 이상의 기사에게는 통하지 않는다. 그리고 4마급 이상의 고위 마법사와 4성급 이상의 술법사도 이런 류의 능력에 대처할 수 있는 방법이 있다고 한다.

하지만 나는 4검급도 4마급도 4성급도 아니었기 때문에, 다른 약점을 찔러야 했다.

그 다른 약점이란 바로 단검의 효과가 '이 세계의 존재'에 한정된다는 점이다. 이 말인즉슨, 이 세계의 존재가 아닌 정령에게는 효과가 없다는 소리다. 즉, 끼릭이나 반짝이는 단검의 효과에 걸리지 않은 채 괴도의 접근을 눈치챌 수 있다는 의미이기도 했다.

물론 3야급의 흑법사가 펼친 그림자 숨기는 정령마저도 속일 수 있다. 그러니 단검의 효과를 발동시킨 후 그림자 숨기까지 펼쳤다면 이야기가 달라질 수도 있었다.

상대가 끼릭이가 아니었다면 말이다.

그런데 공교롭게도 끼릭이는 스코프로 몸을 숨긴 적도 찾아낼 수 있다. 끼릭이야말로 단검을 지닌 괴도의 완전무결한 카운 터인 셈이다.

따라서 나는 미리 끼릭이를 소환해 숨겨두고, 괴도가 나를 습격하면 쏴버리라는 명령을 내려놓았다.

그리고 끼릭이는 훌륭하게 명령을 수행해 주었다.

이게 방금 일어난 일의 전말이다.

만약 내가 4겹급 이상의 기사거나 비슷한 수준의 다른 초월자 였다면 이런 복잡한 방법을 쓸 필요가 없었겠지만, 애석하게도 내겐 그런 힘이 없었기 때문에 카운터가 되는 상성으로 잡을 수 밖에 없었다.

하지만 뭐, 아무렴 어떤가.

내가 이겼는데.

'이것 때문에 이 해결책 가격이 10루블인 거지?'

나는 바이론으로부터 빼앗은 단검을 슬쩍 각성창 안에 집어넣 으며 라플라스에게 물었다.

―맞습니다.

이 강력한 효과의 단검이 이번 일의 전리품이었기에 이 해법 의 가치가 10루블이나 됐던 거다. 이것도 필수적인 정보만 내게 전달할 때의 가격이었으니, 예상치 못한 변수가 발생하면 내가 직접 해결해야 했다.

예를 들어 괴도가 케네스의 목을 그을 가능성이 있는지, 이런 일이 일어났을 때 어떻게 해야 하는지에 대해선 라플라스가 전혀 알려주지 않았으므로 내가 알아서 해야 했다.

더불어 끼릭이의 트리거를 '괴도가 나를 습격할 때'로 해두었기 때문에, 괴도가 가보만 들고 가버리면 아무것도 못 하고 괴도를 놓칠 수도 있었다. 그래서 나는 최대한 놈을 도발하고 격앙시켜서 날 공격하도록 만들 필요가 있었다.

이런 저런 변수는 있었지만 내 시도는 성공했고, 결과가 이것이다.

생존. 승리. 전리품.

훌륭하다.

"여기! 빨리 신관을 불러!"

나는 괴도를 제압하면서 멀리 물러나 있던 하인들에게 소리쳐 지시했다.

자기들도 모르는 새 피를 뿌리며 쓰러진 주인을 보며 하인들은 허둥거렸지만 곧 몇 명은 저택 바깥으로 달려 나가고 몇 명은 주인에게 달려들어 응급처치를 시작했다.

"끄, 끄윽……. 저, 전하……."

케네스는 헛것이라도 보듯 손을 들어 올리면서 무슨 말을 했다. 그런 케네스를 보면서 나는 직감적으로 느꼈다.

어, 이거 그냥 내버려 두면 죽겠는데.

"전하……. 부디… 보중하시길……."

아마 주마등으로 이미 죽은 루브스라도 보고 있는 모양이다. 아니면 루브스가 저승에서 케네스를 마중 나왔든지.

아, 이거 이러면 마음이 좀 약해지는데.

내가 직접 성법을 쓰면 바로 치료해 줄 수 있겠지만, 그러면 자동적으로 헤일로가 머리 뒤에 뜨는 게 문제다. 하인들도 보고 있는데 루브스 페르핀이 성법을 쓰는 모습을 보일 순 없다.

"주인님! 이럴 수가……. 주인님께서……!"

"큭……. 이봐, 너. 작은 주인님을 모셔 와!"

내가 내심 갈등하고 있는 새, 하인들의 목소리가 들렸다.

그때, 나는 각성창 안에 있는 어둠장막의 단검의 존재를 떠올렸다. 당연한 건지 어떤 건지는 모르겠지만 단검도 유물이었다. 사용법을 깨달은 나는 바로 단검을 사용했다.

다음 순간.

"어, 어!"

하인들이 놀라 외쳤다.

"주인님께서… 회생하셨습니다!"

"이건 기적입니다! 주인님, 주인님!"

음, 좋아. 내가 성법을 쓰는 건 아무도 못 본 모양이로군. 다행이다.

설명하겠다. 나는 [어둠장막의 단검]의 효과를 써서 사람들의 인지에서 벗어난 후, 치료 성법을 사용해 케네스를 죽지 않을 만큼만 치유시켰다.

물론 나는 3야급 흑법사가 아니기 때문에 [응축된 어둠]을 다룰 수 없지만, 이 단검에는 괴도가 미리 주입시켜 놓은 [응축된 어둠]이 약 15초 분량 정도 남아 있었다. 그래서 그중 5초 정도만 써서 성법을 사용한 게 이 일의 전말이다.

―새 주인님께선 좋은 분이시로군요.

'그러지 마라.'

안 그래도 내심 내 작은 이득을 위해 사람의 목숨을 갖고 저울질했다는 생각에 자괴감을 느끼고 있었던 터라, 라플라스의 칭찬을 솔직하게 받아들이기 어려웠다.

─그래도 남을 위해서 한정된 자원을 써버리는 건 아무나 할 수 있는 일은 아니에요.

'어차피 일주일 정도 있으면 없어져 버릴 텐데 뭐.'

단검에 저장된 [응축된 어둠]은 시간의 흐름에 따라 천천히 휘발되어서 없어진다. 라플라스는 아직 설명하지 않았지만, 트레저 헌터의 힘이 내게 알려주었다.

'게다가 내가 3야급 흑법사가 되면 다시 채워 넣을 수 있는 자원이잖아.'

그러니 한정된 자원이라는 라플라스의 말은 틀렸다.

더욱이 혹시 케네스를 깨끗하게 치유시켜 버리면 바이론의 죄가 깎일지도 모른다는 생각에, 나는 일부러 완전히 치료하지 않고 말 그대로 숨만 붙여놓았다.

이게 좋은 사람이 할 짓인가? 난 아닌 것 같은데.

─자기 이득을 위해 남의 죽음도 그냥 두고 보는 사람도 많은데, 이 정도면 충분히 선량하신 겁니다.

아무래도 라플라스가 지닌 선량함의 기준은 꽤나 낮은 듯했다. 수십만 번에 걸친 대현자의 삶이 반영된 결과라고 생각하면 인간이라는 종의 밑바닥이 보이는 것 같아 쓸쓸함이 느껴진다.

급하게 이쪽으로 뛰어 오는 신관의 모습을 바라보며, 나는 한숨을 내쉬었다.

*　　　*　　　*

이번에는 내가 바이론을 쉽게 쓰러뜨린 것 같지만, 이건 어디까지나 사전에 공략을 숙지한 덕이다.

만약 사전 지식이 없었다면 여기서 몇 번을 죽어나가도 이상하지 않을 정도로 어려운 상대였다. 아니, 사실 사전 지식이 있었음에도 불구하고 막상 바이론을 맞닥뜨리고 나니 뭐가 어떻게 된 건지 제대로 이해하지 못했다.

계획을 짜고 실행한 나 자신도 뭐가 어떻게 된 건지 모르는 새 어쩌다 보니 바이론이 쓰러져 있었다는 감각에 가까웠다.

그러나 나는 라플라스를 통해 바이론을 어떻게 상대해야 하는지 이미 알고 있었다. 또한, 정령법을 통해 이 세계의 존재가 아닌 정령을 부릴 수 있었다.

사전 공략 정보와 그것을 행동에 옮길 수 있을 만한 수단, 이 두 가지를 모두 만족시켰기에 나는 바이론을 상대로 나도 인지하지 못한 새에 승리를 거둘 수 있었다고 자평할 수 있겠다.

—죽음을 극복하셨습니다.

나는 이번에도 극복해 냈다. 그리고 달콤한 승리의 보상을 손아귀에 움켜쥐었다.

경조사비도 경조사비지만, [어둠장막의 단검]이 얼마나 강력한 무기인지 상대해 보기도 하고 사용해 보기도 한 덕에 나는 내가 이번에 얻은 이득이 얼마나 큰지 쉽게 이해할 수 있었다.

10루블을 투자해서 [어둠장막의 단검]과 함께 20루블을 벌어들였으니 이번 장사는 흑자 중에 흑자다.

'아주 만족스럽군.'

게다가 이번에 본 이득은 이걸로 끝이 아니다.

―축하드립니다, 새 주인님. 이것으로 100%가 되었습니다.

라플라스의 목소리가 나를 기쁘게 했다. 여기서 100%라는 건 물론 바이론이 괴도 늑대거미 가면으로 붙잡힐 가능성에 대한 것이었다.

사실 라플라스가 말해주지 않아도 알 수 있는 일이긴 했다. 당장 눈앞에서 아직 괴도의 가면을 쓴 채인 바이론이 도시 경비병들에 체포되어 연행되는 장면이 벌어지고 있었으니 말이다.

―이것으로 세상에는 괴도의 정체가 바이론이었다는 것으로 알려지게 될 겁니다.

'그럼 이제 루브스의 신분을 자유롭게 활용할 수 있겠군.'

되새겨 보자면 이번 일을 벌인 당초의 목적이 루브스의 신분 세탁이었다. 이제 와서는 단검보다 임팩트가 떨어지는 감이 좀 있긴 하지만, 새삼 감회가 깊다.

정작 바이론을 연행해 가는 경비병들은 아직 괴도의 정체에 대해 깨닫지 못한 듯했다. 하지만 나를 보고 움찔하는 걸 보니, 그들도 루브스 괴도 설에 대해 알고 있는 눈치였다.

"우리 가문의 가보를 훔치려 든 절도죄와 나를 죽이려 시도한 살인미수죄를 같은 자리에서 저지른 현행범이다. 똑바로 체포해!"

케네스 하이넥이 고래고래 소리 지르는 모습이 보였다.

노친네, 정정하기도 하지.

목에서 뿜어져 나왔던 대량의 혈액으로 옷 앞섶이 붉게 적셔진 상태고, 단검으로 베인 상처가 아직 아픈지 손으로 상처 자국을 붙잡고 있음에도 꽤나 기운찬 모습이다.

비록 하인들의 부축을 받은 상태기는 하지만 내 빠른 응급처치와 신관의 기도술에 힘입어 벌써 저렇게 일어서서 소리를 질러댈 정도로 회복되었다.

저 노인은 괴도의 정체가 바이론인 걸 알고 있는지 모르겠다. 자기 상급자이자 어찌 보면 왕을 상대로 저렇게 소릴 질러대다니.

뭐, 지금은 알고 있어도 모르는 척해야 할 국면이긴 하니 차라리 저러는 게 맞는 건지도 모르겠다.

반면 연행되는 바이론 쪽은 다 끝났다는 듯 고개를 푹 떨군 채 아무 말도 하지 않고 있었다. 조금쯤은 반항할 줄 알았는데 그런 모습도 보이지 않았다.

"감사합니다, 시장님. 덕분에 목숨을 건졌습니다."

뭐가 어떻게 돼서 이렇게 된 건지도 모를 터임에도 불구하고, 케네스 하이넥은 내게 다가와 허리까지 숙이면서 감사 인사를 속삭였다.

노인의 속삭임을 듣는 건 그리 유쾌한 일은 아니었기에 나는 그냥 못 들은 척하고 말았다. 사실 뭐라 대꾸해야 하는지도 애매하기도 하다.

―죽음을 극복하셨습니다.

그런데 의외의 메시지가 라플라스로부터 날아왔다.

'아니, 이 노인한테 살해당한 적도 있단 말이야?'

―당연하죠, 이 도시의 실권자인데요.

라플라스가 그렇다면 그런 거겠지.

"하……."

나는 굳이 깊이 생각하지 않기로 했다.

＊　　　　＊　　　　＊

다음 날, 시티 오브 페르핀은 한층 더 소란스러워졌다.

그럴 만도 했다. 호외라고 나온 기사의 내용이 내용이었으니.

케네스 하이넥이 괴도 늑대거미 가면에 의해 살해당할 뻔했다. 더욱이 그 자리에는 루브스 페르핀도 있었으며, 루브스 또한 괴도에게 공격을 받았다. 그러나 괴도는 루브스에 의해 제압당했고, 체포당했다.

한 줄만으로도 도시 전체를 뒤흔들 만한 소식이었는데, 그러한 소식이 세 줄이나 이어졌으니 소란스럽지 않고 배기겠는가.

더욱이 소식에서 언급된 세 이름이 모두 거물이었다.

이 도시의 진정한 실세라 불리는 케네스 하이넥. 15년 전의 이 도시를 기억하는 이들에게는 잊을 수 없는 이름, 루브스 페르핀. 마지막으로 갖가지 전설을 남기고 도시의 역사에 이름을 새기고 사라졌다 갑작스레 돌아온 괴도 늑대거미 가면.

이들이 죽고 죽이는 혈전을 펼쳤다는 소식은 자극적이어도 너무 자극적이었다.

그러나 이러한 소식들을 모두 아무것도 아닌 것처럼 만들어 버릴 엄청난 진실이 드러났다.

―속보! 괴도 늑대거미 가면의 정체는 바이론 페르핀!

그것은 바로 갑자기 튀어나온 시티 오브 페르핀 현 시장의 이름이었다. 아주 의외라 할 수 있는 이름은 아니었으나, 작은 문제라고는 할 수 없었다.

—바이론 페르핀, 살인미수로 기소당해…….

—유죄로 판명될 경우 시장직 박탈도 있을 수 있어

시티 오브 페르핀의 시민들에게 있어 이러한 소식들은 이제 더 이상 흥미진진한 이야깃거리가 될 수 없었다. 앞으로 다가올 격랑, 그리고 그로 인해 벌어질 혼란은 시민들에게 있어 피할 수 없는 현실이었으므로.

그러나 시민들에겐 희망이 있었다.

마침 루브스 페르핀이라는 존재가 도시에 귀환해 있는 상태였으므로.

—루브스 페르핀, 다시 시장직에 앉는가?

누군가가 대담하게 먼저 가능성을 제기하자, 다른 이들이 기다렸다는 듯 화답하기 시작했다.

—진정한 왕께서 돌아오시다!

—신이시여, 우리의 왕을 굽어살피소서!

개중에는 다소 성급하게 선을 넘는 이들도 보였으나, 그다지 비난을 받지 않은 건 이 일이 곧 현실로 이뤄지리라 믿는 사람이 그만큼 많았기 때문이리라.

제2장

—

페르판을 떠나며

시티 오브 페르핀 법원은 피고가 시장 바이론 페르핀인 걸 알고, 원칙에 따라 라틀란트 제국 중앙에 재판관을 보내줄 것을 요청했다.

그렇게 급히 불려 온 재판관은 제국 중앙 상부로부터 가급적 은밀하게 이 일을 묻어버리라는 사주를 받고 왔지만, 이미 상황은 그럴 수 없을 정도로 크게 번져 있었다.

먼저 정황증거가 완벽했다. 괴도의 복장을 차려입고 무단으로 하이넥 가문의 토지에 발을 들인 바이론. 저택의 응접실에 뿌려진 피. 쓰러진 케네스 하이넥.

더군다나 주요 증인이 신성 교단의 신관이었다. 피습당한 케네스의 상처를 치유하면서 그가 본 것들을 그대로 진술하기만 해도, 이 모든 일들이 실제로 벌어졌던 일임을 이해하기엔 부족함이 없었다.

이 증언들을 묵살하려면 교단과 맞대결을 해야 하는데, 일개 재판관에겐 지나치게 버거운 일이었다.

설령 신관의 증언을 묵살하더라도, 증인은 신관 하나가 아니었다. 원래대로라면 시장의 편이어야 할 경비병들의 증언도 모두 일치했다.

도시의 경비병들은 자신들이 체포한 이가 자신들의 시장인지도 모른 채 괴도인 줄 알고 끌고 왔고, 당시의 일을 증언한 것에 불과했으니 죄를 물을 수 없다.

이미 그 증언들이 보고서 형식으로 기록되어 올라갔으니, 그 기록을 말소하고 증인들의 입을 다물게 하기엔 시간이 지나치게 지나 버렸다.

바이론이 빠져나갈 구멍이라곤 없었다.

바이론 페르핀은 유죄였다.

아무리 변경의 왕이라고까지 불리는 권력을 갖고 있다 한들, 이렇게까지 뚜렷한 증거와 증인들의 증언을 앞에 두고도 이러한 범죄를 없던 일로 하는 것은 불가능했다. 사람들의 눈과 귀는 너무 많았고, 그들 대부분이 쉴 새 없이 떠들고 있었다.

결국 재판관이 할 수 있었던 건 바이론으로 하여금 재심을 신청하도록 하고 제국 중앙으로 그를 압송하는 것이 전부였다. 물론 이건 해결책이 아니라 지연책에 불과했지만, 재판관으로서는 이 일의 책임을 상부에 전가할 수 있을지도 모른다는 가능성에 매달려야만 했다.

그렇게 모든 절차는 번갯불에 콩 구워 먹듯 처리되었고, 바이론은 라틀란트 제국 중앙으로 압송되게 되었다.

* * *

바이론은 제국 중앙으로 향하는 배에 실려 시티 오브 페르핀을 떠났다.

절도에 살인미수를 저지른 범죄자임에도, 바이론은 귀족이기에 선상 감옥에 들어가지는 않았다. 그의 처우는 귀족의 품위를 손상시키지 않는 선에서 이뤄졌다.

꽤 넓고 가구가 갖춰진 방에 머무르며 원하는 음식은 대부분 먹을 수 있는 환경이 주어졌다. 두 명의 경비병을 동반한다면 배위를 자유롭게 산책하는 것도 가능했다.

점심 식사로 늘 먹던 생선구이에 치즈와 와인을 곁들여 먹은 바이론은 푹신한 소파에 몸을 파묻은 채 아무것도 하지 않았다. 그러다 보니 그러려 하지 않아도 자연히 생각이 떠올랐다.

어디서부터 무엇이 잘못된 걸까.

'아니야.'

바이론은 고개를 저었다.

'나는 틀리지 않았어.'

그렇게 생각하려 애썼다.

'이게 다 아버지 때문이야.'

자신이 죽이려 든, 그 피도 섞이지 않은 양아버지 때문이다.

'내 탓이 아니야.'

그러나 다음 순간, 바이론은 떠올리고 말았다.

"바이론 페르핀."

그것은 아마도 20년 전의 기억. 바이론이 처음으로 페르핀이라는 이름으로 불렸을 때의 일이었을 것이다.

"네 탓이 아니다."

자신을 처음 페르핀이라 불러준 이는 루브스 페르핀.

그의 양아버지였다.

그리고 그때 왜 루브스가 그를 이름으로 불렀는지, 마치 아침 안개가 햇살에 녹아 사라지며 시계가 확 밝아지듯 모든 것이 생각났다.

"네가 그런 폭언을 들은 건 네 탓이 아니다."

아버지의 연인이었던 여자가 있었다. 미천하지는 않지만 딱히 귀족도 아닌 그 여자는 아버지의 아이를 꼭 낳을 거라 주장하고 있었다. 그렇게 낳은 아이로 페르핀 가문을 잇게 만들 거라는 망상에 가까운 야망을 품은 여자에게 있어, 바이론은 눈엣가시인 존재였으리라.

"넌 페르핀이 될 수 없어! 천것아!"

바이론에게 폭언을 퍼붓고 뺨을 때린 건 그런 이유였을 거고, 나중에야 이해할 수 있었다.

하지만 그때는 아직 어렸던 데다 며칠 전까지 고아였던 바이론이 그런 걸 알 수 있을 리 없었다. 양어머니라고 생각했던 여자에게 폭언과 폭력을 당하고 어찌할 바를 모르다 그냥 그 자리에 멍하니 굳어버리고 말았다.

루브스가 나타난 게 그때였다. 격노하여 연인이었던 여자를 내쫓고, 아들이 된 지 얼마 되지 않은 소년을 붙잡고 그는 이렇게 말했다.

"너는 아무 잘못이 없단다."

아버지가 화를 낸 게 자신의 탓인 것 같은 마음에 벌벌 떨던 아이는 그런 말에 울어버리고 말았다. 어째서 울음이 터진지도 모른 채 계속해서 울던 바이론을 루브스가 안아주었다.

분명 그랬을 때도 있었다. 내게도 진짜 아버지가 생겼다고 가슴 벅차하던 때도 있었고, 진심으로 루브스 페르핀을 따르던 때도 있었다.

그럼에도 불구하고.

"내가 그를 죽였어."

그 혼잣말은 무의식적으로 새어 나왔다.

"내가… 그를……!"

바이론은 자신의 혼잣말에 놀라 고개를 들었다. 왜 까맣게 잊고 있었던 걸까.

루브스가 먹던 물잔에 독을 넣은 건 바이론이었다. 술도 거의 마시지 않고 향이 강한 음료도 마시지 않아, 무색무취의 독을 구하는 데에 고생한 것도 기억이 난다. 확실하게 독을 먹이기 위해 몇 번을 연습하고 실험했던 것도, 드디어 독을 먹이고는 성공했다며 기뻐한 것도.

이제야 망각의 저편에서 되살아난 기억에, 루브스는 양팔로 머리를 감싸 쥐었다.

독을 먹은 루브스는 시티 오브 페르핀을 떠났고, 다시 돌아오지 않았다.

지금 시티 오브 페르핀에 있는 루브스가 가짜라고 생각한 이유는 직감 같은 게 아니라, 자신이 죽여 없앴다고 믿어 의심치 않았기 때문이었다.

"내가……! 내가 아버지를……!!"

한번 풀어지기 시작한 기억의 타래는 걷잡을 수 없는 기세로 그를 망각의 늪에서 건져내었고, 답답하게 낀 안개를 걷어내었다. 그러나 그렇게 해서 보인 것은 결코 아름답지 않았다.

"루브스를 죽여라."

갑작스레 떠오른 여자의 목소리. 그 여자가 바이론에게 독을 구해다 주었다.

실로 대단한 독이었다. 시간이 충분히 지나고 나면 흔적도 남지 않게 증발해 존재 자체가 사라지는 데다, 독이 퍼져 대상이 죽어 넘어지는 것도 일주일의 시일이 걸려 누가 대상을 독살했는지 모르게 만들어 버리는 독.

"그리해야 네가 늦지 않게 진짜 페르핀이 될 것이다."

여자의 말은 바이론에게 있어 진리였다. 그러나 머릿속이 맑아진 지금 다시 생각하면 왜 그것이 진리라 생각했는지 영문을 모르겠다. 근거도 없거니와 논리도 부족한데 대체 어째서……!

"큭!"

그러자 여자의 얼굴을 떠올린 순간, 바이론에게 어떤 열망이 피어올랐다.

"으아… 으아아아……!"

바이론은 그 열망을 거부하지 않았다. 거부하겠다는 생각조차 하지 못했다.

그는 그저 받아들였을 뿐이다.

언젠가는 찾아오고야 말았을 운명을.

＊　　　　　＊　　　　　＊

"이걸로 어느 정도 정리된 것 같군."

요 며칠 간은 조금 바빴다. 이번 괴도 늑대거미 가면 사건에서 중요 증인이자 당사자, 그리고 용의자의 양부로서 재판 전반에 출석해야 할 일이 많았기 때문이었다.

몇 번이나 같은 증언을 반복하고 질문에 대답하고 유도심문을 흘려내고 하는 건 귀찮고 피곤한 일이었으나, 그것도 이제 끝이다.

바이론은 괴도로서 제국 중앙에 압송되었고, 이로서 루브스가 괴도 늑대거미 가면으로서 수배될 가능성은 완전히 사라졌다. 라플라스에게 듣기론 며칠 전에 이미 100%를 달성했다지만, 실제로 일이 진행되고 마무리된 걸 지켜본 감상은 또 달랐다.

정신적으로 조금 지치긴 했지만 이번 일로 정말 벌어들인 게 많았기에 기분 나쁘지만은 않은 피로감이었다.

무엇보다 확 와닿는 소득은 이거였다.

"하이넥의 비전이 담긴 시트러스 페르피나 브랜디 한 궤짝!"

하이넥 가문의 가주, 케네스 하이넥으로부터 돈 주고도 못 구한다는 가문 비전의 술을 궤짝째로 받았다.

명목상으로는 목숨을 구해준 은인인 내게 준 선물이 되는 셈이지만 케네스 하이넥이 오로지 그 이유만으로 이 귀한 술을 궤짝째로 바치겠는가. 내가 새로이 시장 자리에 오를 거라고 예상하고 준 선물이겠지.

만약 정말 케네스의 의도대로 일이 성립되었다면 이 술은 이 도시의 새로운 권력자에게 일종의 뇌물이 되는 셈이지만, 난 시장 자리에 앉아 있을 생각이 없으니 그 만약의 경우는 성립하지 않는다.

즉, 이건 아무 거리낄 것 없이 그냥 받아먹어도 되는 순수한 의미의 선물이다.

내가 그렇게 정했다!

"아이고, 좋아라."

─좋은 걸 얻으셨군요.

나는 라플라스의 반응에 기묘한 불안감 같은 걸 느꼈다.

"…왜?"

─그 술은 어떤 특별한 것과 교환이 가능합니다. 상세한 정보는 유료입니다만…….

"아니."

나는 곧장 고개를 저었다.

"나 혼자 다 마실 거야."

이렇게 맛있는 걸 누굴 준단 말인가? 게다가 돈 주고도 못 구하는 술이라던데.

케네스가 내게 주기 위해 이 술 궤짝을 들고 나올 때, 그를 말리는 하이넥 가문의 필사적인 반응을 나는 기억하고 있다. 그만큼 귀한 술이라는 뜻이겠지. 그리고 마셔본 내가 보증한다. 이 술에는 그럴 만한 가치가 있다고!

물론 이 술 궤짝이 내 수중에 있는 것을 보고 미루어 짐작할 수 있겠지만, 케네스는 가솔들의 반대를 물리치고 생명의 은인인 내게 이 술을 바쳤다.

"케네스를 살리길 잘했어."

─네, 그를 살리지 않았더라면 정당한 방법으로는 손에 넣기 어려운 술이기는 합니다.

사실 나는 만약 케네스가 내게 이 술을 주지 않았으면 훔쳐 가는 것도 고려했었다. 물론 그건 범죄지만, 반대로 말하자면 내가 범죄행위를 고려할 정도로 이 술이 맛있다는 뜻이다.

─그래서…….

"아니, 이 술은 아무한테도 안 줄 거라니까."

나는 라플라스의 말을 사전 차단했다.

"하아아악! 내 보물! 내 보물이야!!"

─…그 술에 이상한 최면 효과 같은 건 없었던 걸로 기억하는데요.

그렇다. 나는 어디까지나 나의 의지로 이런 반응을 보이고 있는 것이다.

─그보다 이번에 루블을 많이 버셨지 않습니까?

나의 굳은 의지가 라플라스에게 전달된 건지, 라플라스는 화제를 전환시켰다.

"어, 그랬지."

되새겨 보면 시청에서 벌어들인 루블만 해도 세 자릿수에 달했는데, 이걸로 끝나지가 않았다.

이 도시에서 키를이 괴도 역할을 하다 살해당한 일도 정말 많았는데, 카를을 살해할 수도 있었던 이들의 어깨를 두드리는 것만으로도 죽음을 극복한 것으로 판정이 되었다.

이렇다 보니 루블이 정말 손쉽게 들어왔다.

"고생한 보람이 있어."

—고생하셨습니까?

라플라스의 되물음을 듣고 잘 생각해 보니 별로 고생한 것 같지는 않았다. 내가 한 건 별거 없었고, 사실 제대로 된 목숨의 위협을 받지도 않았다.

"어쨌든."

이번에 벌어들인 루블은 아주 유용하게 쓰였다. 지난번에 미처 지불하지 못했던 400루블을 마저 써서 완전한 5령급 정령법을 익히는 데에 지불했다.

"이걸로 한숨 돌렸군."

5령급의 정령법 테크닉을 얻음으로써 체내의 정령력 균형이 틀어진 부분을 어느 정도 완화할 수 있었으므로 한숨 돌렸다는 표현이 정말 적절했다.

물론 근본적인 이유인 소환한 정령의 숫자와 정령력 규모의 괴리가 해결된 건 아니지만, 당장의 위급함이 해소된 것은 또 사실이다.

—루에노가 남았지만요.

맞다. 나는 이미 5령급의 정령법을 익혔지만, 루에노는 나를 제대로 된 5령급 정령사로 대우하지 않을 테니까.

그야 그렇다. 다루고 있는 정령이 두 개체뿐인데 5령급은 무슨. 루에노뿐만 아니라, 정령술에 대해서 조금이라도 견식이 있는 자라면 나를 2령급으로 여길 것이다.

"빨리 수련을 마치고 마저 소환을 해야겠군."

자기 정령화를 완숙하게 다루고 정령으로서의 나 자신을 완전히 성장시켜야 다음 정령을 소환할 수 있게 될 테니, 이것도 좋은 의미로든 나쁜 의미로든 시간문제라 할 수 있었다.

게다가 이것도 얼마 남지 않았다. 재판에 참여해서 할 일이라곤 같은 말을 반복하는 것뿐이었으니, 남은 시간은 모조리 자기 정령화의 수련에 쏟아부을 수 있었던 덕이다.

─역시 새 주인님께서는 정령법에 재능이 있으시군요.

라플라스의 말에 따르면 자기 정령화를 이렇게 빨리 숙달하는 건 대현자에게도 힘든 일이라 한다. 최소한 1년은 걸릴 일이라나.

대현자가 그렇다면 평범한 정령사들은? 일생을 투자해도 불가능할 수도 있다고 한다.

이렇게 비교를 하고 보니 확실히 내 재능이 뛰어나긴 뛰어난 것 같다.

하지만 지금 중요한 건 내 재능이 뛰어나고 아니고가 아니다. 지금 내가 놓인 상황이 더 중요하지.

"그보다 지금 루에노가 이 도시에 올 확률이 얼마나 되지?"

─0.1%입니다.

"…0.1%?"

누군가에겐 낮은 확률로 들릴지 모른다. 그러나 나는 몸을 떨지 않을 수 없었다.

"어제까지는 0%였잖아?"

원래 존재하지 않던 가능성이 생겼다. 이건 그냥 넘어갈 수 있는 일이 아니다.

"어째서?"

─시티 오브 페르핀에 오래 머무르긴 하셨죠.

"이유는 그게 전부야?"

─그렇습니다.

그다지 납득 가는 이유는 아니었지만, 지금은 이런 걸 따지고 있을 때가 아니다.

"도망쳐야겠어."

─그러시는 편이 좋겠군요.

내 다급한 마음을 아는지 모르는지, 라플라스의 목소리는 태연하기 짝이 없었다.

"라플라스, 나는 어디로 가야 하지?"

─그 질문은 어떤 의미로 받아들여야 하나요?

"당연히 다음 유적을 찾아 달라는 질문이지."

─30루블입니다.

"정가로군. 딜."

이렇게 내 다음 행선지가 정해졌다.

다음으로 향할 곳은 제국 남부 변경. 마침 항구 도시인 여기, 시티 오브 페르핀에서 배를 타고 가면 된다.

"좋아, 바로 남은 절차를 마무리하고 바로 여길 떠야지."

아무리 그래도 아무 말 없이 휙 떠나 버릴 순 없다. 내가 괜히 비싼 돈 주고 귀족 신분을 샀겠는가. 누릴 건 누려야지.

─그보다 남은 루블은 어쩌실 건가요?

라플라스가 어떤 기대를 품고 이런 질문을 던지는지 나는 이미 간파한 상태였지만 짐짓 모르는 체하며 이렇게 되물었다.

"얼마나 남았지?"

―계좌 잔액은 320루블입니다.

"아직 많이 남았네."

―그렇습니다.

라플라스가 신나하는 게 목소리로 느껴졌지만, 나는 고개를 저었다.

"일단 저축."

―그렇습니까. 알겠습니다.

라플라스의 목소리 톤이 두 단계 정도 낮아졌지만, 나는 신경 쓰지 않기로 했다.

*　　　　*　　　　*

예언자는 불쾌한 아침을 맞이했다.

그것은 제국 변경 도시, 시티 오브 페르핀에서 일어난 일 때문이었다.

젊은 시장, 바이론 페르핀이 가면을 쓰고 신하의 자택에 무단으로 침입해 살인을 저지르려다 실패하고 현장에서 바로 체포되었다는 소식은 아무리 변경 도시에서 일어난 일이라지만 사건 자체가 워낙 흥미진진한지라 라틀란트 제국 중앙에서도 소소한 이슈가 되었다.

당연히 이 정도 소식은 예언자도 이미 습득한 터였다.

문제는 그 후일담이었다.

"바이론 페르핀이 죽었다… 라."

시티 오브 페르핀에서의 재판에서는 유죄를 면치 못하고 제국 중앙의 대법원에서 재심을 받기 위해 호송되던 바이론이 갇혀 있던 선실에서 독을 먹고 죽어버렸다는 소식은 분명 충격적이었다.

그러나 이 사건이 예언자에게 있어 불쾌한 이유는 따로 있었다.

"무능한 것."

예언자는 혀를 찼다. 유용하리라 생각했던 꼭두각시 하나를 잃었으니 유쾌할 이유가 없었다.

더욱이 바이론이 살해당한 것도 아니고 스스로 독을 먹고 죽어버렸다는 것을 뜻하는 건 그에게 걸어놓았던 암시가 풀려 버렸다는 의미이기도 했다.

"이 일에 들인 공이 보통이 아닌데."

긴 한숨과 함께, 예언자는 서랍에서 작은 병을 꺼내 들었다.

예언자가 시티 오브 페르핀에 음모를 꾸며 공작을 건 것은 자그마치 20년도 전의 일이었다. 루브스 페르핀에게 독을 먹여 생식능력을 잃게 만들어 페르핀 가문의 대를 끊은 것부터가 시작이었다.

그렇게 후사를 남기지 못한 페르핀 가문에 바이론을 양자로 들이게 만들고 바이론으로 하여금 루브스 페르핀에게 독을 먹이도록 한 것도 예언자의 입김에 의한 것이었다.

만약 예언자가 예언한대로 일이 진행됐더라면 향후 수년 내에 시티 오브 페르핀의 요직을 제국 중앙 측 인사가 독점하고 서서히 시민들의 여론을 조작해 최종적으로는 제국 직할령으로 선포할 수 있었을 것이다.

이 계획을 위해 바이론 페르핀에게 희귀하고도 강력한 유물인 [어둠장막의 단검]을 비밀리에 증여한 것도 예언자의 의견에 따른 결과였다.

바이론이 도시 유력자들을 아무도 모르게 살해토록 상황을 움직이고, 그 일이 터진 후에 그 자릴 중앙 출신으로 대체시키기 위해 필요한 조치였다.

시티 오브 페르핀의 건은 예언자가 아직 제국 내에 영향력을 굳히기 전에 한 예언으로, 그녀로서는 드물게 제물과 수명을 많이 희생해 디테일하게 예언을 한 경우였다.

그런데 이 예언이 도중에 무너져 버릴 줄이야.

예언자에게도 정신적 타격이 클 수밖에 없었다.

그나마 다행인 것은 이 일을 자세하게 기억하는 인물이 드물다는 점이었다.

만약을 위해 예언을 아는 자가 많을수록 예언이 틀릴 가능성이 높아진다는 거짓말을 동원해서 예언에 관계된 자들로 하여금 스스로 목숨을 끊게 하거나 다른 수를 써서 살해했기에 가능한 일이었다.

심지어 바이론 페르핀조차도 죽어버렸으니, 이 일을 기억하는 건 예언자 단 한 명만이 남았다. 그러니 예언자에게 있어 실질적인 타격은 생각보다 적은 셈이다.

안 그래도 예인의 권위를 높이는 작입을 수행하고 있는 그녀에게 있어서는 그나마 다행스러운 일이다.

그럼에도 불구하고 바이론 페르핀의 일은 경시하고 넘어갈 성질의 것이 될 수 없었다.

"바이론의 암시를 풀어낸 게 누구지?"

예언자는 바이론으로 하여금 첫 번째 암시가 풀리면 독약을 스스로 먹게 하는 두 번째 암시를 걸어놓았다.

그리고 첫 번째 암시가 풀리는 트리거는 2류급 이상의 신성력을 지닌 성직자의 헤일로에 노출될 것으로 정해놓았다. 이유는 2류급 이상의 신관이라면 예언자의 암시를 풀어낼 수 있을 뿐만 아니라 바이론의 정신을 치유시킬 가능성이 있기 때문이었다.

어디까지나 작은 가능성일 뿐이고 보통은 암시의 존재조차 인지하지 못할 테니 상관없겠지만, 작은 리스크도 남김없이 잘라내고자 일부러 트리거의 조건을 그렇게 잡았다.

시티 오브 페르핀 같은 변경 도시에서는 2류급 이상의 신관은 그리 쉽게 접할 수 있는 존재가 아니기에 설정할 수 있었던 트리거이기도 했다.

보통 그 정도 되는 신관이라면 본인이 세상에 나오고 싶어도 교단에서 쉽게 놓아주지 않는다. 설령 나오더라도 그 활동 범위는 제국 중앙으로 한정되어 있을 터.

그런데 바이론이 우연히 이런 존재와 마주쳤다?

아니, 그건 불가능했다.

예언자의 정보망은 신성 교단에도 깔려 있었고, 2류급 이상쯤 되는 성직자의 움직임 또한 제공받고 있었다. 그건 별로 어려운 일이 아니었다. 교단 놈들이 어찌나 성직자들을 내놓는 데에 짜게 구는지, 2류급 이상만 되어도 제국 중앙 바깥으로 내놓는 꼴을 못 봤다.

정말 특별한 일이 아니고서야 변경 지역에 2류급 이상 신관이 간다는 건 그냥 없는 일이라 보는 게 나을 정도였다.

그리고 적어도 교단에 등록된 성직자가 엄연히 변경 도시인 시티 오브 페르핀으로 향했다는 정보는 없었다.

그렇다면 답은?

바이론이 접촉한 것은 교단에 등록되지 않은 성직자다.

그리고 그 성직자의 정체에 대해서도 예언자는 어느 정도 추측해 낼 수 있었다.

"잭 제이콥스겠군."

바이론은 변경의 성자, 잭 제이콥스의 헤일로에 노출되었을 가능성이 매우 높았다.

대외적으로 알려지기를 잭 제이콥스는 1류급의 신관에 불과했으니 이 일에 관여했을 가능성은 낮았지만, 예언자는 그렇게 여기지 않았다.

애초에 잭 제이콥스가 변경의 성자로서 이름을 날리게 된 계기가 아무한테나 기도술을 펑펑 써대도 쇠하지 않는 신성력 때문이었다. 다른 이들 모르게 2류급에 올랐을 가능성은 충분하고도 남았다.

그리고 무엇보다, 잭 제이콥스는 '예언을 틀리게 만드는 존재' 중의 하나였다.

아니, 예언자는 이미 레너드 몬토반드와 색 제이콥스가 동일 인물이라 확신하고 있었다.

물증이 있는 건 아니었으나, '예언을 틀리게 만드는 존재' 자체가 그리 흔하지 않았다.

시대에 하나만 있어도 많은데, 같은 지역에 둘이나 있다?

이 정도면 동일 인물이 아니면 곤란할 지경이다.

게다가 공교롭게도 이런 시점에 15년 전에 그녀 본인이 직접 음모를 꾸며 죽음으로 몰아넣었을 터인 루브스 페르핀이 시티 오브 페르핀에 다시 나타났다.

"이 정도면 확실하지."

예언자는 이를 갈며 속삭였다.

"레너드 몬토반드는 자신의 외형을 자유자재로 바꾸는 능력을 갖고 있다. 그리고 놈이 잭 제이콥스이며, 동시에 루브스 페르핀이다."

누구에게도 쉽게 들키지 않을 변장술과 2류급에 해당하는 기도술을 동시에 익히는 게 가능하냐는 의문은 애초부터 가질 이유가 없다. 예언을 틀리게 만드는 존재가 보통 존재일 리 만무하니까. 이 정도 특출남은 차라리 당연하기까지 했다.

자, 수수께끼는 풀렸고 답은 나왔다.

문제는 그럼에도 불구하고 지금 당장 손을 쓸 수가 없다는 거였다.

"…기다려야겠군."

지금은 인내의 때다. 예언자는 이를 꽉 깨물었다.

그나마 다행인 건 루브스 페르핀으로 변장한 레너드 몬토반드가 이번에 시티 오브 페르핀의 시장 자리를 차지했다는 점이었다.

레너드가 변경의 왕이라고까지 불리는 시장 자리를 내놓고 또 어딜 떠돌아다닐 가능성은 희박했다.

권력은 얻기도 힘들지만 내려놓기는 더욱 힘들다. 아니, 불가능하다! 사람이라면 그럴 수가 없다.

적어도 예언자가 생각하기론 그랬다.

"그러니 시간이 좀 걸리더라도 확실하게 처치할 수 있도록 상황을 만들어야지."

따라서 예언자는 힘을 모으고 계략을 짜낼 여유는 충분하리라고 판단했다.

"네 욕망이 너를 파멸로 이끌 것이다!"

*　　　*　　　*

"그럼 이제 시장님이 다시 시장님이 되신 거로군요."

헤이즈 카스트로가 눈을 반짝이며 내게 말했다.

"그렇지. 루브스가 체포당한 이상, 이제 내가 유일한 페르핀이니."

나는 바이론의 것이었을 시청 응접실에 들어앉아 있었다.

며칠 전에는 바이론의 손님으로서 점심을 대접받았으나, 지금은 내가 헤이즈 카스트로를 초대해 점심을 먹이고 있었다.

바이론을 시장직에 앉힌 제국 중앙에선 이 일련의 사건에 유감이 많을 듯했으나, 아무리 그래도 한밤중에 가면 쓰고 하늘을 날아다니며 물건을 훔쳐대는 것에 그치지 않고 사람마저 죽이려한 범죄자를 그냥 시장으로 놔두는 억지를 부릴 순 없었던 모양이다.

결국 시장직은 루브스, 그러니까 내게 돌아올 수밖에 없었다.

"하지만 헤이즈, 나는 이 자리에 만족할 생각이 없단다."

"네?"

"난 다시 떠날 거야."

모험가의 표정을 한 채, 나는 선언했다.

나의 선언에 헤이즈는 놀라 외쳤다.

"그, 그러면 이 도시는 어쩌시고요!"

"그래, 그래서 말인데……"

나는 의자에서 일어나 뚜벅뚜벅 발소리를 내며 걸었다. 헤이즈 카스트로의 옆에 가서 선 나는 그의 어깨에 손을 올리고 엄숙히 선언했다.

"헤이즈 카스트로, 나는 널 내 양자로 삼고 시장 대리로 세울 생각이다."

"저, 저를요?"

헤이즈는 놀란 듯 눈을 휘둥그레 떴다. 이미 어느 정도 눈치 챘으면서 놀란 척은. 나는 녀석의 연기를 귀엽게 봐주기로 했다.

"그래. 싫으냐?"

"아, 아뇨. 하지만 어째서……"

"그야 너는 젊고, 다른 배경이 없기 때문이지."

나는 미소를 지었다.

"특히 제국 중앙 측의 배경 말이다."

서늘한 미소를.

"…예?"

놀라는 헤이즈의 모습. 이번만큼은 연기가 아니었다.

"조금 뜬금없이 느껴질 질문이겠지만, 헤이즈. 하나 묻겠다. 내게 후세가 없는 이유를 혹시 짐작하겠느냐?"

"그건… 모르겠는데요."

"네가 정식으로 시장 대리로 임명되고 나면 제국 중앙 측에서 선물이 올 것이다. 많은 선물이 올 테지만, 너는 그걸 조금도 맛봐선 안 된다. 후손을 보고 싶으면 말이다."

"……!"

헤이즈의 눈이 충격으로 물들었다. 역시 똑똑하다. 눈치도 빠르고.

"라틀란트 제국을 믿지 마라."

나는 확실하게 말했다.

제국에 속한 일개 도시의 시장이 할 말이 아니다. 잘못 들으면 반역으로까지 여겨질 발언이었다. 제대로 된 정치가라면 이런 발언을 해선 안 된다. 케네스, 그 노인처럼 에둘러 표현하는 것이 옳았다.

하지만 나는 그러고 싶지 않았다.

"놈들이 변경을 지배하지 않는 게 아니라, 지배하지 못하고 있음을 깨달아라. 그리고 그 원천은 사람들임을 깨달아라. 페르핀 사람들이 제국에 진심으로 굴복하지 않기에, 페르핀 가문이 페르핀을 지배할 수 있음을 알아야 한다."

루브스 페르핀이라는 신분이 위험해지면 언제는 벗어던질 수 있기 때문이 아니다. 내 대신 무거운 짐을 짊어져야 할 젊은 후계자에게 정말 도움이 될 말을 해주고 싶었기 때문이다.

"그들은 변경을 지배하기 위해 갖은 수를 쓸 것이야. 네가 내 양자가 되고, 시장 대리에 임명된다는 것은 사실상 나의 대전사가 된다는 것이다. 음으로든 양으로든 끊임없이 싸워야 하지. 결코 쉬운 싸움은 아닐 것이다."

나는 헤이즈의 어깨를 두드렸다.

"어떠냐, 이래도 시장 대리가 되고 싶으냐?"

"…네."

헤이즈는 무겁게 고개를 끄덕였다. 든든하군. 라플라스가 사람을 제대로 봤다.

—사람을 본 게 아니라 몇만 번에 걸쳐 축적한 데이터를 종합한 것에 불과합니다만. 도움이 되었다니 다행이로군요.

뭐, 고작 며칠도 안 되는 시간 동안 내가 얘의 뭘 보고 판단을 하겠는가. 이런 건 라플라스의 의견에 따르는 게 맞다.

"좋다. 이제부터 너는 페르핀이다. 헤이즈 카스트로 페르핀. 행정절차가 이뤄지려면 시간이 조금 걸리겠지만, 아무튼 너는 이제 이 도시를 이끌어가야 할 시장 대리, 사실상 시장이다."

"가, 갑자기요?"

"나중으로 미룬다고 뭐가 바뀌는 건 아니지. 더욱이 중앙 놈들이 대응할 시간을 주지 않는 게 중요해. 지금이 아니면 또 누굴 내 양자랍시고 데려올지 알 수가 없으니 말이다."

"그렇군요……"

헤이즈의 눈동자에 결의가 어리는 것을 보며, 나는 홀가분한 기분에 싱긋 웃었다. 시장으로서의 무거운 책임은 떠맡기고, 필요할 때는 권리만 행사할 수 있으니 이만큼이나 남는 장사도 별로 없다.

"그럼 시장님, 이제부터 이 도시를 잘 부탁드립니다."

기분이 좋아진 나는 장난스레 말했다.

"대리로서, 제가 할 수 있는 최선을 다하겠습니다."

그에 비해, 헤이즈는 결연히 대답했다.

제3장

—

남쪽으로!

　다음 날, 나는 헤이즈 카스트로 페르핀을 비롯한 시티 오브 페르핀 시민들의 환송을 받으며 배에 올랐다.

　이 배는 제국 남부 변경으로 향하는 무역선이었다. 배의 승선권은 아주 비싼 데다 아무나 살 수 있는 것도 아니었지만 나는 헤이즈 시장 대리의 호의로 공짜로 탈 수 있었다.

　아, 헤이즈 카스트로 페르핀이 시장 대리로 오르는 과정은 내가 예상했던 것보다 순탄했다. 특히 정치적인 적수이자 반대 파벌의 수장인 하이넥의 가주 케네스가 별다른 말없이 받아들인 것이 결정적이었다.

　―케네스도 이번 일로 그들의 진짜 적이 누군지 깨달았기 때문입니다.

　라플라스가 아주 간결하고 명확하게 케네스가 왜 그런 결정을 내렸는지 설명해 주었다. 여기서 말하는 '진짜 적'이란 자신들의 영향력을 변경으로 넓히려는 라틀란트 제국 중앙 세력이다.

"칼침 한 방 먹고 나니 정신이 번쩍 든 모양이지?"

물론 케네스가 피습당한 대상은 어디까지나 바이론 페르핀이었지만, 바이론의 배후세력이 누군지 생각하면 케네스 하이넥의 입장에서도 결론을 끌어내는 건 별로 어렵지 않았으리라.

뭐 아무튼, 라플라스가 공짜로 말해주는 것으로 보아 별로 영양가 있는 정보는 아니었으리라. 그래도 내 작은 호기심은 만족시킬 수 있었으니 됐다.

헤이즈 시장 대리의 선물은 승선권 하나뿐만이 아니었다. 빠르고 튼튼한 준마 한 필과 그 말에 딱 맞게 제작된 최고급의 마구 한 세트, 그리고 잡다한 여행용 소모품과 보존식 한 달 분, 마지막으로 적당한 액수의 노잣돈도 받아냈다.

사실 내가 헤이즈를 시장 대리로 임명하기 전에 시장 권한으로 징발해도 됐으나 그건 모양새가 좋지 않았다. 시장 자리를 내려놓고 가는 주제에 마지막으로 시장으로서 하는 일이 징발이라니. 따라서 나는 시장 대리의 호의를 받는 형태를 취하기로 했다.

시장의 권한이 대리에게 완전히 넘어갔음을 상징하는 행동이기도 해서, 헤이즈에게 힘을 실어주는 일석이조의 효과가 있었다.

헤이즈도 이를 제대로 이해하고 있는지 쾌히 내가 요구한 것들을 내어 주었다. 본인에게도 좋은 일이니 망설일 이유가 없다.

"바닷바람이 시원하구나."

나는 무역선에 딱 하나 있는 귀빈실을 배정받아, 항상 신선한 물과 음식을 양껏 공급받으며 항해를 즐겼다. 아무도 내 행동을 제지하지 않았기 때문에, 언제든 자유로이 갑판에 나와서 몬토반드의 왕검을 휘두르거나 할 수 있었다.

물론 배에 있는 동안에는 줄곧 루브스인 척을 해야 했으나, 이게 내게 있어서 큰 제약은 되지 않았다. 루브스의 외견을 유지하기 위해 딱히 집중을 해야 하는 것도 아니거니와, 다운로드받은 루브스의 버릇들은 굳이 의식하지 않아도 몸에서 배어났다.

아니, 그 이전에 기본적으로 내가 이 배 위에서 가장 높으신 분이다. 내가 여봐라, 하고 누굴 부를 일은 있어도 나와 적극적으로 말을 섞으려 드는 인간이 있을 리 없었다.

이렇다 보니 정체를 들키려야 들킬 수가 없었다.

마지막으로 걱정했던 게 뱃멀미였는데, 이것마저도 너무 쉽게 해결이 됐다. 그냥 내력으로 버텨도 되고, 정 심하면 성법으로 치유해 버리면 되는 데다, 애초에 축복을 통해 미연에 방지마저 할 수도 있다. 그리고 난 그냥 축복을 썼다. 쉬운 일이었다.

따라서 일주일간의 항해는 내게 있어 지극히 쾌적한 것이 될 수밖에 없었다.

"이게 유람이구나."

이토록 호화롭게 여유를 즐긴 적이 있었나? 이 세계에서는 처음일지도 모른다. 아니, 어쩌면 지구에서의 경험을 통틀어도 첫 경험일 수도 있었다.

물론 그렇다고 내가 배 위에서 그냥 놀고먹고만 있었던 건 아니다. 자기 정령화를 단련하면서 왕의 검법도 갈고 닦느라 짧지만은 않은 항해도 전혀 지루하지 않았다.

"평화와 여유. 좋구나."

─삶이 이렇게 편하면 안 되는데요.

라플라스가 이런 음험한 폭언을 했음에도 별로 화가 안 날 정도로 편안하고 평안한, 정말로 아무런 위협도 위험도 없고 죽음을 극복할 일도 없는 일주일간이었다.

그러나 좋은 것에는 금방 끝이 오게 마련이고, 그것은 이번 항해도 마찬가지였다.

"시장님을 모시게 되어 영광이었습니다."

선장과 선원들의 환송을 받으며, 나는 무역선에서 내렸다.

오로지 나를 내려주기 위해 무역선은 본래 항로가 아닌 곳에 닻을 내리고 작은 보트까지 내어 해변까지 데려다주었다. 나 하나만을 위해 꽤 많은 시간과 수고를 들인 셈이다.

그럼에도 선원들의 눈에는 적의는커녕 호의가 더 많이 보였다. 아니, 그 정도가 아니라 정말로 이 일을 영광스럽게 여기는 눈치라 내가 다 미안했다.

선원들에게 일별을 보낸 나는 말에 올랐다.

"자! 그럼 유적으로 떠나자!!"

이제 모험을 떠날 시간이다. 다시금 위험하고 불안한 환경에 내던져진 셈이지만 어딘가 가슴 한구석이 두근거리는 걸 보니 나도 어지간한 놈이라는 생각이 들었다.

─그렇죠. 역시 삶에는 우여곡절이 있어야…….

"안내나 해."

나는 가차 없이 라플라스의 말을 잘라먹었다.

―네, 알겠습니다. 내비 시작하겠습니다.

그러나 라플라스는 별로 불쾌해하지도 않고 곧장 내 지시에 따랐다. 오랜만에 자기 역할을 하게 되어서 마음이 놓이는 모양이었다.

*　　　　*　　　　*

제국 남부 변경은 내가 지금까지 머물렀던 서쪽 변경 지역과 달리 제국식 도시, 그러니까 소위 말하는 '시티'가 거의 세워져 있지 않다고 한다.

대도시가 세워질 정도로 인구밀도가 높지 않다는 점도 영향을 미쳤겠지만, 그보다는 육로로 이어져 있지 않은 '다른 대륙'이라는 점이 컸다고 한다.

"그 정보는 무료지?"

―네, 물론 무료입니다.

새로운 지역에 와서 그런지 라플라스가 신났다. 물론 신난 이유는 그토록 좋아하는 설명을 실컷 할 수 있어서일 테고.

―라틀란트 제국은 남부 변경 전역을 자신들의 세력권이라고 생각하고 있습니다만 실상은 다릅니다. 지도에 줄 그어놓는다고 그게 다 자기 땅이 되는 게 아니니까요. 실제로 제국의 영향력이 미치는 곳은 해안가 항구 소도시 몇 군데입니다. 선도 아니고 점 몇 개인 셈이죠.

라플라스의 세국에 내한 평가가 오늘따라 신랄하다. 하지만 행복해 보이니 그냥 말하게 두자.

—그러니 이 대륙에서부터는 제국의 귀족 신분이 안전을 보장해 주지 않습니다. 오히려 루브스 대신 다른 신분을 사용하시는 편이 다툼을 줄일 수 있으실 겁니다.

그러나 거기까지 들은 나는 더 이상 입을 다물고 있을 수 없어졌다.

"다른 신분? 또 뭘 새로 사라는 거야?"

—아닙니다. 여기서부터는 사실상 제국의 영역이 아니라고 말씀드렸지 않습니까?

"…아아!"

라플라스의 말에 나는 깨달음을 얻고 탄성을 내질렀다.

—그렇습니다. 제국의 영향력이 적은 만큼, 교단의 영향력도 적습니다. 그러니 여기서부터는 잭 제이콥스로서 활동하시는 편이 더욱 이득이 클 거라고 생각합니다.

그랬다. 축복 몇 개 걸어주고 온갖 호의와 서비스를 다 받을 수 있었던 잭 제이콥스가 부활할 때가 되었다!

"이거 두근거리는걸!"

앞으로의 여정이 더욱 더 기대되기 시작했다.

*　　　　*　　　　*

나는 적당히 아무도 없는 곳에서 루브스의 모습을 관두고 잭 제이콥스의 신분을 취했다.

그런데 의외의 문제가 생겼는데, 그건 바로 말 문제였다.

"워, 워워. 놀랐구나. 나야, 나."

언어 문제가 아니라 동물 말 문제 말이다.

루브스 페르핀을 주인으로 인식한 혈통 있는 준마가 잭 제이콥스의 모습을 취한 나를 경계하고 등에 태우는 걸 거부하기 시작했다.

"하는 수 없지. 잘 봐라."

나는 말 앞에서 얼굴을 바꾸는 모습을 보여 줘서 루브스 페르핀과 잭 제이콥스가 동일 인물임을 인지시켜 주려고 시도했다.

그런데 이것도 이것대로 문제였다. 내가 자유자재로 모습을 바꾸는 걸 보여주자, 말이 나를 괴물이라도 보듯 질색하더니 이제는 루브스의 모습을 취해도 기겁하며 물러나기 시작하는 거 아닌가?

"아오, 어쩌라고!"

ー해결법을 알려 드릴까요?

분통을 터뜨리자 라플라스가 끼어들었다.

"유료지?"

ー아뇨, 해결법을 알려 드리는 것 자체는 무료입니다.

"그럼 해결법이 유료겠군."

ー네.

나는 잠깐 고민했지만, 이 정도 좋은 말을 버리기는 아까웠기에 결국 고개를 끄덕였다.

ー술법 중에 조련술이란 게 있습니다.

"엥? 조련술? …그게 술법이야?"

ー술법이 아닌 단순한 기술로서의 조련술도 있습니다만, 영력을 사용하는 조련술이 훨씬 강력하고 즉각적입니다.

조련술의 가격은 15루블. 50루블이었던 연금술보다야 훨씬 저렴하기야 하지만 그냥 말을 버리기 싫다고 익히기엔 지나치게 비싼 가격이다.

그래도 다른 곳에 활용할 가능성과 장래성이 있다는 점, 마지막으로 지금 당장은 썩히고 있는 영력을 유용하게 다룰 수 있게 된다는 점을 높이 샀다.

"딜!"

조련술은 저렴한 만큼 단순했다. 비록 경지가 낮아 동시에 조련할 수 있는 대상은 하나에 불과했지만, 지금 당장은 말 한 마리만 조련하면 되니 아무런 문제가 없었다.

"좋아, 착하지. 이제 얌전해졌군."

조련술을 발동하자마자 나를 무슨 괴물처럼 보던 말의 반응이 누그러졌고, 나는 말 위에 올라탔다. 약간의 사고가 있긴 했지만, 이걸로 이제 진짜 모험에 나설 준비가 끝났다.

"가자!"

조련술을 익혀서 좋은 점은 이제 말에게 명령을 내리기 위해 굳이 채찍을 후려치거나 억지로 고삐를 잡아당길 필요가 없어졌다는 점이었다.

안 그래도 교육을 잘 받은 준마라 타고 다니기 편했는데, 말이 내 명령을 즉각적으로 이해하게 되면서 이제는 뭐 거의 말을 내 몸처럼 다룰 수 있다는 착각까지 들 정도였다.

─착각이 아닙니다. 조련술을 추가로 습득하시면…….

"나중에!"

나는 라플라스의 말을 끊고 계속 말을 달렸다.

산은커녕 숲이나 언덕조차 없는 초원을 가로지르는 건 대단한 경험이었다. 이전에도 말을 탔던 적이 있지만, 이토록 통쾌하고 상쾌하게 바람을 가르며 달리는 것은 처음인지라 재미의 질이 달랐다.

이제 와서 승마의 매력에 푹 빠질 것 같았다.

—아, 그쪽이 아닙니다. 조금 더 오른쪽으로…….

문제는 이정표가 될 만한 인공물은 없이 그냥 끝없이 펼쳐진 벌판만이 계속 이어지는 터라 제대로 된 길을 찾는 것이 곤란하다는 점이었다. 만약 라플라스의 내비가 없었다면 꽤 큰 문제였을 테지만, 내게는 큰 문제가 될 수 없었다.

그렇게 해가 질 때까지 달리다가, 해가 완전히 진 후에나 나는 말에서 내렸다.

완전히 지쳐 버린 말에게 건초를 내어 주고 축복을 갱신해 준 뒤 쉬게 하곤, 나도 마른 장작을 꺼내 불을 피울 준비를 했다. 야영도 이제는 완전히 익숙해져 손이 멈추는 일이 없다.

그러다 문득, 나는 뭔가를 깨달았다.

"드디어……."

—네, 드디어로군요.

길었다면 긴 자기 정령화의 수련이 끝났다.

—네? 길었다고요?

라플라스가 어이없다는 듯 되물었다. 그녀의 힐난에 나는 만족스럽게 웃으며 대꾸했다.

"칭찬 고마워."

—네? …아, 네. 뭐, 칭찬이라면 칭찬이긴 합니다만.

예상한 대로, 나는 다른 사람보다 훨씬 빠른 속도로 자기 정령화를 완성시킨 모양이다.

"자, 그럼 한번 해볼까?"

자기 정령화의 기본적인 효용은 나 자신에게 정령력을 불어넣어 존재 자체를 강화시키는 것에 있다. 좀 더 자세하게 말하자면 피부와 근육, 뼈의 내구도 상승은 물론이고 눈, 코, 입을 비롯한 감각기관과 간, 폐, 심장을 비롯한 오장육부의 강화도 가능하다.

그러나 이 효용 능력은 자기 정령화를 완성한다고 극적으로 상승하지는 않는다. 고작 3령급의 자기 정령화를 사용했을 때 신체 능력의 50%가 상승한다면, 5령급으로 이 기술을 완성하더라도 고작해야 5%에서 10% 정도의 진전을 볼 수 있을 뿐이다.

그럼에도 불구하고 라플라스가 자기 정령화의 완성을 우선시한 건 이유가 있다.

"[정령 합일]."

그렇다, 정령 합일! 두 정령을 하나로 합쳐 사역하는 것!

기존에도 사용할 수 있었던 이 기술이 왜 세 번째 정령의 소환을 미룰 이유가 되느냐고?

자기 정령화를 완성함으로써, 나는 나 자신의 존재를 정령인 것처럼 취급할 수 있게 된다. 이로써 나는 정령법의 힘과 기술을 나 자신을 대상으로 적용할 수도 있게 되었다.

이 말이 무슨 뜻이냐, 하면……

"반짝아, 합체다!"

반짝반짝!

*　　　　　*　　　　　*

내가 반짝이와 합체한다는 소리를 했지만, 사실 합체인 건 아니었다. 왜냐하면 나와 반짝이가 합일화한 부분은 나 자신이 아니라 나의 정령력이었기 때문이었다.

대현자의 용어를 빌리자면 정령체라고 하는데, 어려운 설명은 집어치우고 아무튼 나의 일부와 합일한 거라고 보면 됐다.

따라서 주도권은 어디까지나 나한테 있었다. 내가 반짝이고 싶으면 반짝일 수 있다는 소리다.

…이게 무슨 의미가 있냐 싶긴 하지만, 사실 의미는 있다. 반짝이의 빛을 완전히 꺼버려서 반짝이를 소환한 걸 완전히 감출 수 있다는 건 작은 메리트가 아니었다.

더군다나 기존에는 반짝이에게 정령력을 넘겨주고 신성력으로 치환시켜서 돌려받는, 중간에 손실되는 부분이 없을 리 없다고 생각되는 방식을 취해야 했지만 이젠 다르다.

자기 정령화에 쓰이는 정령력을 그대로 신성력으로 치환받으며, 더 많은 신성력을 원하면 자기 정령화에 정령력을 추가로 투입하면 된다.

이러한 일석이조의 효과를 구현하면서도 신성력의 치환 효율은 더 올라갔으니, 이전까지 얼마나 비효율적인 방식을 취했는지 거꾸로 알게 됐나.

―자폭하시면 안 됩니다.

반짝이의 다른 능력을 시험해 보려고 마음먹고 있으려니, 라플라스가 곧장 딴지를 걸어왔다.

"아…… 안 돼?"

ー네, 안 됩니다.

"자폭하면 죽나?"

ー그렇지는 않습니다만, 새 주인님의 정령체가 폭발합니다.

듣기만 해도 별로 좋은 일이 생길 것 같지 않다. 하는 수 없다. 작은 호기심은 일단 묻어두도록 하자.

"아무튼 좋아, 잘되는군."

ー끼릭이와도 합일 한번 해보시겠어요?

"그래 볼까?"

끼릭이와 한번 정령 합일을 해보기 위해 반짝이와의 정령 합일을 풀자마자 나에게서 떨어져 나온 반짝이가 반짝거리며 항의했다. 아무래도 계속 합쳐져 있고 싶었던 모양이다.

아니, 어째서?

ー그야 반짝이 입장에선 정령력을 받을 수 있으니까요…….

"아."

나랑 합일하는 게 정령 입장에서는 나쁠 게 없는 거구나. 나한테 몸의 주도권이 다 넘어가서 정령한테는 별로 좋은 일이 아니라고 생각했는데 그런 것도 아닌 모양이다. 다행… 인가?

아무튼 나는 끼릭이를 소환해 냈다.

"끼릭!"

"그래, 끼릭아. 가자!"

나는 끼릭이와 정령 합일을 이뤘다.

"…어, 어?"

나는 순간적으로 내가 뭘 할 수 있는지 알아챘다.

먼저 스코프, 끼릭이의 망원 조준경 능력을 기본적으로 사용할 수 있게 되었다. 멀리 볼 수 있고, 어둠을 꿰뚫어 볼 수 있고, 안 보이는 걸 볼 수 있다.

그리고 오른손 검지 끝에서 정령탄을 발사할 수 있게 되었고, 오른손 바닥으로 정령 유탄이 나간다.

"끼릭!"

그리고 입으로 끼릭이의 울음소리를 따라할 수 있게 되었다.

뭐야, 이건.

"탕!"

나는 그럴 필요가 없음에도 굳이 입으로 소릴 내면서 검지를 내뻗어 정령탄을 발사해 보았다.

그러자 끼릭이가 쏜 것과 별 차이 없는 정령탄이 손가락 끝에서 소리 없이 뿜어져 나갔다. 이건… 소음기보다 더 소음 효과가 좋은가? 좋네!

—신기하네요.

라플라스의 감상은 심플했다.

"응, 신기하네."

보통 때라면 그냥 끼릭이를 꺼내서 정령 폭주시키고 난사하는 게 더 낫겠다 싶긴 하지만, 끼릭이의 존재를 숨기고 싶을 때는 이러고 다녀도 될 것 같긴 했다. 스코프의 능력을 기본 적용하고 다닐 수 있다는 점도 좋고, 소음기보다 더 정숙하다는 점도 미음에 든다.

"아, 맞다. 이 상태로 정령 폭주를 걸면 어떻게 되지?"

―지칩니다.

"아……."

그렇군. 지치는군.

―그리고 3분 정도 정령체를 활성화시키지 못하게 되겠죠.

"자기 정령화 봉인에 정령 소환도 봉인인가. 꽤 타격이 크군."

굳이 합일시켜서까지 폭주를 걸 이유는 없겠다 싶다. 적어도 끼릭이와의 합일은 그렇다.

"정령력만 남아돌면 계속 이러고 다니고 싶긴 한데."

애초에 자기 정령화에 드는 정령력이 보통이 아니다. 여기에 정령 합일을 동시에 유지해야 하는 데다, 정령의 능력을 쓰기 위해 추가로 정령력을 투자해야 하니 5령급의 정령력을 가지고도 오래 유지하기 힘들 정도로 소모가 심하다.

따라서 나는 정령 합일을 해제했다.

"끼릭! 끼릭!"

내게서 떨어져 나온 끼릭이가 항의했지만, 나는 손을 내저었다.

"수고했다, 끼릭아."

나는 끼릭이를 돌려보냈다.

이제부터는 어른의 시간이다. 정령 애들은 잠깐 들어가 있으렴.

―자기 정령화를 완성하셨으니, 이제 새로운 정령을 소환하실 수 있게 됐습니다.

"드디어!"

진짜 3령급 정령사가 될 시간이 찾아왔다.

"그런데 어떤 정령을 소환해야 하지?"

사실 혼잣말에 가까운 물음이었다. 라플라스가 대답하더라도 늘 그렇듯 '유료입니다' 같은 대답만 돌아올 터라고 예상하고 있었다. 그러나 그런 나의 예상은 멋지게 빗나갔다.

―제 생각에는 다시 한번 자유 소환을 하시는 것도 나쁘지 않을 것 같습니다.

"자유 소환? 아, 처음에 했던 그거?"

특별한 정령을 지정하지 않고 그냥 소환진에 내 혈액을 떨어뜨려 소환하는 소환법이다.

―네, 뭐가 나올지는 모르지만……. 새 주인님의 경우에는 첫 소환이 워낙 성공적이었으니 남은 세 번의 기회 중 한 번 정도는 괜찮지 않을까 합니다.

첫 소환, 그러니까 끼릭이 이야기다. 그간 끼릭이가 보여준 활약상을 떠올려 보자면 확실히 성공적이라 하지 않을 수가 없었다.

―그리고 끼릭이의 경우에 정령의 성장이 워낙 빨랐으니까요. 정령의 숫자를 빠르게 늘리는 것이 목적이라면 괜찮은 선택으로 보입니다.

그렇군, 설득력이 있다.

"그런데 그 대답은 무료네?"

―사실상 아무거나 뽑으시라는 조언인데, 유료가 될 수 있을 리는 없죠. 물론 유료 대답을 원하시면 값을 지불하시면 됩니다.

그게 가까운 시일 내에 반드시 필요한 정보였다면 라플라스가 먼저 말했을 것이다. 하지만 그러지 않았다는 건, 정말로 아무것이나 소환해도 상관없다는 뜻이다.

"좋아, 알았어."

나는 라플라스의 조언에 따르기로 했다.

시간 끌 거 없이 나는 바로 땅바닥에 정령 소환진을 그리기 시작했다.

소환진 정가운데에 정령석 하나를 놓고 피 한 방울. 이걸로 준비 끝!

곧장 정령석이 처음부터 없었던 것처럼 슥 사라지고, 소환이 시작되었다.

*　　　*　　　*

정령 소환진에서 나타난 정령의 모습은 특이했다. 눈에 보이지 않는 두 개의 구체가 서로 찰싹 달라붙어 있는 모습. 그 정령을 이루고 있는 게 내 정령력이 아니었다면 그 모습을 인지조차 못 했을 것이다.

"이건……."

무슨 정령이지?

─의외네요.

라플라스가 말했다.

─끼릭이 같은 정령이 또 나올 줄 알았더니, 이번에는 의외로 이 세계에도 존재하는 정령을 소환하셨군요.

아무래도 라플라스는 이 정령의 정체에 대해 알고 있는 모양이었다.

"이게 무슨 정령인데?"

─산소의 정령입니다.

잉? 산소? 숨 쉴 때 필요한 산소?

─산소의 정령을 처음 발견한 것은 대현자님이십니다.

라플라스의 목소리에 자긍심이 깃들었다.

─보통 이 세계의 정령사들은 산소의 정령이 존재한다는 사실조차 모르지요. 그래서 그냥 공기의 정령이나 바람의 정령 따위를 소환합니다.

"아……. 그랬지."

이 세계의 학자들도 열심히 공부하고 연구해 세계의 원소가 고작 네다섯 종류가 아니라는 걸 이미 밝혀냈지만, 정령과의 친화력을 올리느라 바빠 심산유곡에 처박혀 사는 정령사들은 학자들의 연구 결과에 별 관심이 없다는 걸 들은 적이 있는 것 같다.

─하지만 새 주인님께서는 특이하게도 자유 소환으로 산소의 정령을 소환하시는군요.

그야 나는 산소라는 게 존재한다는 걸 아는 세계에서 왔으니까.

더욱이 내게 산소는 매우 중요한 원소였다. 왜냐면 김연준으로서 죽기 전에 숨 쉬기가 힘들었거든.

평소에는 존재조차 인지 못 하고 살아도, 한번 숨이 막혀보면 그 중요성을 깨닫게 되는 게 바로 산소다.

─매우 인상적입니다.

"…그러냐."

나는 씁쓸하게 대꾸했다.

"아니, 뭐 그러면 원소마다 정령이 있는 거야?"

─이론상으로는 그렇습니다만, 정령사 본인이 세계를 구성하는 원소라고 굳게 믿어야 소환이 가능하니 그냥 없는 거라고 여기서도 무방합니다. 더욱이 대현자님께서 정령술이 아닌 정령법의 이론을 정립하고 학계에 발표하기 전에는 이 세계의 누구도 모르던 내용이니만큼…….

라플라스가 기분 좋게 설명을 늘어놓고 있으려니, 내가 소환해 놓았던 산소의 정령이 울었다.

"피시이이이이이……."

그러면서 신선한 공기 같은 느낌의 기체를 뿜어내었다.

"오, 이거 산소지?"

─그렇습니다. 고농도의 산소입니다.

음, 과연. 기체를 들이마셔 보니 머릿속이 조금 맑아지는 것 같은 느낌이다.

─지금으로써는 그냥 공기 중의 산소 농도를 조금 올리는 정도밖에 못 할 테지만, 산소의 정령이 성장할수록 더 높은 순도의 산소를 뿜어낼 것이며, 나아가 압축시켜 뿜어내는 것도 가능할 겁니다.

"그렇군. 더 커야 하는구나."

"피시?"

내 시선을 받은 산소의 정령이 갸웃거렸다. 그런 정령의 귀여운 반응에, 나는 피식 웃었다.

"좋아, 이제부터 네 이름은 피식이다."

"피시이이!"

이름을 붙여주자, 피식이는 기쁜지 격렬하게 산소를 토해내었다. 그래, 귀엽다!

─하필 또 피식이입니까…….

라플라스가 반짝이 때에 이어 내 네이밍 센스에 또다시 불만을 드러냈지만, 나는 신경 쓰지 않았다. 이제 와서 무슨.

"아, 그러고 보니 피식이와도 한번 정령 합일을 해봐야지."

"피시!"

피식이는 의욕적으로 산소를 토해냈다.

결과는 놀라웠다.

끼릭이 때와 마찬가지로 외견적인 변화는 전혀 없었으나, 내 입에서는 피시이이익 하는 소리와 함께 산소가 뿜어져 나왔다.

이 말은 무엇이냐.

"호흡이 필요 없어졌어……."

정확히는 호흡을 통해 산소를 공급받을 필요가 없어진 거고, 호흡 그 자체는 여전히 필요했지만 그런 건 중요하지 않다.

중요한 건 내가 단 한 호흡도 소모하지 않고 왕의 검법을 처음부터 끝까지 시연할 수 있었다는 점이다. 그것도 묵직하기 짝이 없는 몬토반드의 왕검을 들고!

근접전투에서 호흡의 중요성은 아무리 말해도 부족한데, 단지 피식이와 정령 합일을 한 것만으로 이 문제가 단번에 해결이 되어버렸다.

─따로 말씀드리지 않아도 효용성을 실감하신 것 같군요.

"그래. 이거 대단한데?"

나는 흥분해서 왕검을 휘둘러 대었다.

―하지만 산소중독에는 주의하십시오.

그 말을 듣자마자 흥분이 단번에 팍 식었다. 산소중독? 산소에도 독이 있나?

내 반응에 라플라스가 기다렸다는 듯 추가 설명을 했다.

―너무 우려하실 필요는 없습니다. 지나치게 압력을 올리지만 않으시면 괜찮습니다. 합일 상태에서도 호흡을 하시지 않는 건 아니니까요. 외부 공기를 받아들이고 있는 상태라면 일단 큰 위험은 없다고 보셔도 됩니다.

그렇구나… 하면서 안심하는 것도 잠시.

"어, 그럼 호흡을 안 하고 있을 때는 위험하다는 뜻이겠네?"

―그건 그렇습니다.

즉, 피식이와 정령 합일을 하고 잠수를 하거나 우주공간에 나가면 위험하다는 소리다. 우주공간이야 지나친 망상이라고 치더라도 자맥질 정도는 할 수도 있는데.

"그럼 당분간 칼 휘두를 때나 써야겠군."

정령 합일은 정령력 소모가 매우 격렬하지만, 그만큼 정령을 빨리 성장시킬 수 있는 수단이 되기도 한다. 물론 다른 정령들끼리의 합일이라면 둘이서 정령력을 나눠 먹어서 그게 그거지만, 합일하는 대상이 나라면 오히려 더 효율적일 수도 있었다.

"자, 한 번 더 해볼까?"

"피시!"

의욕에 찬 피식이의 목소리를 들으며, 나는 다시금 왕의 검법을 수련하기 시작했다.

* * *

피식이를 소환한 지 사흘째 된 날, 나는 드디어 목적지에 도착할 수 있게 되었다.

"대현자의 유적에 온 게 얼마 만이지?"

마지막으로 대현자의 유적을 간 게 그 강철 골렘이 나왔던 곳이니……. 시티 오브 툴루와 시티 오브 페르핀에서 워낙 많은 일을 겪어서 그런지 엄청나게 옛날 일처럼 느껴진다. 실상은 몇 달도 채 지나지 않았는데 말이다. 아니, 한 달은 지났나?

속으로 지난 세월을 셈하려다가 말고, 나는 그보다 더 위에 떠오른 호기심을 입에 올렸다.

"그런데 이번에는 절벽이 아니네?"

이제까지 방문해 왔던 대현자의 유적들은 보통 절벽 같은 곳에 위치해 있었기에 한 소리였다.

―서부 변경은 인구밀도가 너무 높아서 사람 눈을 피해 던전을 만들기 어려웠습니다만, 여긴 그런 것도 아니니까요.

주변을 돌아보면 그냥 아무것도 없는 초원이다. 그런데 바닥을 잘 살펴보면 사람 하나 누울 정도 자리에만 풀이 나지 않았고 거기 손가락 하나 들어갈 만한 구멍이 하나 나 있었다.

라플라스의 안내가 없었다면 과연 여길 찾아올 수 있었을까? 이 드넓은 초원을 헤매다 우연하게라도 이 자릴 찾아낼 가능성이 높아 보이지는 않았다.

뭐, 그러니 유료인 거겠지. 나는 픽 한 번 웃고는 유적에 들어갈 준비를 시작했다.

"자, 잭잭아. 여기서 놀고 있으렴."

우선 나는 말을 풀어 주었다. 주변은 초원이니 내가 유적에 들어가 있는 동안 마음껏 풀을 뜯고 놀아도 좋을 것이다. 조련술이 있어 언제든 불러올 수 있기도 하니 놔줘도 상관없었다.

—…잭잭이는 다른 말 아니었던가요? 시티 오브 툴루에 두고 그냥 온 것 같…….

"사소한 건 신경 쓰지 말자."

이런들 어떠하며 저런들 어떠하리.

"자, 그럼……. 여기 손가락을 넣으면 되겠네."

—네, 맞습니다.

손가락을 쑥 집어넣었더니 멀쩡했던 땅바닥이 쑥 꺼지며 유적으로의 입구가 열렸다.

"자, 그럼 루블 벌러 가볼까?"

나는 대현자의 유적으로 들어갔다.

*　　　　*　　　　*

유적의 바닥에 착지하자마자 정면에 통로가 보였다. 직선으로 쭉 뻗어 있었고 외길이었다. 뒤를 돌아보니 등 뒤로도 외길이 뻗어 있고, 한쪽은 오르막 다른 한쪽은 내리막이었다.

어느 쪽으로 갈까 판단하기도 전에 위기 감지와 함정 감지가 동시에 번뜩였다. 위기 감지의 방향과 함정 감지의 위치로 보아,

등 뒤의 경사를 통해 돌이 굴러오는 타입의 함정이다.

나는 주변을 둘러보는 것보다 먼저 앞으로 달리기 시작했다.

그리고 아니나 다를까, 쿠르릉하는 소리와 함께 경사면을 통해 돌들이 굴러오기 시작했다. 거대한 돌이 굴러오는 식이 아니라 야구공만 한 크기의 돌들이 와르르 쏟아져 내려오는 식이었다.

"······!"

─공략을······.

나는 라플라스의 말을 마저 듣지 않고 속도를 더욱 올려 뛰기 시작했다. [순간 가속 3]이 위력을 발휘했다. 바람이 휙휙 지나간다. 이런 좁은 통로를 무턱대고 전력 질주 하면 함정의 밥이 되기 일쑤지만, 그러기엔 [트레저 헌터의 직감 3]의 성능이 너무 좋았다.

10m 전방에 함정, 그리고 위기의 반응은 아래.

땅을 박차고 뛰어오르자, 바로 다음 발을 디딜 곳이 그대로 무너져 내렸다. 그리고 밑에서부터 어마어마한 열기가 차오르기 시작했다.

"뭐야?!"

착지할 곳에는 위기 감지가 반응하지 않았기 때문에, 나는 안심하고 착지했다. 뒤늦게 날 쫓아온 돌들이 뚫린 바닥으로 와르르 쏟아지는 것이 보였다.

그제야 나는 아래서부터 느껴지는 열기의 정체를 깨달을 수 있었다.

"미친······!"

용암이었다. 10m 정도 아래에서 용암이 끓고 있었다. 그 용암 속으로 돌들이 풍덩풍덩 빠져 물기둥 아닌 용암 기둥을 만들어 내고 있었다.

─알고는 있었지만, 엄청 빠르시네요. 통계상 이 구간을 달리기로 극복하는 건 불가능에 가깝습니다만.

"그럴 거 같더라."

[순간 가속 3]이 주는 가속 능력은 거의 3배에 가깝다. 트레저 헌터의 능력 없이 사람의 몸으로 이 스피드를 달성하기란 결코 쉬운 일이 아니다.

─아, 죽음을 극복하셨습니다. 총 두 번 극복하셨습니다.

"그걸 먼저 말해야지."

나는 픽 웃었다.

루블 몇 초 늦게 받는다고 죽는 것도 아닌데 굳이 빡빡하게 굴 필요는 없었다.

"카를은 여길 어떻게 극복했지?"

─이미 극복한 함정이니 무료로 말씀드릴 수 있겠군요. 사실 오르막 쪽으로 조금 올라가다 보면 안전지대가 있습니다. 거기서 돌들이 다 지나가길 기다리면 됩니다.

"그건 몰랐네!"

─미리 공략을 구입하셨다면…….

"그나저나 용암인가."

나는 라플라스의 말을 끊고 저 아래 끓고 있는 용암을 내려다 보았다.

불의 속성력을 갖고 있긴 하지만, 그렇다고 용암에서 헤엄을

칠 수 있을지에 대해서는 확신이 없다. 카를과 달리 내 목숨은 하나뿐이니 조심해야지.

그런 생각을 하면서 용암을 보고 있으려니 뜬금없이 위기 감지가 반응했다. 함정 감지는 조용한데……. 뭐지? 어쨌든 감지는 됐으니 대비는 해야지. 나는 감지의 방향인 용암으로부터 멀어졌다.

그러자 방금 전까지 내가 머리를 내밀고 있던 자리를 용암 한 덩어리가 불쑥 솟아 나와 핥고 지나갔다.

"뭐야? 방금 건?"

─궁금하십니까? 궁금하시면…….

"아냐, 됐어. 다 깨고 듣지, 뭐."

나는 스트레칭을 한 번 해 몸을 풀어준 후, 다시 유적을 진행해 나갔다.

*   *   *

"끙!"

나는 유적에서 기어 나왔다.

이번 유적에 대한 감상은 대충 이러했다.

"아, 맞다. 대현자의 유적이 이렇게 개같았지."

너무 오랜만이라 깜박했다. 게다가 최근 동안 너무 만만한 유적들을 돌아서 긴장감이 좀 희석된 감도 없지 않았다.

용암 지역은 발판이 드문드문 있고, 그 발판을 밟아서 점프해 지나가는 구간이었다. 문제는 그 발판이 갑자기 자리를 옮긴다거나, 오래 밟고 있으면 아래로 꺼진다거나, 아예 환상이었거나, 투명한 발판이 존재한다거나 하는 식이었다.

자리를 옮기거나 아래로 꺼지는 발판은 함정 감지가 반응하니 대응이라도 할 수 있지, 보이지도 않는 투명한 발판에 부딪혀 낙사할 뻔했던 건 정말 잊을 수 없는 경험이었다. 아, 그리고 환상 발판도 함정 감지가 반응 안 하더라.

[방향 전환 3]과 [이중 도약 2]이 없었더라면 진짜 용암에 떨어져 죽었을 수도 있었다.

거기다 용암 덩어리가 가끔씩 용암에서부터 솟구쳐 올라 방해하니 미칠 지경이었다. 나중에 라플라스한테 들었는데, 용암 속에 사는 물고기 비슷한 괴물이 물총처럼 용암을 쏴대는 거였다더라. 어째 이쪽을 노려서 쏘더라.

"아니, 이거 카를은 어떻게 돌파한 거야?"

─외워서요.

"뭐?"

─다 외우면 됩니다.

"어, 그러니까……. 한 번씩 다 겪어보고 어떤 발판이 무슨 발판인지를 다 외웠단 소리야?"

─그렇습니다. 죽다 보면 외워집니다.

보면 카를도 은근히 근성이 있다.

그리고 나는 그 근성 덕을 좀 봤다.

아, 공략을 사서 그런 게 아니라…….

─새 주인님께서는 이번 유적에서만 360루블을 벌어들이셨습니다. 경조사비 계좌의 잔고는 605루블입니다.

어쨌든 카를이 그렇게 죽어나갔기에 나는 루블을 벌었다는 의미였다.

고마워해야… 하나?

그런데 시티 오브 페르핀에서의 위기가 별로 피부에 와닿지 않았던 것에 비해, 이번에는 진짜 죽을 뻔했다는 걸 피부로 느끼면서 벌었음에도 벌이가 비슷하다 보니 어째 손해 본 기분도 든다.

하지만 내가 유적을 탐험하는 궁극적인 이유는 루블이 아니다.

"유물이지."

나는 각성창에 쌓아놓은 전리품들을 꺼내 들었다.

먼저 구슬처럼 뭉쳐놓은 검정색의 약들이 보인다. 각각의 약을 모두 그럴싸한 상자 안에 개별 포장해 놓은 터라 고급스러운 인상을 준다.

"라플라스, 이거 뭐야?"

―[청심대환단]입니다. 외력과 내력을 증강시켜 주며, 한 번에 한해 한계를 뛰어넘을 수 있도록 해 줍니다.

라플라스의 설명에 나는 눈을 빛냈다.

"오, 그럼 지금 당장 먹어야겠군?"

―아뇨, 지금 갖고 계신 약을 다 드신 후에 드시면 됩니다.

"갖고 있는 약?"

―[외력 강화제]와 [내력 증진제] 말입니다.

"아항."

마침 약들을 거의 다 먹어가던 차에 타이밍 좋게 새로운 약을 수급할 수 있게 되어 다행이다.

"그런데 한 번? 이건 여러 번 먹는 약이 아닌 거야?"

─그렇습니다. 청심대환단으로 제대로 된 효과를 보실 수 있는 건 한 번입니다. 여러 번 드시거나 한꺼번에 여러 개를 드신다고 효과가 크게 늘어나거나 하는 일은 없으니 주의하시기 바랍니다.

"아, 그건 무협지에 나오는 영약이랑 비슷하네."

나는 지구 시절의 기억을 뒤져 그런 정보를 찾아냈다.

"그럼 남은 건 어떻게 하지? 여러 갠데."

─하나는 직접 드시고, 나머지는 수하에게 상으로 내리거나 적당한 곳에 팔아넘기시면 됩니다. 가치를 아는 이에게는 비싸게 팔릴 겁니다.

두 방법 모두 별로 마음에 들지 않았다. 내 심기를 눈치 빠르게 파악한 라플라스는 곧장 다음 방안을 제시했다.

─아니면 나이가 많은 권력자에게 뇌물로 쓰셔도 좋고요. 약의 기능을 반도 제대로 못 살리겠지만, 끝내주게 잘 듣는 정력제로 환영받을 수도 있습니다.

아, 이건 좀 마음에 든다. 당연하지만 진짜로 뇌물로 쓰겠다는 뜻이 아니라, 내가 정력제로 쓰겠다는 뜻에서. …그때가 언제가 될지는 모르겠다만.

하지만 이런 내용을 라플라스에게 털어놓는 건 어째선지 좀 꺼려져 입을 다물고 있으려니, 라플라스가 다음 활용법을 늘어놓았다.

─혹은 연금술을 단련하신 후에 [청심대환단]에 다른 재료를

첨가하셔서 더 강력한 약으로 탈바꿈시키실 수도 있습니다.

"그게 좋겠어!"

나는 개별 포장된 약들을 각성창 안에 고이 모셨다.

"그리고 이건……."

각성창 안에서 이번에 새로 전리품으로 얻은 유물을 꺼내자마자, 라플라스가 기다렸다는 듯 입을 열었다.

—[에너지 주입기]입니다. 약 한 달분의 물과 식량을 저장한 후, 영양분을 가급적 고르게 분배해 체내에 직접 공급해 주는 기능을 갖고 있습니다.

뭐, 이것도 유물이다. 각성창 안에 넣은 시점에서 이미 어떤 물건인지 직감적으로 알고는 있었지만, 라플라스는 성실하게도 설명을 잊지 않았다.

"만약 내게 각성창이 없었더라면 상당히 유용하게 쓰였을 텐데."

한 달 분량의 물과 식량이라고 말하는 건 간단하지만, 실제로 그 분량의 부피와 무게는 만만한 것이 아니다. 그런데 그걸 손바닥 안에 들어오는 바늘 없는 주사기 모양의 유물 안에 전부 보관할 수 있다니. 대단한 물건이라고 하지 않을 수가 없었다.

그렇다고 문제가 없는 건 아니다.

"우웩."

시험 삼아 식량을 저장시킨 후 주사기를 쭉 짜내 먹어봤더니, 뭔가 뭐랄까 이상하다고밖에 설명하기 어려운 맛이 났다. 이런 걸 먹느니 그냥 요리를 하고 만다는 생각이 먼저 들었다.

그럼에도 불구하고 쓸모가 없는 건 아닌데, 각성창 안에 넣고 쓰면 입이 아닌 다른 방식으로 에너지를 공급받는 것이 가능했다.

느낌상으로는 배 속에다 직통으로 쏴준다고 해야 하나. 아니, 배가 부르지는 않으니 어쩌면 혈관에다 쏴준다는 표현이 더 정확할지도 모르겠다.

이런 식으로 쓰면 맛을 보지 않아도 되니 한결 거부감이 덜한 데다, 이동 중이라든가 전투 중에 멈춰서 음식을 먹느라 시간을 소모할 필요가 없어진다는 점에서 메리트가 있다.

"그래도 어지간하면 밥은 먹고 다녀야지."

맛을 보지도 못하고 포만감도 못 느끼면 이게 뭐 어디 사람 사는 건가 싶다. 정말 아주 급할 때나 쓰겠지, 평소에는 내팽개쳐 둘 것 같았다.

―…그 유물에 얼마나 혁명적인 기술이 적용되었는지 아시면 깜짝 놀라실 텐데요…….

이런 내 혹독한 평가가 서운했는지, 라플라스가 한숨 섞인 혼잣말을 흘렸다.

"하지만 유료잖아?"

―그건 그렇지만요.

라플라스는 아쉬운 듯 물러났다.

"그리고 이제 내 트레저 헌터 능력이……."

―[트레저 헌터의 직감 3], [트레저 헌터의 손재주 2], 그리고 [순간 가속], [이중 도약], [방향 전환]이 모두 3입니다. 남은 탐사 점수는 210점입니다.

"알려줘서 고맙군."

트레저 헌터의 능력은 원래 자기 관할도 아닐 텐데, 어느새 라플라스가 관리해 주고 있었다. 이제 능력을 나열하는 것만으로도 꽤 길어지는 바람에, 내가 일일이 기억하는 것보다는 라플라스의 도움을 받는 게 더 편하기도 하니 굳이 나쁘게 볼 건 없었다.

이렇게 전리품들을 죽 늘어놓고 보니 또 마음이 바뀐다. 비록 몇 번쯤 목숨이 위험하긴 했지만, 그게 대수냐 싶을 정도로. 어쨌든 내겐 유적에 갈 이유가 가지 않을 이유보다 많았다.

"라플라스! 다음 유적!!"

그래서 나는 유적에서 당장 나왔을 때의 기분은 깡그리 잊고, 다시 라플라스에게 다음 유적에 대한 정보를 요구했다.

제4장

잭 제이콥스 어게인

예언자는 평소 보고를 무감한 표정으로 듣는다.

놀라는 모습이나 희로애락을 표현했다가, 예언이 어긋났음을 들키는 것은 그녀에게 있어 단순히 부끄러운 에피소드로 끝나지 않기 때문이다.

물론 예언을 틀리게 만드는 자와 관련된 것이 아니면 그녀의 예언이 틀릴 일은 없지만, 예언자는 예언을 하지 않았으면서 예언을 한 척할 때가 있었기 때문에 평소에도 필요한 기술이었다.

그러나 그러한 예언자의 표정은 오늘 잠깐이나마 무너졌다.

올라온 보고의 내용이 이러했기 때문이다.

"루브스 페르핀이 시티 오브 페르핀을 떠났습니다."

사실 그 루브스 페르핀은 본인이 아니라 예언을 틀리게 만드는 자가 변장한 것이지만, 예언자는 굳이 그러한 사실을 보고자에게 늘어놓지 않았다.

문제의 핵심은 예언자의 예상을 뒤엎고 예언을 틀리게 만드는 자가 시티의 왕이나 다름없는 시장 자리를 팽개치고 휙 떠나 버렸다는 보고 내용 그 자체였다.

물론 이것은 예언자가 예언한 사항은 아니었다. 서부 변경에 예언을 틀리게 만드는 자가 있는데 쓸데없이 수명을 낭비하며 예언을 할 이유가 없었다.

그러나 그저 예상일지라도, 틀림없으리라 믿어 의심치 않은 예상이 틀린 것은 산전수전 다 겪은 예언자에게도 열패감을 안겨주었다.

더욱이 예언으로 대처할 수 없는 대상을 상대로 수읽기에서 패배했다는 건 위기감마저 느껴지는 일이기도 했다.

"루브스 페르핀 시장은 자신의 대리로 헤이즈 카스트로 페르핀을 임명했습니다."

정확히는 양자로 들이고 자연스럽게 시장 대리 자리를 위임받은 것이지만, 예언자에게 있어선 크게 다르지 않은 일이었다. 왜냐하면 예언자가 이미 한 번 시티 오브 페르핀에 사용했던 수를 봉쇄하는 절묘한 한 수였기 때문이다.

같은 수를 한 번 더 써봐야 시티 오브 페르핀의 시민들에게 제국 중앙의 의도를 노출시키는 것밖에 안 된다. 현지인들의 반감 없이 조용히 실권을 장악하려면 다른 수를 써야 한다.

그런데 루브스가 하필 양자를 임명함으로써, 바이론 페르핀이라는 제국 중앙의 시도에 다시금 시선을 주는 효과를 낳았다.

즉, 루브스의 이 한 수 때문에 제국 중앙은 최소한 5년 동안, 실제로는 향후 10년까지도 다음 수를 쓰지 못하는 상황이 되었다.

이 모든 작전을 수립하고 지휘했던 예언자의 입장에서는 불쾌하기 짝이 없는 한 수였으나, 그녀의 얼굴은 생각 외로 그다지 불쾌해 보이지 않았다.

"그래서 그 루브스 페르핀은 어디로 떠났지?"

루브스 페르핀이 떠나 버린 이상, 시티 오브 페르핀에 대한 예언자의 관심은 금세 식었다. 그 작은 변경의 땅에서 어떤 일이 일어나든 무슨 상관인가.

중요한 것은 예언을 틀리게 만드는 자의 행방이다.

예언자의 분노를 살 각오를 하고 있던 보고자는 의외로 괜찮은 예언자의 반응에도 방심하지 않고 더욱 몸을 숙이며, 그러나 빠른 목소리로 예언자의 물음에 답했다.

"그, 남부대륙으로 떠나는 배를 탔다고 합니다."

"남부대륙?"

보고자의 답에, 예언자는 상반신을 앞으로 숙이면서까지 관심을 보였다. 그녀의 풍만한 가슴이 중력에 따라 자연스럽게 움직였으나, 보고자는 그 매력적인 움직임에도 결코 시선을 빼앗기거나 하지는 않았다. 애초에 잔뜩 긴장한 채 머리를 바닥에 처박고 있었으니 볼 수조차 없었다.

'예언을 틀리게 만드는 자가 남부대륙으로 떠났다, 라……'

남부대륙은 라틀란트 제국의 영향력이 거의 미치지 않는 땅이다.

고대 제국 시대에는 남부대륙에조차 제국의 영향력이 뻗어나 갔다지만, 라틀란트 제국기에 이르러선 고작 몇 개의 해안 도시를 점령했을 뿐이다. 그것도 직할이 아닌 봉건의 계약을 맺는 형태로.

즉, 반대로 말하면 예언을 틀리게 만드는 자의 영향력 또한 라틀란트 제국에 미치지 않는다는 뜻이다.

예언자의 눈이 빛났다.

"잘 알았습니다. 보고는 그것으로 끝입니까?"

갑자기 높임말을 쓰기 시작하는 예언자의 태도에도 보고자는 결코 당황하지 않고 고개를 들지도 않았다.

"그, 그렇습니다."

"그렇다면 물러나세요. 수고하셨습니다."

수고했다고? 그 치하에만큼은 보고자도 당황하지 않을 수 없었다.

대체 얼마나 기분이 좋았으면 수고했다는 말까지 던질까?

보고자는 고개를 들어 예언자의 얼굴을 보고픈 충동에 휩싸였으나, 그 욕망을 필사적으로 억누르며 대답했다.

"감사합니다."

그리고 그 자세 그대로 예언자의 방에서 물러나 문을 닫은 후에나 간신히 안도의 한숨을 내쉬었을 따름이었다.

*　　　　*　　　　*

내 다음 목적지는 유적이 아니라 도시가 되었다. 어차피 지나가는 길이기도 했고, 보급품도 조달할 필요가 있었기 때문이다.

"그런데 여기 말은 통하려나? 대륙이 다르다며?"

—사람들을 많이 상대하는 상인들 상대로는 기존의 라틀란트 제국어도 통하긴 통합니다. 기본적으로 구 제국어랑 근본이 같고 여기도 구 제국 땅이었으니까요. 하지만······.

"바가지를 쓰겠군?"

—네.

외지인을 상대로 바가지를 씌워대는 건 비단 지구뿐만의 일은 아니었던 것 같다. 군인들 월급이 얼마나 된다고 그렇게 바가지를 씌우는지. 다 자기들 지켜주려고 파견 나오고 그러는 건데. 어우, 진짜······.

다 지난 일이다.

—게다가 구 제국이든 라틀란트 제국이든 제국인은 기본적으로 이곳 현지인들에게는 반감을 사는 존재라서요. 어지간하면 이 곳 언어를 습득해 두시는 걸 추천합니다.

내가 지구에서의 추억에 잠겨 있는 새, 라플라스는 불꽃과도 같은 판촉 활동을 벌였다.

"그래, 뭐. 얼만데?"

—현지인 수준의 현지어는 5루블밖에 안 합니다.

"뭐야, 왜 이렇게 싸?"

—그야 이쪽 언어를 안다고 삶이 확 편해지거나 하는 건 아니니까요.

아, 기준이 그거였지? 나는 픽 웃으며 대꾸했다.

"좋아, 콜."

나는 현지인 언어팩을 구매했다. 가격에 비해 다운로드도 오래 걸렸고, 어지럼증도 상당했다. 그만큼 용량이 많았던 거겠지. 언어 하나를 통째로 익히는 건데 용량이 적을 이유가 없다. 지구에서 영어 배울 때도 얼마나 고생을 했던지⋯⋯.

그 자리에 서서 어지럼증을 버티던 나는 문득 어떤 발상을 떠올렸다.

"잠깐, 잘 생각해 보니 그냥 적당한 이 지역 주민의 신분을 샀으면 됐지 않을까?"

─어차피 언어가 포함되는 만큼 가격이 조정됩니다. 잘 사셨어요.

하긴 라플라스가 내게 사기를 친 적은 없다. 오히려 편의를 봐준 적은 있지. 나는 약간의 반성과 함께 도시를 향해 걸음을 옮겼다.

*　　　　*　　　　*

라틀란트 제국의 변경 도시들과 달리, 이 도시 카트하툼은 별다른 검문 절차 없이 들어갈 수 있다. 말 한 마리를 끈 이방인이 아무 제지 없이 도시에 들어설 수 있었던 것이 이 덕이다.

대신이라고 하기엔 뭐하지만, 도시에는 외곽 지역과 중심 지역이 따로 분류되어 있어 중심 지역으로 들어가기 위해서는 검문을 따로 받아야 한단다.

내가 이용하고자 하는 상업지구는 외곽 지역에 위치했기 때문에 귀찮음을 덜 수 있었다.

—카트하툼은 타니티아 왕국 멸망 후 구 제국이 새로 세웠던 도시입니다.

도시의 정보에 대한 건 사지도 않았음에도, 라플라스는 활기찬 목소리로 도시에 대한 설명을 이어나가고 있었다.

—구 제국이 멸망한 뒤에는 제국 문화권에서 이탈했고, 라틀란트 제국은 이 도시가 존재하지 않는 것처럼 취급합니다. 제국의 지도에는 없는 도시인 셈이죠.

"군사력을 배치하기엔 여력이 부족했던 모양이로군."

카트하툼의 규모만 봐도 이 도시를 간단히 제패하긴 어렵겠다는 생각이 든다. 시티 오브 카를과 비교하는 건 너무한 처사고, 시티 오브 페르핀과 비교해도 이 도시가 서너 배 정도는 규모가 더 크다.

게다가 사람들의 무장 상태가 상당히 괜찮다. 그냥 거리를 다니는 시민들부터가 칼을 차고 다니고, 간단한 갑옷 같은 걸 꿰어 입고 다니는 이들의 모습도 보인다.

용병으로 보이는 이들이 무장을 한 채 거리 한쪽에서 와자지껄 떠들고 있다. 그런데 시민들 누구도 그 용병들을 두려워하거나 이채롭게 보지도 않는다. 일상적인 풍경이라는 소리다.

물론 이건 카트하툼이 그만큼 용병을 많이 필요로 하는, 그다지 치안이 좋지 않은 분쟁지역이라는 소리도 되기 때문에 진직으로 칭찬할 만한 일이라고는 할 수 없다.

하지만 단순히 군사력의 측면으로 볼 때, 카트하툼은 분명 강력한 도시로 분류될 것이다.

―그렇습니다. 구 제국의 계승자라고 하려면 이 땅도 영향력 하에 두어야 하는데, 보급도 어려운 다른 대륙의 도시를 점령할 정도의 군사력을 투사하긴 힘드니…….

"그냥 없는 셈 친다."

―아무것도 없는 황무지를 점령하자고 군대를 보낼 이유가 없으니까요.

라틀란트 제국의 통치자들은 현실과 이상의 괴리를 해결하기 위해 그냥 정신 승리를 하는 걸 선택한 모양이다.

"그런 것치고는 제국인들이 많이 보이는데……."

현지인과 제국인은 외형부터가 차이가 있다. 피부색은 생각보다 그리 차이 나지 않지만, 얼굴 생김새나 수염, 머리칼, 하다못해 옷차림에서부터 느낌이 다르다.

―구 제국에서 세운 도시인만큼 그때부터 눌러 살던 이들도 있지만, 죄를 짓거나 원한을 사 쫓기다가 여기까지 온 이들도 많습니다.

"범죄자들?"

―아까도 말씀드렸지만 라틀란트 제국인들에 대한 인상이 안 좋은 것도 그 때문입니다. 옛 지배계급이었기 때문이기도 하지만, 그보다는 제국 출신 범죄자들이 많은 까닭입니다. 말이라도 통하는 구 제국 출신이 그나마 평판이 좋은 것도 그것 때문입니다.

"알았어, 그래서 말을 배우라고 한 거군."

이 지역의 언어가 적어도 5루블만큼의 가치는 하는 것 같아
나는 안도했다.

*　　　　*　　　　*

나는 일단 여관방을 잡기로 했다.

"아, 제국인. 제국인은 우측으로."

여관으로 들어가자마자 나를 본 여관 주인이 어눌한 제국어
로 말했다. 아직 난 한 마디도 안 꺼냈는데, 내 복장만 보고 판
단한 모양이었다.

"우측? 오른쪽?"

내가 현지어로 대꾸하자 여관 주인의 경계심 어린 표정이 조
금 풀렸다.

"아, 우리말 할 줄 아시는구나? 그럼 왼쪽으로 가셔."

"차이가 뭐요?"

"별것 없소. 제국어를 할 줄 아는 종업원이 서비스를 봐주지."

과연 그것뿐일까?

하지만 나는 괜히 캐묻지 않고 순순히 왼쪽 통로를 통해 방을
안내받았다. 적당히 넓은 방에는 깨끗하게 치워진 침상과 작지
만 튼튼한 협탁이 나를 반겼다.

"목욕은?"

"이 지방에선 물이 귀해서."

돌려 말하는 걸 보니 벌써부터 바가지를 씌울 생각이 만만한
것 같았다. 현지어를 써도 이런 식이니 뭐, 이거 각오를 좀 해야

할지도 모르겠는데?

"얼만지부터 말씀하시오."

"제국 은화로 한 닢."

엄청나게 비쌌다!

사실 지금 나는 돈이 모자랄 일은 어디 부동산이라도 살 게 아니라면 없는 게 맞았다. 각성창 안에 금괴가 몇 갠데!

그럼에도 허리띠 졸라매던 시절의 경제 감각은 그대로 남아서 나로 하여금 동전 한 푼도 허투루 못 쓰게 만들고 있었다.

"흠, 흠. 주인장. 어디 아픈 곳 없소?"

따라서 나는 곧장 성법 영업에 나섰다.

"아프냐니? 뭐, 치료라도 할 줄 아시오?"

오, 흥미를 보인다.

"조금은."

"아, 정말로?"

여관 주인의 얼굴에 화색이 돌았다.

내 얼굴에도 화색이 돌았을 것이다.

이 맛에 잭 제이콥스 하지!

*   *   *

이 도시, 카트하툼에선 치료사의 수요가 엄청나게 높았다.

하긴 어딘들 안 그러겠냐만, 여긴 특히 더 심했다.

라틀란트 제국의 영역이 아닌지라 신성교단의 신전이 있는 것도 아니고, 용병들이 일상적으로 쏘다닐 정도로 치안이 불안한 지역이라 다치는 사람은 훨씬 더 많았으니 당연한 일이긴 했다.

물론 이 도시에도 치료 주술을 쓰는 양반도 있고 적당히 약초로 치료하는 약사도 있었지만, 아무래도 신성력을 동원하는 성법과는 효과에 차이가 없을 수 없으니 수요가 폭발할 수밖에 없었다.

나는 주머니 속에서 오늘 벌어들인 돈을 짤랑거리며 웃었다. 이런 도시에서는 치료의 대가로 서비스나 물건을 요구하는 대신 그냥 돈으로 받는 게 서로 간에 좋았다.

게다가 나중에 알고 보니 이 도시에선 제국 화폐의 가치가 상대적으로 낮았다.

제국에서 도망 온 작자들이 하도 금화를 뿌려댔고, 또 이 도시의 상인들은 도망자들 사정을 알고 가차 없이 더 뜯어냈기 때문에 생긴 일이었다.

괜히 목욕물 한 통이 제국 은화로 한 닢이 아니었다. 현지 통화, 그러니까 카트하툼 동전으로는 다섯 닢이 제국 은화로 한 닢이었던 탓이다.

즉, 그냥 벌리는 돈도 돈이지만, 여기서 카트하툼 돈을 잔뜩 번 다음 제국 금화로 바꿔 가면 그 차액으로도 엄청나게 이득을 볼 수 있다!

그래서 나는 그냥 치료만 하는 게 아니라, 축복도 동전 몇 닢에 쭉쭉 팔아치웠다. 어차피 성법 수련도 해야 되겠다, 일석이조도 아니라 인석삼조였다.

"흐흐, 여기서 눌러앉고 살아도 엄청나게 벌겠군."

―그러실 생각 없으시잖아요.

그건 그렇다. 돈 몇 푼에 연연할 정도로 빈곤한 것도 아니거니와, 애초에 나는 왕이나 다름없던 변경 도시의 시장 자리를 박차고 나온 몸이다.

하지만 빈곤하고 말고를 떠나, 지갑이 두꺼워지는 건 좋은 일이다.

"이렇게 돈을 많이 낼 정도로 내 치유에 만족하고 있다는 뜻이기도 하니까."

어느 정도 정가를 정해놓긴 했지만 대부분의 환자가 그보다 더 많은 값을 내놓고 갔다. 그만큼 이 도시의 사람들이 제대로 된 치료와 축복에 굶주렸기 때문일 터였다.

내 입장에서는 능력을 인정받고 감사까지 받으니 일단 기분이 좋았다. 내 기분이 좋고 말고도 중요한 문제다.

"일단 내킬 때까지는 여기 주저앉아 있을 것 같은데?"

직전에 다녀온 유적이 생각보다 어려웠기 때문에 더 그런 생각이 강해져 있었다. 그동안 쉼 없이 달려오기도 했고, 어쨌든 마음 놓고 푹 쉴 시간이 필요한 건 또 사실이었다. 바다까지 건너왔겠다, 루에노가 쫓아올 가능성도 0%에 고정되기도 했고.

여관방에 앉아 라플라스와 그런 이야기를 나누고 있을 때였다.

똑똑, 하는 노크 소리와 함께 바깥에서 여관 주인의 목소리가 들렸다.

"성자님."

몇 번 치유와 축복을 해줬더니, 여관 주인 아저씨도 날 성자라 부르기 시작했다.

"성자 아니라니까요."

나도 어디까지나 대가를 받아 챙기면서 하는 짓인데 왜 자꾸 성자 운운하는지 모르겠다.

아, 일단 여관 주인에게는 치료비를 받지는 않았다. 대신 무료로 좋은 방에 머물게 해주고 식대도 공짜다. 좋은 거래였다고 생각한다. 매일 새 천으로 침대를 깔아주는 데다가 청소도 성심성의껏 해주고 되게 좋은 재료로 맛있는 밥을 해주거든.

"뵙고 싶으시다는 분이 계십니다."

여관 주인은 내 항의는 들은 척 만 척하고 바로 본론으로 들어갔다.

하긴 익숙해질 때도 됐지. 이 문답이 하루에도 몇 번씩인데.

아니, 그보다.

"뵙고 싶으시다는 분이라니요?"

"그게, 저⋯⋯."

여관 주인은 대답을 망설였다. 왜 저러지? 내가 일어나 방문을 열려는 순간, 라플라스가 입을 열었다.

─사실 발생 확률이 그리 높지는 않은 이벤트인데, 이번에는 발생했군요.

'응? 무슨 소리야?'

─유료입니다만.

또 판촉이냐! 그럼에도 굳이 이런 타이밍에 발한 이유가 있을 것이다.

'얼만데?'

그러니 일단 가격부터 물어보자.

─15루블입니다.

꽤 비싸다.

즉, 꽤 얻을 게 많은 일이라는 뜻이다.

'…딜!'

나는 망설이다 말고 곧장 딜을 외쳤다. 딱히 뭔가를 벌이고 싶은 마음은 아니었지만, 희귀 이벤트가 제 발로 찾아온 것까지 거부할 마음인 건 또 아니었다.

*   *   *

다음 날 아침.

"서쪽 변경의 성자, 잭 제이콥스 님을 만나 뵙게 되어 영광입니다."

나를 인도하기 위해 찾아온 안내인은 만나자마자 대뜸 이런 말부터 건넸다.

만약 라플라스로부터 사전에 정보를 구매하지 않았더라면 꽤 당황했을 법한 인사말이었다. 그냥 성자라고 지칭했다면 모를까, 굳이 '서쪽 변경'이라는 단어를 언급한 건 잭 제이콥스의 과거를 알고 있다는 의미니까.

저자가 저렇게 말한 건 자신들의 정보력을 과시하기 위함이다.

아예 다른 대륙에 위치한 카르하툼에서 다른 대륙의 일을 손바닥 보듯 잘 알고 있다고 생각하게 만들고 싶다는 의도다.

"절 아십니까?"

따라서 나는 놀란 듯 물어야 했다. 그래야 상대로 하여금 의도가 먹혔다고 생각하게 만들 수 있다. 아니나 다를까, 안내인은 빙긋 웃으며 내게 이렇게 말했다.

"물론입니다. 요즘 유명하시잖습니까?"

굳이 서쪽 변경이라는 단어를 언급하지 않은 채 나를 압박하려 하지만, 이미 답을 다 아는 내 입장에선 코웃음을 참는 게 고역일 뿐이었다.

"제 주인님께서 성자님을 뵙고자 하십니다."

"네, 어제 대충 들었습니다."

갑작스럽게 넘어가는 화제에, 나는 전전긍긍하는 것처럼 보이려고 연기했다.

"초대에 응해주셔서 감사하다는 말씀을 일단 올리고 싶습니다. 자, 그럼 가시지요."

의기양양해하는 안내인의 반응을 보니 내 연기도 괜찮게 먹힌 듯했다.

─잘하시네요.

'이것도 하다 보니 느는 것 같아.'

앞서 걷는 안내인의 등을 보며, 나는 소리 없이 웃었다.

＊　　　　　＊　　　　　＊

나는 안내인의 인도에 따라 카트하툼의 중심 지역으로 향했다.

그렇다. 아무나 드나들 수 있는 외곽 지역과 달리, 성벽으로 둘러싸인 중심 지역이다. 어지간하면 외부인은 들어가는 것조차 허용이 안 되는 부촌이다.

중심 지역은 바깥과는 완전히 다른 도시처럼 보였다. 일단 건물의 구조재부터가 다르다. 외곽 지역의 건물들은 목재나 진흙, 심하면 천막을 치고 생활하는 이들도 있었는데, 중심 지역은 제대로 회칠을 한 단단한 석재 건물들이 주류를 이뤘다.

그리고 중심 지역도 또 내부적으로 구획이 나눠져 있어, 중심에 가까울수록 풍경이 달라졌다. 중심 지역에서 또 따로 분리된 저지대 지역은 2~3층짜리 건물이 다닥다닥 붙어 있어 어딘가 답답한 느낌이라면, 안쪽으로 향할수록 건물끼리 충분히 거리를 두고 세워져 있었다.

그리고 그 중심의 중심이라 할 수 있는, 이 도시에서 가장 크고 화려한 저택이 내가 향할 곳이었다.

"잭 제이콥스 님께 부탁드리고 싶은 것은 하나입니다."

목적지로 향하는 마차에서, 안내인은 내게 당부했다.

"이제부터 향할 곳에서 일어나는 일은 부디 함구해 주십시오."

"무, 물론입니다."

나는 일부러 말을 더듬는 게 생각보다 어렵다는 것을 깨달았다. 이것도 연습해 놔야 하나? 아니, 흡족해 보이는 안내인의 표정을 보니 굳이 연습할 필요는 없을 것 같았다.

큰 저택의 미로 같은 통로를 구불구불 지나다 내가 최종적으로 안내된 곳은 작은 아이가 누워 있는 병상이었다.

나이는 열 살쯤 되었을까? 불타는 것처럼 붉은 머리칼이 인상적인 여자 아이였다. 대낮임에도 자리에서 일어나지 못하고 온몸이 땀으로 젖은 채 간헐적으로 신음 소리를 흘리며 헐떡이는 모습을 직접 보니 정보로서 접한 것보다 훨씬 안쓰러움이 느껴졌다.

"잭 제이콥스 님께 부탁드리고 싶은 건 이분의 치유입니다."

안내인은 사무적으로 말했다. 외부인인 나조차도 동정심과 연민을 느끼는데, 관계자일 터인 그가 이렇게도 감정을 배제한 태도인 건 이상했다. 이미 답을 알고 있지 않았다면 말이다.

"치유에 성공만 하신다면 큰 보상이 뒤따를 것입니다."

그럼 실패하면? 그런 걸 물을 분위기는 아니었다.

"알겠습니다. 한번 해보죠."

나는 긴장한 척 마른침을 삼키는 모습을 보이고는 침대를 향해 걸어가 아이의 손목을 꺼내 쥐었다.

꽤 오래 앓은 듯 아이의 손목은 심하게 야위었고, 닿은 체온은 낮았다. 아이의 이마를 손으로 짚거나 하는 식으로 대충 병증을 조사하는 척하던 나는 고개를 저었다.

"이건 병이 아닙니다."

내가 이렇게 말하고 나서야, 드디어 안내인의 표정에서 처음으로 여유가 사라졌다.

"그게 무슨 말씀이십니까?"

"지독한 저주로군요. 살아 있는 게 신기할 정도입니다."

나는 고개를 절레절레 저어보였다.

"근래 들어 아이의 부모가 누군가에게 큰 원한을 산 적이 있습니까? 그것도 아니면 이 아이의 죽음으로 누가 이득을 본다거나……."

"…고작 방랑 신관이 무엇을 안다고 지껄이느냐!"

안내인은 거친 목소리로 내 말을 끊으며 분노를 드러내었다.

만약 내가 이놈에게 얕보이지 않았더라면 이놈은 내가 아이의 손목을 붙잡게 놔두지 않았을 것이다. 그리고 이토록 쉽게 허를 찔려 내심을 들키지도 않았을 테고.

이제껏 연기를 한 보람이 있다.

나는 곧장 반짝이를 내 몸 안쪽에 소환해 즉각 정령 합일을 사용했다. 사실은 그냥 반짝이와 합일한 것이지만, 정령에 대해 조예가 부족한 사람들에겐 이게 헤일로처럼 보일 것이다.

' 즉, 최소한 3륜급은 된 것처럼 보일 수 있다.

"헉! 이, 이럴 수가!"

안내인은 크게 놀라 뒤로 넘어지듯 물러났다. 그런 그를 보며, 나는 빙긋 웃어 보였다.

"제가 아직도 1륜급으로 보이십니까?"

이런 내 질문에 대한 안내인의 대답은 다음과 같았다.

"주, 죽여라!"

명령이 떨어지자마자 안내인의 뒤에 서 있던 남자 둘이 칼을 뽑아 들었다. 그걸 이미 예상했던 나는 큰 목소리로 낭랑하게 기도문을 외쳤다.

"오오, 신이시여! 저를 보호하소서!"

물론 기도문은 연출일 뿐이다. 그와는 별개로 짜라스트라의 2류급 성법, 믿음의 방패는 찬란한 신성의 빛을 뿌리며 나를 보호했다. 챙, 챙 하는 소리와 함께 적들의 칼은 믿음의 방패에 간단히 막혔다.

"아아, 신이시여!"

내 신성의 빛을 목도하고 그 이적을 목격한 시녀들이 그 자리에 주저앉으며 성호를 긋고는 그 자리에서 기도를 하기 시작했다. 신전도 없는 변경인데 신앙심이 좋군.

아무튼 좋다. 이것으로 목격자는 만들었다.

다들 당황한 틈을 타, 나는 저주에 걸린 아이를 끌어당겨 안아 들었다.

"말씀하신 대로, 이 아이를 치유하겠습니다!"

"아, 안 돼!"

"안 되긴 뭐가 안 돼! 돼!!"

나는 그냥 무식하게 아이에게 신성력을 때려 박았다. 그러자 아이의 온몸이 번쩍하고 빛났다. 내가 천천히 아이를 내려놓자, 괴로워 보이던 아이의 표정이 편해지고 거칠었던 호흡도 가라앉았다.

효과가 강력하긴 했지만 단순한 저주였기에, 이렇듯 단순 무식한 방법으로도 저주를 풀 수 있던 게 다행이었다.

"후우……. 자, 치유에 성공했습니다. 이제 약속한 보상을 주시지요."

"네놈…… 네놈은 눈치도 없는 거냐!"

이를 가는 안내인을 상대로, 나는 싱긋 웃어 보였다.

"이 정도로 강하면 눈치는 좀 없어도 됩니다."

"죽여라!!"

안내인은 발악하듯 외쳤고, 망설이던 남자 둘은 눈을 질끈 감고 나를 향해 칼을 휘둘렀다.

"신이시여! 제게 힘을!"

나는 내게 축복을 거는 척하면서 내게 덤빈 남자들을 그냥 두들겨 팼다.

비록 내가 격투술에 전문적인 조예는 없다고는 하나, 고작 1검급인 호위 둘을 상대로는 충분한 힘과 스피드를 지니고 있다. 그러니 대충 신체 능력으로 몰아붙이기만 하면 됐다.

이것도 저 안내인이 나를 얕봤기에 가능한 일이었다. 만약 나를 경계했다면 조금 더 쓸 만한 호위를 구해다 동행했겠지.

하지만 이미 일은 벌어졌고, 결과는 나왔다.

"이겼다! 짜라스트라 신이시여, 감사합니다!"

순식간에 호위들을 때려눕힌 나는 가증스럽게 기도하는 척했다.

"네놈! 너……! 나를 속였어!"

"그건 제가 할 말입니다! 이게 다 무슨 일입니까? 저 아이를 치유하기 위해 저를 부르셨고, 저는 부탁받은 대로 행했을 뿐입니다. 그런데 왜 저를 죽이려 하십니까?"

무슨 일이 일어난 건지 아주 잘 알고 있으면서도, 나는 아무것도 모르는 것처럼 뻔뻔하게 말했다. 이건 그냥 눈앞의 안내인을 놀리기 위해서 한 말이 아니었다.

"숙부께서, 숙부께서 저를 죽이려고 한 거였군요."

대답해 줄 사람이 있기에 던진 질문이었다.

"가주님!"

바닥에 엎드려 덜덜 떨고 있던 시녀들 중 하나가 침대에 누워 있던 아이를 향해 외쳤다.

그렇다. 내가 치유한 이 작은 아이가 이 도시의 유력 가문인 바르하 가문의 가주, 엘리사 바르하였다. 그리고 나를 여기까지 데려온 안내인은 엘리사의 숙부인 바알란 바르하였고.

바알란 바르하가 원래 의도한대로 일이 돌아갔다면, 내가 맡아야 할 역할은 변경의 성자라고 떠받들어지기는 하지만 실상은 고작 1류급에 불과한 방랑 신관으로서 이 자리에 불려 와 사실은 병이 아니라 저주에 걸린 가주의 치유에 실패하고 쫓겨나는 것이었다.

바알란은 무려 성자라 불리는 이를 초빙해 엘리사의 치유를 도모했으니 숙부로서의 도리를 다했다는 생색을 냄과 동시에 엘리사를 자연스럽게 죽음으로 몰아넣음으로써 차기 가주 자리를 정당하게 이어받을 수 있게 되었을 터였다.

다만 바알란이 예상하지 못한 변수가 있었다. 내가 이 일의 내막을 전부 다 알고 있었다는 점과 엘리사에게 걸린 저주를 풀기에 충분한 신성력을 지니고 있었다는 점이었다.

이 탓에 바알란으로서는 최악의 결과에 도달하게 된 셈이다.

"이, 이 더러운 잡종 년이!"

바알란은 얼굴을 시뻘겋게 물들이며 품속에서 단도를 꺼내 엘리사에게 달려들었다.

"꺄악!"

"안 돼요!!"

시녀들이 바알란을 막아서려고 했지만, 바알란의 몸놀림은 잽싸고 날렸다. 순식간에 침대에 접근한 바알란은 엘리사를 향해 단도를 찔렀다.

"죽어! 제발 죽어!!"

그러나 바알란의 염원이 담긴 칼날이 엘리사의 몸에 틀어박히는 일은 없었다.

"흥."

엘리사는 손쉽게 바알란의 손목을 낚아채 마치 어린애 손목을 비틀 듯 비틀어 버렸다.

"끄아아아악! 이거, 이거 놔! 이 괴물!!"

겉모습으로 보기엔 엘리사 쪽이 어린애였기 때문에, 그 광경은 일견 우스꽝스럽기까지 했다.

우두두둑. 빠각.

그러나 바알란의 손목이 이상한 방향으로 꺾이더니 부러지는 광경은 우습게 보이지 않았다.

"흐아아아악!"

바알란이 이제까지와는 다른 색의 비명을 질러대었다. 그제야 엘리사는 쓰레기라도 버리듯 바알란의 손목을 내팽개쳤다.

'와, 알고 봐도 놀랍네.'

겉보기에는 병약하고 연약한 아이처럼 보일 뿐이지만, 칼을 쥔 손목을 낚아채는 기술과 담력, 그리고 붙잡은 손목을 가차 없이 부러뜨리는 힘과 단호함은 그 겉모습과는 차이가 있었다.

―그렇죠? 아, 죽음을 극복하셨습니다.

아무래도 카를은 바알란에게 몇 번 살해당한 적이 있긴 한 모양인지, 라플라스가 루블을 입금해 줬다.

하긴 이건 카를을 탓할 일이 못 된다. 내막을 알지 못했더라면 나라도 어려웠을 수도 있겠다 싶으니.

엘리사 바르하는 쭛, 하고 혀를 한 번 차더니 시녀들에게 말했다.

"시끄럽고 더럽군. 이자들을 치워라."

"네, 넵!"

시녀 중 하나는 방 밖으로 얼른 달려 나갔고, 다른 하나는 일단 바알란부터 바깥으로 끌어내리는 듯 낑낑거렸다. 그 모습이 안쓰러워서, 나는 낑낑거리던 쪽의 시녀에게 다가가 어깨에 손을 올리며 말했다.

"신께서 축복할 것입니다."

"어, 오왓!"

시녀는 이상한 감탄사를 내지르며 바알란을 방 밖으로 집어 던졌다. 내가 준 [힘찬 하루] 축복 덕에 갑자기 힘이 세지는 바람에 미처 힘 조절을 잘못한 모양이었다.

짐짝처럼 집어 던져진 바알란은 꽥하는 소리를 내며 복도 벽에 처박혀 버렸고, 그 모습을 본 엘리사가 크게 웃었다.

"하하하핫!"

거 웃음소리 호탕하기도 하지. 얼굴을 시뻘겋게 붉들인 시녀는 세진 힘으로 다른 두 사내도 방 밖으로 집어 던지더니, 엘리사에게 깊이 읍하고 방문을 조심스레 닫았다.

이로써 방 안에는 나와 엘리사만이 남았다.

─저도 있는데요.

아, 그래. 라플라스. 너도.

"부끄러운 모습을 보이고 말았군요. 바르하 가문의 가주, 엘리사라 합니다."

엘리사 바르하는 우아하게 인사했다. 사람 손목 꺾어대고 집어 던져지는 거 보곤 호탕하게 웃어놓곤 이제 와서 내숭 부려봤자 헛수고인 것 같은데.

"무례가 되지 않는다면 은인의 존함을 알고 싶습니다."

나는 그런 내심을 숨긴 채, 나도 예의 바르게 자기소개를 했다.

"잭 제이콥스입니다, 가주님. 방랑 신관이지요."

"부디 엘리사라 편히 불러주십시오."

"알겠습니다, 엘리사 님."

겉보기의 나이에 어울리지 않는, 지나치게 어른스러운 언행. 여기에 더해 신체 능력과 전투기술까지. 위화감을 느끼고 있다면 바로 보았다.

이 엘리사 바르하는 사실 성인이다.

그것도 30년이라는 삶을 살아온, 인간 기준으로는 젊다기보다는 원숙하다는 표현이 더 어울리는 나이이다.

그럼에도 불구하고 그 외견이 어린애인 건 엘리사가 품은 출생의 비밀과 연관되어 있다.

바알란이 엘리사를 두고 잡종이니 괴물이니 한 까닭도 거기에 있다.

엘리사 바르하는 드래곤의 피를 이어받았다.

나도 처음 라플라스로부터 이 정보를 다운로드받고 얼마나 놀랐는지 모른다.

드레이크도 있는데 드래곤이 없으란 법은 없지만, 드래곤과 인간의 혼혈이라니?

아니, 드래곤은 파충류 아닌가?

그게… 돼?

—됩니다.

라플라스의 대답은 단호하기 짝이 없었다.

—자세한 정보는 유료입니다만……. 구매하시겠습니까?

매우 흥미로운 주제였던지라 나는 유혹을 못 이기고 구매를 할 뻔했지만, 당장 손에 쥔 루블이 영 모자랐던지라 구입을 뒤로 미루기로 했다.

아무튼 엘리사의 혈관에는 드래곤의 피가 흐르는지라 성장이 매우 느리고 노화도 대단히 늦게 찾아온다고 한다. 당연히 그만큼 수명도 길고.

방금 전에 보여준 성인 남성의 팔을 쉽게 꺾고 부러뜨리고 던져 버리는 괴력 또한 혈통으로 물려받은 것이었다.

그러니 이 엘리사 바르하라는 여성은 결코 만만한 상대가 아니었다.

"먼저 목숨을 구해주셔서 감사하다는 말씀을 올리지 않으면 안 되겠군요."

엘리사는 고혹적인 미소를 지었다. 어린애 그 자체인 얼굴에 그런 표정은 별로 어울린다고 볼 수는 없었으나 뭐, 인상적이기는 했다.

"별말씀을. 대가를 바라고 한 일일 뿐입니다."

나는 뻔뻔하게 말했다.

잘못 말한 게 아니다. 대가를 바란다고 말한 게 맞다. 당연하다. 방랑 신관이 대가를 바라지 않고 기도술을 베풀면 그게 오히려 고증 오류다. 그러다 굶어 죽을 일 있나. 나는 잭 제이콥스답게 말한 것뿐이다.

"그러시군요. 그렇다면 대가를 드리지 않으면 안 되겠군요."

내 대답을 들은 엘리사는 옅게 웃더니 품을 뒤지다가 곧 울상이 되었다.

'왜 저래?'

―자기 복장이 어떤지 뒤늦게 떠올린 모양입니다.

'복장? 복장이 왜?'

―성인 여성이 외간 남자에게 땀으로 젖은 잠옷 모습을 보였으니 부끄러워할 만도 하죠.

아, 듣고 보니 그럴 만도 하네.

내가 보기엔 엘리사의 모습은 그냥 어린애라서 저런 복장을 부끄러워할 거라는 발상 자체를 떠올리지도 못했다. 이미 지식으로 엘리사가 성인이란 걸 알고 있음에도 이런 생각을 못 하다니, 역시 외견에서 오는 선입견이 무섭긴 무섭다.

"자, 잠시만……."

라플라스의 추측이 정답이었는지, 얼굴을 시뻘겋게 물들인 엘리사는 이불이나마 끌어당겨 자신의 빈약한 몸을 가리며 내게 손을 내저었다.

"아, 예. 잠시 물러나 있겠습니다."

나는 눈치 빠르게 엘리사의 방에서 나왔다.

※　　　　　※　　　　　※

그로부터 한 시간이 지난 후에나 나는 완전히 복장을 챙겨 입은 엘리사 바르하와 마주할 수 있게 되었다. 전과는 달리 완벽한 드레스 복장이었지만 급하게나마 씻은 모양인지 머리칼에는 물기가 조금 남아 있었다.

"부끄러운 모습을 보이고 말았군요. 바르하 가문의 가주, 엘리사라 합니다."

응?

"자기소개는 아까 하셨……."

"무례가 되지 않는다면! …은인의 존함을 알고 싶습니다!"

왜 저러지?

―아까 전까지의 일을 없었던 일로 하고 싶은 것 같습니다.

아하. 그러시다면야 뭐, 어울려 드려야지.

"잭 제이콥스입니다, 엘리사 님."

"부디 엘리사라 편히 불러 주십시오."

"네, 엘리사."

그제야 엘리사는 만족스러운 듯 고개를 끄덕였다. 아직 얼굴에 붉은 기가 좀 남아 있긴 하지만 이 정도야 허용 범위다.

"은인께 감사의 마음을 표현하고 싶습니다."

이렇게 말한 엘리사는 품속에서 뭔가 금빛으로 반짝이는 것을 꺼내 내게 내어 주었다.

"이건······."

"바르하 가문의 보은 패입니다. 바르하 가문의 힘이 필요하실 때 보여주시면 무리를 해서라도 돕겠다는 의미가 담긴 물건입니다."

나는 엘리사로부터 보은 패를 받아 들었다.

─오, 엘리사가 새 주인님을 마음에 들어 하는 것 같군요.

그때, 라플라스가 갑자기 뜬금없는 소릴 건네왔다.

'응? 그야 생명의 은인이니 그럴 만도 하다만. 뭘 근거로?'

─보은 패의 재질이 금이잖습니까? 보통은 황동 패, 아니면 은 패를 꺼내 주거나 합니다만.

그런가. 나는 보은 패의 묵직함을 손아귀로 느끼며 되물었다.

'그냥 재질만 다른 거야?'

─아뇨. 더 좋은 급의 보은 패일수록 바르하 가문에서 그만큼 큰 은혜를 입었다는 증명이라, 받을 수 있는 도움이 더 커집니다. 가문의 관계자에게 금 패를 보여주면 엘리사가 직접 말했듯 무리를 해서라도 새 주인님을 도울 겁니다.

그게 정확히 어떤 건지는 모르겠지만, 뭐 좋은 건가 보지. 나는 그렇게 생각했다.

─정확히는 바르하 가문과 연이 있는 마구간에 가서 말을 한 마리 달라고 하면 가장 좋은 말을 내줄 거고, 상점에 가서 돈 좀 달라고 하면 금화를 내줄 겁니다.

으, 응?

―군사를 동원할 일이 있다고 하면 근방에서 가장 용맹하고 신용 있는 용병단과의 계약을 대신해 줄 거고, 이 주변에 정착하고 싶다고 하면 정원 딸린 저택을 드릴 겁니다. 시중을 들 하녀들과 일을 도와줄 집사, 그리고 주방장을 끼워서요.

간단히 말해 바르하의 입김이 닿는 곳에 머무는 한, 뭐 하나 걱정할 것 없이 모든 걸 지원해 준다는 소리였다. 그야말로 완벽한 기생이 가능하다.

"제가 제 낯에 금칠을 하는 것 같아 쑥스럽습니다만, 바르하 가문은 이 근방에서 그럭저럭 위세가 있는 편이라 미력하나마 은인께 도움이 될 수 있을 것이라 믿습니다."

그 정도로 대단한 특권을 담은 물건을 주면서 한다는 소리가 이런 겸양의 말이다.

"벼, 별말씀을요. 감사히 받겠습니다."

나는 방금 전보다 확연히 무거워진 보은 패를 품속에 넣으며 무겁게 고개를 끄덕였다.

*   *   *

나는 엘리사 바르하와 저녁까지 환담을 나누고, 저녁 식사까지 대접받았다.

카트하툼에 체류하는 동안 치유와 축복의 보답으로 온갖 음식을 대접받았지만, 바르하 가문에서 대접한 음식만큼 훌륭한 것은 없었다. 뭐 당연히다면 당언할 수도 있는 일이었지만, 나는 아주 기분이 좋았다. 맛있는 걸 먹으면 기분이 좋지 않은가?

그래서 나는 해서는 안 될 짓을 하고 말았다.

각성창 안에 고이 보관해 오던 하이넥 가문 특산 시트러스 페르피나 브랜디를 한 병 까고 말았던 게 바로 그것이었다.

이게 맛있긴 하지만 그래도 브랜디인지라 도수가 상당히 강했다. 그럼에도 불구하고 괜히 드래곤의 피를 이은 게 아닌지, 엘리사 바르하는 꼴깍꼴깍 잘만 마셨다.

"훌륭한 술이로군요! 이런 걸 대접받았는데 제가 비장의 술을 안 꺼내올 순 없죠!"

그러면서 엘리사는 손뼉을 쳐 시녀로 하여금 술을 몇 병 가져오도록 했다. 보기와는 달리 엘리사는 꽤 주당인 듯했다. 술마다 마시는 법이 다르다면서 모든 술을 먼저 시범으로 마셔보았는데, 그 마시는 폼이 하나같이 예사롭지가 않았다.

나도 엘리사를 따라 한 병씩 시음을 했는데, 다른 술들은 시트러스 페르피나보다 덜했지만 딱 한 병은 입을 꾹 다물고 패배를 인정할 수밖에 없을 정도로 대단한 술이 있었다.

"이게 뭡니까?"

내가 눈을 휘둥그레 뜨고 놀라는 걸 보며, 엘리사가 씨이이익 하고 웃었다.

"이거 말입니까? 이건 바로……"

고급스러운 병을 들어서 보여주며, 엘리사는 자랑스레 말했다.

"벌꿀주입니다."

"아니, 벌꿀주가… 이렇게 달다고요?"

서쪽 변경에 있을 때 잭 제이콥스로서 활동하면서 벌꿀주를 몇 번 대접받아 봤지만, 그 벌꿀주들은 이렇게 달지도 않았고 깊은 맛도 나지 않았다. 도저히 믿을 수가 없어 묻자, 엘리사는 기분 좋게 설명해 주었다.

"물론 평범한 벌꿀주는 이렇게 달지 않지요. 부오나파르테산 하이네스 꽃의 꿀을 농축해서 사용한 특별한 벌꿀주입니다. 별명은 황제의 술로, 제국의 황제는 결코 맛볼 수 없는 술이라 그렇게 지어졌습니다."

뭔가 정치적인 의도를 가득 담은 별명인 것 같아서, 나는 그 설명에 뭐라고 대꾸하지 않고 대신 술잔을 들어 술을 마셨다.

"젠장, 이건 패배를 인정할 수밖에 없는 맛이로군요. 제 브랜디보다 맛있습니다."

내가 분해하는 모습을 보며 엘리사는 깔깔거리고 웃더니 하인을 불러 그 술을 궤짝으로 가져오도록 했다. 낮의 수줍어하는 모습은 어딜 갔는지 모르겠다.

하지만 엘리사의 변화를 지적하기엔 술이 너무나도 맛있었기에, 나는 그냥 엘리사가 따라주는 대로 모든 잔을 비워댔다.

물론 나는 내력을 이용해 취기를 날릴 수도 있고 축복과 치유를 통해 취하는 걸 방지하거나 회복할 수도 있었지만, 기껏 좋은 기분으로 좋은 술을 깠는데 아깝게 일부러 술에서 깨는 짓을 할 생각은 하지 않았다.

상대가 외견만 어린애일 뿐, 사실은 성인 여성이라는 사실도 잊은 채.

*　　　*　　　*

다음 날 아침.

나는 잠에서 깨어났다.

"끄으읍, 끄으……."

태양빛이 눈부시다. 극심한 숙취가 내 두개골을 다섯 조각 낼 듯 덮쳐왔다. 상반신을 일으켰을 뿐인데 눈앞이 빙글빙글 돌았다. 위장에서는 누군가 양손으로 쥐어짜듯 아팠고, 식도를 통해 신물이 계속 올라왔다.

"술을, 술을 너무 마셨어……!"

내력으로 알콜 기운을 밀어내는 게 쉬운 일이라고? 분명 어제 저녁에는 그런 생각을 했었던 것 같은데, 적어도 지금은 그렇지 않았다.

"서, 성법……."

나는 나 자신에게 치유 성법을 사용했다. 집중하는 것이 쉽지 않았으나, 기어코 빚어내는 데에 성공한 신성의 빛이 나 자신을 고통으로부터 구원했다.

숙취로 인한 두통과 어지럼증이 사라지자마자, 나는 내 안의 뭔가가 좀 비어 있음을 알아챌 수 있게 되었다.

"어, 뭐야. 필름이… 끊겼던 건가?"

—필름이 끊겨요? 그게 무슨 뜻인가요?

"기억이 없어졌다는 소리야. 어휴, 얼마나 술을……."

내 입에서 목소리가 뚝 끊어졌다. 내 얼굴이 새하얗게 질린 건 거울을 보지 않아도 알겠다.

"라플라스, 라플라스."

—네, 새 주인님.

"…뭐가 어떻게 된 거야?"

—아, 기억이 없어졌다고 하셨죠.

라플라스는 태연히 말했다.

—어제 새 주인님께서는 엘리사 바르하와 동침하셨습니다.

…뭐라고?

나는 그럴 리가 없다고 말하고 싶었다. 하지만 내가 방금 전까지 누워 있던 침상 위에는 바로 그 엘리사가 하얀 알몸을 드러낸 채 엎드려 자고 있었다.

아니, 엄밀히 말하면 완전한 알몸은 아니었다. 추웠던지 하반신은 이불로 꽁꽁 싸매고 있었으니까.

하지만 등은 훤히 드러낸 모습이었다.

물론 어리디 어린 엘리사의 그런 모습에서 성적인 이미지는 터럭만큼도 묻어나지 않았다.

않았지만…….

'…내가?'

문제는 내게 지난밤의 기억이 남아 있지 않다는 점이었다.

혹시 모른다는 점이 나로 하여금 나를 공포의 늪에 밀어 넣고 있었다.

게다가 나도 알몸이었다. 뒤늦게 깨달았지만 나도 홀딱 벗은 상태였다.

'어째서!'

—덥다면서 벗으셨습니다.

'왜!'

―취한 상태에서 제대로 된 판단 능력을 잃어버리는 것은 그리 부자연스러운 일이 아닙니다.

두통이 느껴진다.

이상하다. 숙취는 이미 제거했을 텐데?

'왜 안 말렸어!'

―위험하지 않았으니까요.

'어……'

―새 주인님의 위기 감지도 조용했을 터입니다.

그랬다. 어떤 상황에 놓여서도 위기 감지에 반응할 수 있으리라는 믿음 없이 술에 영혼을 맡길 리 없었다.

즉, 기억은 나지 않지만 위기 감지는 조용했다는 소리다.

하지만 실제로는 이건 내 인생 최대의 위기나 다름없었다.

'세상에……. 내가 소아성애자였다니!'

사회에 알려지면 매장당해 마땅할 성벽 아닌가.

아니, 설령 이걸 비밀로 할 수 있더라도 나 자신이 자괴감을 버티지 못할 것 같았다.

―그런 건 아닙니다.

내가 좌절감에 휩싸인 채 망연히 서 있으려니, 라플라스가 말했다.

'그럼 뭐야?'

―새 주인님과 엘리사는 그냥 손만 잡고 잤습니다.

희망이 생겼다.

'아, 그래?'

아니, 근데 손을 잡고 자다니.

왜?

나는 어리둥절한 채 내 손을 내려다보았다.

대체 취해 있던 나는 무슨 생각으로 어떤 짓을 벌인 것일까. 나는 생각할 뻔했다. 깊이 생각해 좋을 일은 하나도 없음을 뒤늦게나마 깨달은 게 다행이었다.

'아, 아무튼 다행이네.'

—어차피 실제론 연령대도 비슷한데 무슨 문제가 있나 싶긴 하지만요.

확실히 겉보기에 열 살 정도로 밖에 보이지 않는 카를과 엘리사는 외견만 보자면 그럭저럭 어울리는 한 쌍일지도 모른다.

문제는 지금 내가 잭 제이콥스의 외견을 취해 외견 또한 성인이라는 것이다. 따라서 나는 라플라스의 의견에 찬동할 수 없었다.

'카를의 몸은 어떨지 몰라도 내 정신은 성인이라고!'

—그건 엘리사도 마찬가지입니다만.

'……'

그러고 보니 엘리사도 실제 연령은 서른이라고 했지…….

할 말이 없어졌다.

'옷이나 입어야겠다.'

나는 [변신 브로치]의 힘을 빌려 다시 옷을 입었다.

"으, 끄응……."

내가 정신적 안정을 아주 약간이나미 되찾았을 무렵, 엘리사가 신음 소리를 흘리며 눈을 떴다. 그러고 보니 엘리사는 알몸

이다. 그냥 방에서 나가는 게 맞지 않을까 싶어 내가 안절부절
못하고 있으려니, 엘리사가 이렇게 말했다.

"잭, 거기 있어?"

반말?!

―아, 어젯밤에 두 분께선 반말 트기로 했습니다.

드래곤의 피를 이어받은 데다가 실질적인 이 도시의 지배자한
테 반말을 텄다고?

―네, 그러니 새 주인님께서도 반말을 하셔야 합니다.

'안 하면 어떻게 되는데?'

―삐칩니다.

아, 그거 귀여울 것 같은데.

"그래, 먼저 깼어."

하지만 나는 그냥 반말을 하기로 했다.

굳이 위험을 감수할 필요가 어디 있겠는가?

"무, 물 좀 줘……."

"숙취인가."

"그런 것 같으으……."

제대로 말도 못 하네. 그 꼴을 보고 있자니 안쓰러워지고 만
나머지, 나는 엘리사에게 치유와 축복을 걸었다.

"신의 이름으로!"

기도문이 약간 짧아진 것 같은데. 뭐 어때. 그게 뭐 중요하겠
는가.

"괜찮아졌어!"

내게 치유를 받은 엘리사가 그 자리에서 벌떡 일어났다. 그 직

후, 자신이 알몸이라는 걸 깨달은 엘리사는 얼굴을 시뻘겋게 물들이며 이불로 몸을 감쌌다.

"뭐, 뭐야…… 내 옷 어디 갔어?"

그걸 왜 나한테 묻지?

나는 그렇게 쏘아붙여 주고 싶었지만, 그러기엔 엘리사의 얼굴이 너무 빨갰다. 어쩔 수 없군.

주변을 두리번거리다 어제 엘리사가 입고 있던 드레스 비슷한 천 쪼가리를 발견한 나는 주섬주섬 그걸 주워서 넘겨주었다.

"자."

"고, 고마워."

그러면서 나를 힐끔거린다. 나는 눈치 빠르게 뒤돌아주었다. 그러자 곧 이불이 땅에 떨어지는 소리가 들리고, 천이 맨살에 스치는 소리가 이어졌다.

기묘한 긴장감이… 안 느껴지지. 애 상대로 무슨.

"다 입었어."

"어, 그래."

뒤돌아보니 엘리사는 여전히 붉은 색이 남은 낯으로 날 흘겨보고 있었다.

그 모습이 썩 귀여워, 나는 나도 모르게 웃어 버리고 말았다.

"왜 그래?"

"나만 부끄러워하는 것 같아서."

새침하게 대꾸하는 엘리사. 내용물은 30년을 살아온 어른인 걸 아는데, 왜 이렇게 귀엽냐.

"난 먼저 일어나서 실컷 부끄러워했으니까."

"아, 그래? 그럼 됐어."

내가 마지못해 달래듯 말하자, 엘리사도 마지못해 만족한 듯 말했다. 실제로 만족했는지 어떤지는 모르겠지만, 뭐 이 화제는 이걸로 끝내자는 신호겠지. 나로서도 받아들이지 않을 이유가 없는 신호였다.

"그건 그렇고, 기도술의 효과가 진짜 대단한데? 정말 1류급 신관 맞아?"

아니나 다를까, 엘리사가 다른 화제를 꺼내들었다.

"당연히 아니지. 1류급이었으면 바알란의 음모를 깨지도 못했을걸."

그렇게 우리는 서로 어색해하면서도 어떻게 일상 회화 같은 걸 나눴다.

"…이제 우리 사귀는 거다."

엘리사가 엄청나게 쑥스러워 하면서 이런 말을 꺼내기 전까지는.

'라플라스!'

속으로만 소리를 지를 수 있었던 건 내 자제력이 아직 남아 있다는 마지막 증거였다.

―알았다고 말씀하시는 게 좋을 것 같습니다.

'라플라스!'

―빨리 말씀하시는 게 좋을 것 같습니다.

나는 두 눈을 질끈 감았다.

"…알았어."

그래, 소아성애자로 오해받는 건 내가 아니다. 잭 제이콥스지.

…미안, 잭 제이콥스.

그런데 내 대답이 조금 늦었나 보다.

"뭔가 오해하는 것 같은데 진짜로 사귀어달라는 건 아니야. 그냥 나이 서른씩이나 먹고 아직 연애 경험도 없다는 게 가주로서는 체면이 상하니까 사귀는 척해달라는 거지. 아무리 그래도 내가 바르하 가문의 가주인데 아무하고나 사귈 수는 없잖아? 그런 의미에서 내 목숨을 구한 데다 그동안 아무도 못 고친 내 병을 고친 훌륭한 실력의 신관, 거기다 변경의 성자라는 그럴 듯한 별명까지 붙은 네가 딱 괜찮은 상대라서 하는 말일 뿐이야."

엘리사는 어마어마하게 빠른 속도로 엄청난 양의 말을 단번에 쏟아내었다.

이 이야기를 하는 엘리사의 얼굴은 아까 알몸을 내게 보였을 때보다도 더욱 빨개져 있었다. 소문으로만 듣던 전설의 시뻘갱이가 바로 여기에 있었다!

"무, 물론 폐를 끼치는 만큼 공짜로 이런 걸 해달라고 하지는 않겠어. 충분한 보상을 해줄 거야. 예를 들어서 가문의 보물 창고를 열고 원하는 보물을 가져갈 수 있게 해준다든지……."

아무튼 엘리사 덕에 이야기가 어떻게 돌아간 건지는 파악할 수 있게 되었다.

'이거 진짜야?'

—네, 사실입니다.

비록 기억에는 없지만 뭐, 약속을 했다면 지켜야지.

이로써 잭 제이콥스의 사회적 죽음은 이미 확정된 거나 마찬가지지만, 그럼 잭 제이콥스 신분을 버리면 그만이다. 그만이라고 생각한다. 그러면 되는 거겠지?

"아니, 그리고 보니 이거 어제도 한 이야기잖아. 너도 승낙했고. 왜 난 두 번이나 같은 이야기를 늘어놓고 있는 거지?"

"진정해."

"난 진정한 상태야!"

"그럼 조금 더 진정해. 자, 심호흡을 해보자."

후, 하, 후, 하. 엘리사가 심호흡을 했다.

"아무튼! 그러니까!"

"알았어."

나는 무너지려는 마음을 다시금 다져 세우고 말했다.

"오늘부터, 우리는, 1일이야."

내 얼굴이 얼마나 빨개져 있는지 모르겠다.

내가 왜 이런 대사를 어린애 상대로 해야 되지? 부끄럽기 짝이 없었다, 없었으나…….

괜찮았다.

"으, 응!"

엘리사의 얼굴은 그것보다도 훨씬 더 빨갰으므로.

*   *   *

나는 엘리사 바르하의 저택에서 얼마간 더 머무르기로 했다.

바르하 가문의 가주와 변경의 성자가 모종의 관계가 되었다는 소문이 충분히 퍼지기까지가 그 기한이었다.

솔직히 말해 그리 나쁘지 않은 시간이었다. 음식은 맛있었고, 잠자리도 편했다. 내겐 내가 필요로 하는 모든 편의가 제공되었고, 불편한 것이라곤 뭐 하나도 없었다.

느지막하게 아침에 일어나 엘리사와 함께 아침 식사를 한 후, 엘리사는 자기 업무를 보러 가고 나는 피식이와 정령 합일을 한 채 몬토반드의 왕검을 휘둘러 대었다.

그리고 점심때가 되면 엘리사와 점심을 함께 먹고, 다시 엘리사를 보낸 후 나는 저택 주변을 산책하며 만나는 모든 사람에게 축복을 걸어대었다.

해가 뉘엿뉘엿 넘어가기 시작하면 저녁 식사를 하고 그 후로 잠들 때까지 엘리사와 함께 시간을 보냈다.

함께 차를 마시며 시답잖은 잡담을 나누기도 하고, 장난을 치기도 하고, 나 혼자서는 이미 한 번 한 산책을 굳이 한 번 더 엘리사와 같이하기도 했다.

엘리사의 조그맣고 따끈따끈한 머리통을 겨드랑이 밑에 끼고 자는 건 연인의 그것과는 아주 달랐지만 마음속 어딘가가 간질거리는 경험이었다.

딸이 있으면 이런 느낌일까. 아마 아닐 것이다. 잘은 모르겠지만.

실제로는 찔리는 일 따위 아무것도 없었지만, 그래도 엘리사와 침상을 같이 씀으로써 잭 제이콥스의 사회적 평판이 사망하리라는 내 걱정도 섣부른 억측에 불과했다.

그도 그럴 것이, 엘리사 바르하는 이 도시의 유력자이며 권력자이다. 그러니 애인을 고르는 것은 전적으로 엘리사의 의향이며, 그녀의 선택을 받은 이상 고작 방랑 신관인 내게 거절이라는 선택지는 남아 있지 않았다.

실제로야 어떻든 적어도 이 지역의 사람들이 보기에는 그랬다는 뜻이다.

주변 환경이 이러니만큼 내 취향이나 성향은 그리 중요한 이슈가 될 수 없었다. 잭 제이콥스의 평판이라고는 그저 운 좋은 놈이나 부러운 놈이 되었을 따름이었다.

다행인지 뭔지, 나와 지내는 동안 엘리사는 줄곧 즐거워 보였다.

사실 엘리사는 생각했던 것보다는 말도 잘 통하는 상대였다. 하긴 내용물이 성인 여성이니 말이 안 통할 이유도 없었다.

물론 만난 첫날 이미 볼 거 못 볼 거 다 보고 보여준 탓에 쓸데없는 허세나 내숭을 떨지 않아도 되는 것도 영향이 있긴 있었으리라.

하지만 저택에 머무는 동안에는 더 이상 술을 먹지 않았다.

같은 실수를 반복하고 싶지는 않았기 때문이다.

엘리사도 술을 권하지 않았다.

아마도 그녀도 같은 실수를 반복하기 싫었던 것이리라.

*　　　　　*　　　　　*

엘리사의 저택에서 머문지 닷새째 되던 날, 나는 그간 미뤄오던 일을 오늘 해치우기로 했다.

"라플라스."

―네.

"내가 지금 2검급이야?"

―그렇습니다.

대현자의 유적에서 얻은 [내력증진제]와 [외력강화제]를 다 먹고 이룬 결과였다.

―물론 왕의 검법 덕에 똑같이 막 2검급에 오른 기사라면 새 주인님께서 승리하시겠지만 내력과 외력, 그리고 검력만 비교하자면 2검급이라 하실 수 있겠습니다.

"그것 참 복잡하네."

―원래대로라면 약들을 다 드시고 그 약효가 다 돈 시점에서 1검급이어야 정상입니다만. 왕의 검법은 인정할 수밖에 없군요. 정확히 두 배의 효과라니……

라플라스의 투덜거림에, 나는 어깨를 으쓱거렸다.

"그럼 이제 이걸 먹을 차례로군."

내가 말한 이것이란 이 대륙에 건너와 처음으로 방문했던 대현자의 유적에서 발굴해 낸 약인 [청심대환단]이었다.

라플라스는 이 [청심대환단]을 완전한 안전이 보장된 장소에서 먹으라고 내게 신신당부했고, 그래서 나도 다음 대현자의 유적에 찾아가서 먹을 생각이었다.

그러나 며칠 동안 이 저택에서 지내보니 여기가 바로 그 안전한 곳이라는 확신을 얻을 수 있었다.

병석을 털고 일어난 엘리사 바르하는 누구도 부정할 수 없는 정통성과 본인의 수완으로 바르하 가문을 빠르게 휘어잡았다.

물론 반역자인 바알란 바르하를 그날 바로 처형해 버리고 그 수족을 잘라내어 가주의 위엄을 보인 것도 영향을 끼쳤으리라.

그래도 혹시나 반발하거나 가주를 암살할 가능성이 있을지도 모른다고 생각해 며칠을 더 기다렸지만 그런 움직임은 없었다.

엘리사 바르하의 지배력은 공고했고, 따라서 엘리사가 머무는 이 저택은 카트하툼의 영향권 내에서 가장 안전한 곳이 될 수밖에 없었다.

—따라서 안전합니다.

무엇보다 라플라스의 인증이 따랐다.

아무튼 그래서 나는 오늘 바로 [청심대환단]을 복용하기로 했다.

"라플라스, 이거 어떻게 먹는 거야?"

—그냥 드시면 됩니다만.

"아니, 무협지에서 보기론 이런 영약 같은 걸 먹고 나면 앉아서 운기? 뭐 그런 걸 했던 걸로 기억하는데."

—아, 새 주인님의 경우엔 드시고 나서 [몬토반드 왕의 검법]을 펼치시면 됩니다.

"엥? 그래?"

—그렇습니다. 그것보다 좋은 방법은 없습니다.

라플라스가 단호하게도 말했기에, 나는 녀석 말대로 하기로 했다.

"자, 그럼 먹어볼까?"

나는 약의 포장을 뜯었다. 뜯자마자 주변에 청아한 기운이 퍼지는 것 같았다.

—약 기운이 흩어지니 빨리 드십시오. 잘 씹어서 삼키시면 됩니다.

라플라스의 조언에 따라, 나는 즉시 약을 입안에 밀어 넣고 우물우물 씹었다. 쓴맛과 단맛이 뒤섞인 맛이었지만, 그보다 청아한 기운 쪽이 더 강한 임팩트로 맛을 압도했다. 그리고 약이 목으로 넘어가자마자 그 기운이 목구멍과 위장을 감쌌다.

—이제 검을 드십시오.

나는 각성창에서 몬토반드의 왕검을 꺼내 들고, 왕의 검법을 시전했다. 그러자 검법에 의해 내력이 회전하며 위장에 머무르던 청아한 기운을 전신에 전달하기 시작했다. 기이하게도 청아한 기운은 방해가 되기는커녕 오히려 흐름을 가속화시키기 시작했다.

우르릉, 우르릉.

그렇게 가속한 내력의 흐름은 마치 벽력처럼 움직이며 내 몸 속 어딘가에서 막힐 때마다 쾅쾅 하고 두들겨 대었다.

"크… 윽!"

내력의 충돌로 인한 충격에 나는 나도 모르게 신음 소리를 냈다. 그러자 라플라스가 다급하게 경고해 왔다.

—입을 여시면 안 됩니다! 계속하십시오!!

이렇게 된 이상, 이를 악 물고 검을 휘두르는 수밖에 없다. 나는 몸 안에서 일어나는 변화를 애써 무시하고, 오로지 검 끝에만 정신을 집중하며 계속해서 검법을 사용했다.

얼마나 시간이 흘렀을까? 어느새 나는 고통을 잊은 채 계속해서 검을 휘두르고 있었다. 아니, 이것을 고통을 잊었다고 할 수 있을까? 나는 모르겠다. 고통을 잊은 것인지, 고통을 느끼지 못하게 된 것인지, 더 이상 고통이 찾아오지 않는 것인지 모르겠다.

확실한 것은 더 이상 거치적거리는 것이 없다는 것 하나였다.

검을 휘두를 때 느껴지던 묵직한 무게도, 그에 버티기 위해 의식적으로 움직이던 내력도, 모두 내 뇌리에서 싹 다 사라진 상태였다.

나는 트레저 헌터의 능력을 통해 왕의 검법을 배웠다. 이게 어떤 메커니즘으로 움직이는지 모르나, 나는 적어도 한두 단계 이상의 프로세스를 통해 검법을 운용하고 있었다.

지식보다는 더욱 본능적이지만, 본능 그 자체는 아닌 중간 단계. 생각보다는 가볍지만 생각하지 않는다는 것보다는 무거운, 말로 설명하기에는 애매한 그러한 단계를 거치지 않고서는 왕의 검법을 운용할 수 없었다.

그러나 오늘 나는 그 단계를 거치지 않게 되었다.

왕의 검법과 내 신체 사이에 끼어 있던 종이 한 장, 어쩌면 그보다도 얇은 막을 거둬내고 드디어 그 본질과 직접 접촉했다는 확신을 얻었다.

아니, 확신을 얻었다는 말도 이상하다. 어느새 나는 그렇다고 여기고 있었으므로.

사람이 자신이 어떻게 걷는 건지 생각하지 않고 걷듯, 나는 그렇게 검을 휘둘렀다.

계속해서, 계속해서.

어느새 나는 무아지경 상태가 되어 있었다.

＊　　　　＊　　　　＊

무아지경에서 깨어났을 때, 해는 이미 져 서산을 넘어가 있었고 주변은 완전히 어두워져 있었다. 그저 내가 칼을 휘두르던 정원에만 불이 밝혀져 있을 따름이었다.

"…하나가 되었어."

나는 나도 모르게 그렇게 혼잣말을 흘렸다. [청심대환단]의 기운과 내 내력이 일체화되어, 나는 이전보다 훨씬 강력한 내력을 보유하게 되었다.

그뿐만이 아니다!

"하압!"

내력을 손가락 끝에 집중하자, 집중된 내력이 손가락을 타고 쑥 빠져나왔다. 비록 눈에는 보이지 않지만, 내력으로 이루어진 뭔가가 마치 손가락 주변을 일렁이는 듯했다.

이건… 뭐지?

아, 알았다!

"검기!"

무협지에서 봤다! 이건 검기다!

—아닙니다.

라플라스가 끼어들었다.

—검기가 뭔지는 모르겠지만, 그건 검기가 아닙니다.

"그럼 뭔데?"

―내력 도금입니다.

"…그게 뭐야?"

혹시나 해서 되물었다. 라플라스의 입에서 나온 도금이라는 단어의 뜻이 내가 아는 그 단어와 다른 의미일 수도 있으니까.

―손에 든 무기에 도금하듯이 내력을 뿜어 타격력이나 절삭력 등 무기의 기능성을 상향시키는 기술이나 경지를 뜻합니다.

라플라스의 설명을 다 들은 나는 고개를 내저었다.

도금이 뭐냐, 도금이!

"라플라스."

나는 나지막하니 라플라스의 이름을 불렀다.

―네, 새 주인님.

"앞으로 우리 이거 그냥 검기라고 하자."

―하지만 새 주인님, 검이 아닌 무기로도 쓸 수 있는 기술을 어째서 검기라고…….

"왜냐하면."

나는 단호히 선언했다.

"그게 도금보다 멋지기 때문이다!"

꽤 긴 침묵이 이어졌다.

"아니, 봐라!"

나는 몬토반드 왕의 검을 들고 내력을 주입했다. 그러자 무형의 예기가 검을 뒤덮었다. 그 상태로 각성창에서 천 한 장을 꺼내 칼날 위에 덮었다. 천은 아무 힘도 가하지 않았음에도 불구하고 검에서 나온 예기에 의해 잘렸다.

"검기 맞잖아!"

—어쨌든 새 주인님.

"어쨌든은 뭐냐."

—3검급이 되신 걸 축하드립니다.

어느 정도 예상은 했다. 이전까지 쓸 수 없었던 기술을 지금은 쓸 수 있게 되었으니, 이게 경지의 상승이 아니면 뭐겠는가?

"검기를 쓸 수 있으면 3검급인 거구나."

—…아, 예. 검기를 쓸 수 있으면 3검급입니다.

어째 라플라스의 목소리가 악성 민원에 대응하는 행정반 계원을 연상케 하도록 되어 있는 게 신경 쓰였지만, 나는 굳이 신경 쓰지 않기로 했다.

"그럼 나 한나절 만에 3검급이 된 거야?"

—그렇습니다.

"허……."

감탄하지 않을 수가 없는 성취다.

"약 하나 먹고 이렇게 되다니, 놀랍군."

괜히 대현자가 남긴 영약이 아닌 건지, 효과가 놀랍다.

"대단하네, [청심대환단]!"

—놀라운 건 왕의 검법입니다.

내 혼잣말에 라플라스가 단호한 어투로 끼어들었다.

"어, 어?"

—보통이라면… 적어도 제게서 다운로드받으실 수 있는 검술

로는 청심대환단 하나로 새 주인님의 20%에서 30% 정도 성취밖에 얻지 못했을 겁니다.

"아, 그 100루블짜리 검술 말이야?"

옛날에 그런 이야기를 했었던 것 같다. 뭐 기본 검술로 10년쯤 열심히 수련하면 1검급에 이르느니 마느니 하던 이야기.

―아뇨, 기본을 떼고 그보다 더 좋은 검술을 구입하셨을 때의 이야기입니다. 그 기본 검술로라면 10%도 채 못 채웠겠지요.

"아니, 그런 걸 돈 받고 팔려고 했단 말이야?"

―그게 아니라, 몬토반드 왕의 검법이 이상한 겁니다.

라플라스가 억울하다는 듯 항변했다.

―아니, 이상한 게 아니라……. 그, 뛰어난, 겁니다.

무지 억울했나 보다.

아무튼, 요는 이거다.

이 또한 몬토반드의 왕검이 빚어내 준 성취인 셈이다.

"트레저 헌터의 승리네."

―그, 그렇습, 드득, 입니다.

갈 이빨도 없는 주제에 왜 이를 갈고 그러니?

"흐훗."

나는 승리자의 웃음을 흘리며 정원에서 나왔다.

하지만 나는 곧 그 웃음을 그칠 수밖에 없게 되었다.

"어, 엘리사."

정원에서 나오는 나를 엘리사 바르하가 뚱한 얼굴로 지켜보고 있었기 때문이었다.

"여기서 뭐 해?"

"널 기다리고 있었지."

아차.

이렇게 될 줄 알았으면 미리 오래 걸릴 거라고 말이라도 해두는 건데.

하지만 몰랐다.

몰랐던 건 어쩔 수 없지 않나?

물론 나는 잔뜩 삐친 엘리사 앞에서 이런 생각을 입 밖에 낼 정도로 눈치가 없진 않았다.

"오늘 아침도 거르고, 점심도 거르고, 저녁도 거르더니."

입술을 잔뜩 내민 채, 뺨을 부풀린 모습.

으음, 이럴 때 느낄 감정은 아니지만 조금 귀엽다.

"성과는 있었어?"

"어, 응."

나는 일단 대답했다.

"그럼 됐어!"

엘리사가 활짝 웃었다.

착해!

"자, 나랑 같이 밥 먹으러 가자. 나 배고파."

그런 엘리사의 말에 나는 살짝 놀라 되물었다.

"밥 먼저 안 먹었어?"

"아침이랑 점심은 먼저 먹었어."

아무리 그래도 세 끼를 다 굶진 않았나 보다. 그건 그나마 다행이다.

"그런데 땀이 까만색이네."

내게 다가온 엘리사가 내 몸을 지긋이 바라보더니 문득 이런 말을 했다.

"응? 어, 진짜네."

땀이 흐른 팔뚝을 보니 정말로 땀이 흐른 흔적이 검었다. 왜 땀이 까만색이지?

내가 제대로 의구심을 품기도 전에, 엘리사가 먼저 이상한 제안을 던져왔다.

"핥아봐도 돼?"

"…왜 핥으려고 드는 건데?"

엘리사는 내 질문에 대답하지 않았다. 대신 바로 땀을 핥았다. 그러더니 눈을 휘둥그레 뜨더니 이런 감상을 남겼다.

"…달콤한데?"

"아니, 어째서?"

무협지에선 보통 이렇게 뭔가 경지에 오르고 났을 때 난 땀은 되게 구역질 나는 무언가로 묘사되던데, 이 검은 땀은 그렇지도 않은 모양이다.

나는 혹시나 싶어 내 땀을 손으로 훔쳐 살짝 핥아보았다.

"윽, 써!"

"아하하, 그걸 믿은 거야?"

그렇게 말하면서도 엘리사는 손수건을 꺼내 내 땀을 꼼꼼하게 닦아내더니 시녀를 불러 유리병을 가져오게 해 거기다 담고 뚜껑을 꽉 잠갔다.

그러더니 마치 아무 일도 없었다는 듯 반짝이는 눈동자를 내게 향하며 이렇게 선언했다.

"자, 이제 밥 먹으러 가자!"

대체 그 손수건으로 무슨 짓을 할 셈이냐는 질문을 던질 생각은 좀처럼 들지 않았다.

제5장

—

원혼의 저주

"그럼 오늘까지로군."

"응, 오늘까지."

엘리사 바르하는 아쉬운 듯 내 말을 받았다.

오늘이 바르하의 저택에서 보내는 마지막 날이었다.

나쁘지 않은 나날이었다. 맛있는 걸 먹었고, 푹 쉴 수 있었으니까.

하지만 내 영혼에는 어느새 방랑벽이 들러붙은 모양이었다. 이러한 편안한 생활에서 불편함을 느끼게 된 걸 보니 그렇다.

엘리사는 언제까지고 여기 머물러도 된다고 몇 번씩이나 강조해서 말해주었지만, 결국 나는 고개를 저을 수밖에 없게 되었다.

"저기, 잭."

"응, 왜 그래? 엘리사."

"혹시……."

말은 꺼내놓고 한참을 꾸물거리던 엘리사는 마치 처음 내게 땀으로 젖은 잠옷을 보여줬을 때처럼 빨개진 얼굴로 이렇게 말했다.

"혹시 내가 진짜 어른이 되면, 이번엔 진짜로 사귀어줄 수 있어?"

그거 몇 년 후냐. 그때쯤엔 잭 제이콥스가 사망해 있을 것 같은데.

뭐 이런 말을 해서 분위기를 산통 깨놓을 생각은 없었다.

"그때가 되면 긍정적으로 검토해 보도록 하지."

그렇다고 이뤄지지 않을 일이랍시고 굳이 확언을 해서 긁어 부스럼을 만들 이유도 없었다. 혹시 모르지 않는가. 엘리사가 어디서 성장의 반지 같은 걸 구해 올지 누가 알겠는가?

내 대답을 들은 엘리사의 미간이 팍 구겨졌지만, 그렇다고 화를 내지는 않았다.

"잭이 변태가 아니라서 유감이야!"

엘리사의 미소가 하얗게 부서졌다.

*　　　　*　　　　*

나는 엘리사가 준 선물을 들어보았다. 애인 역할을 해주면 준다고 약속한 그 보상이 헤어지는 연인에게 주는 선물로 포장되었다.

"하필이면 또 이게 반지네."

낡은 구릿빛의 반지. 보석은커녕 제대로 된 장식조차 되어 있지 않은, 그냥 구리로 된 잡동사니처럼도 보인다.

─보기엔 좀 그래도 좋은 물건입니다.

라플라스가 끼어들었다.

"말 안 해도 알아."

─저도 압니다.

그럼에도 불구하고 설명하고 싶어 좀이 쑤신 모양인지, 라플라스는 입을 다물지 않았다.

─그 반지는 대현자께서는 바르하의 반지라고 부른 물건으로서, 과거 바르하 가문이 아직 존재하지 않았을 때 가문의 개창자라 할 수 있는 한 바르하가 우연히 손에 넣은 보물입니다.

"거기까진 몰랐는데!"

트레저 헌터의 능력으로 알 수 있는 건 반지의 능력까지다. 거기 얽힌 사연 따위를 알 수 있을 리 만무했다.

─일개 도적이던 한 바르하를 가문의 개창자이자 카트하툼의 영웅으로 만들어낼 정도로 대단한 유물이죠.

"응? 내가 알기론 한 바르하는 드래곤을 반려로 맞아들이면서 영웅이 되었다고 들었는데?"

다른 사람도 아닌 엘리사 바르하에게서 들은 이야기다. 전설에 불과하다고 말하긴 했지만, 엘리사 본인이 혈관에 드래곤의 피가 흐르는 혼혈임을 생각하면 아주 근거가 없게 들리지는 않았다.

─네, 후손들에게는 그렇게 전래됐죠.

그런데 여기서 라플라스가 내 뒤통수를 쳤다.

"엥? 뭐 다른 비밀 이야기라도 있었던 거야?"

─새 주인님께서는 이미 반지의 능력에 대해 알고 계시잖아요?

"어……. 설마? 그게 가능해?"

바르하의 반지가 지닌 진가는 바로 대상 하나를 지정해서 명령 하나를 내리는 것이다.

그런데 이 명령을 듣게 만드는 조건이 꽤 악랄했다.

먼저 상대의 이름을 알아야 하고, 그 이름을 반지에 미리 새겨 놔야 한다. 마지막으로 반지를 오른손에 끼고 그 상대의 정수리를 후려쳐야 한다.

─한 바르하의 목표물이었던 드래곤은 그 하찮은 도적을 지나치게 무시했습니다. 반대로 한 바르하는 지나치게 무모했죠. 그래서 드래곤은 한 바르하가 절벽에서 몸을 던져서 자신의 정수리를 후려칠 거라는 걸 미처 예상하지 못했습니다.

방심한 거라면 어쩔 수 없지.

"그런데 저항은? 드래곤 정도 존재라면 명령에 충분히 저항할 수 있었을 텐데?"

그렇다. 바르하의 반지가 지닌 능력은 결코 절대적이지 않다. 모든 조건을 만족시켜 간신히 명령을 내렸다고 하더라도 그 명령을 거부할 확률도 생긴다. 명령에 따르기 싫을수록, 명령의 난이도가 높을수록, 그리고 힘의 차이가 클수록 이 확률은 커진다.

─드래곤이 한 바르하의 명령에 저항하지 않았습니다.

"아, 그거라면 가능성 있네. …그런데 왜?"

―한 바르하가 드래곤에게 내린 명령이 '나에게 반해라'였거든요.

"……."

확실히 라플라스가 말했던 대로, 한 바르하는 지나치게 무모한 남자였다.

―그래서 드래곤은 한 바르하에게 반했고, 둘은 서로의 반려가 되었습니다.

"뭐야, 반려가 된 건 맞네."

―그게 틀렸다고는 말씀드린 적 없습니다만.

그러고 보니 그렇긴 했다.

"그럼 이 반지가 바르하 가문의 창고에 그냥 방치된 건?"

―한 바르하가 반지에 새긴 드래곤의 이름을 지운 후 반지의 능력에 대해서도 함구했거든요. 그러니 후대에 전해질 리 없죠.

"허허, 부끄러운 줄은 알았나 보네."

반려를 맞아들이는 프로포즈가 반지 낀 주먹으로 뒤통수 후려 까기니 부끄러워할 만도 했다.

―겉보기에도 그냥 싸구려 구리 반지에 불과하니, 방치될 수밖에 없었을 겁니다.

뭐 아무튼, 그 덕에 엘리사 바르하는 바르하의 반지가 지닌 진가를 몰랐다.

만약 알았다면 내어 줬을까? 아니, 내어 주지 않았겠지. 어쩌면 이 반지를 손에 끼고 내 뒤통수를 후리려 들지도 모르는 일이었다.

사실 엘리사 바르하가 직접 이 반지를 골라 준 것조차 아니었다. 그냥 내가 유물을 좋아한다고 하니, 유물 창고를 열어주고 몇 개 골라가라고 했을 뿐이다.

괜히 이 지역의 유력 가문이 아닌지, 유물 창고는 가득 채워져 있었다. 만약 바르하 가문의 저택이 유적이었다면 얼씨구나 하면서 유물들을 다 쓸어갔을지도 모를 정도로.

하지만 아쉽게도, 혹은 다행히도 탐사 일지는 나타나지 않았기에 욕심을 참을 수 있었다.

사실 욕심을 부릴 것 없이 대부분의 유물들은 내게는 별 가치가 없었다. 별 기능도 능력도 없는 그냥 비싸기만 한 금은보화였으니.

그래서 나는 이 바르하의 반지 딱 하나를 골랐다.

엘리사 바르하는 내 선택을 지켜보고 욕심이 없다며 감탄했지만 천만의 말씀이다. 그 많은 유물 중 가장 가치 있는 게 이 반지였으니. 솔직히 받아 가면서 약간 양심의 가책이 느껴질 정도다.

"라플라스."

—네, 새 주인님.

"왜 이번 일이 15루블짜리였지?"

이번 일은 매우 수월했다. 그냥 얼간이 하나 제압하고 신성력 좀 써서 엘리사의 저주를 풀어주는 게 좀 손이 갔을 뿐, 그 후엔 엘리사의 거처에서 편하게 놀고먹는 게 전부였으니.

오직 이것만으로 나는 바르하의 금보은 패라는 보상과 더불어 바르하의 반지라는 괜찮은 유물을 얻을 수 있었다.

그뿐만이 아니다. 이번에는 고작 일주일 머물렀을 뿐이지만, 아마도 내가 그럴 마음을 먹었더라면 더 오래, 어쩌면 평생 머물 수 있을지도 몰랐다.

또 모르지 않는가? 엘리사의 기둥서방이라도 하면서 편하게 여생을 보낼 수 있었을지도.

기둥서방이라고 하면 듣기에는 안 좋지만 비선실세라고 하면 어떤가?

엘리사 그 녀석, 내 말은 껌뻑 죽어가며 들어줄 것 같던데.

그거야 뭐 어찌 됐던, 요는 이거다.

내가 유적을 찾아다니며 유물을 파먹는 트레저 헌터였기에 그 냥 이 편한 생활을 팽개치고 카트하툼에서 벗어났지만, 만약 이 번 일의 보상을 최대로 활용했다면 삶이 훨씬 쉬워졌을 것이다.

내가 아는 대현자는 이런 식으로 삶이 쉬워지는 걸 그냥 두 고 볼 위인이 아니다.

그럼에도 불구하고 이번 일의 해법이 15루블에 불과하다는 것 에는 이유가 있을 터였다.

"엘리사의 가주 자리도 혹시 위험한 건가?"

예를 들어, 페르핀의 시장직처럼 말이다.

―네, 그렇습니다.

아니나 다를까, 라플라스가 시원하리만치 간단하게 인정했다.

―엘리사 바르하는 이대로 그냥 두면 5년 내에 사망할 확률이 100%에 수렴합니다.

나는 내가 충격을 받았다는 사실에 충격을 받았다.

당연하지만 엘리사에게 연애 감정 같은 건 전혀 느껴본 적이 없다.

그렇다면 이 감정의 정체는 뭐지?

하긴 사람이란 생물은 자주 지나다니던 길에서 간혹 만나던 고양이의 죽음을 마주하기만 해도 충격을 받는다.

그런데 며칠씩이나 침상을 같이 쓰던, 그것도 어린애가 죽는다는 소릴 듣고도 멀쩡하게 넘어가기는 힘들었다.

"…해결법은? 얼마지?"

나는 얼마간의 루블을 쓰는 한이 있더라도 이 일을 해결하고 넘어가기로 했다.

엘리사에게 과한 선물을 받아 챙긴 탓도 있지만, 그보다 이걸 그냥 넘어가기에는 엘리사 바르하와 정이 너무 쌓였다는 점이 크게 작용했다는 점을 부정할 수는 없었다.

―아뇨, 무료입니다만.

그런데 라플라스가 뚱하니 말했다.

"엥? 왜 무료야?"

―정확히는 이미 지불하셨습니다.

"엥?"

―자세히 설명드리죠.

비록 눈에는 보이지 않았지만, 나는 라플라스의 눈이 번뜩 빛났다고 느끼고 말았다.

그렇다.

설명 타임이었다.

―먼저 새 주인님께서 이 도시, 카트하툼에 처음 오셨을 때부터 엘리사 바르하에게 걸려 있던 저주의 정체부터 말씀드리지

않으면 안 되게 되었군요.

"응? 그 저주는 바알란이 건 거 아니었어?"

그다지 중요한 일은 아니지만 바알란은 내가 저택에 온 셋째 날에 다섯 마리의 말에게 온몸을 찢겨 죽었다. 죄목은 당연히 가주에 대한 반역. 뭐 하나 흠 잡을 데 없는 적절한 조치였다.

─아뇨, 그렇지 않습니다. 엘리사 바르하가 걸린 저주는 선천적인 것에 가깝습니다.

"선천적인 저주라고? 그런 것도 있나?"

─네, 있습니다. 혈통으로 인해 발현한 저주니까요.

"혈통……. 바르하 가문의 혈통에 걸린 저주인가."

그러다 문득 나는 이상한 점을 짚어냈다.

"…어? 그럼 왜 바알란은 멀쩡했지?"

─저주의 이름은 드래곤 킬러. 바르하 가문의 혈통에 걸린 저주로서, 오직 드래곤의 피가 발현한 후손만이 저주의 영향을 받습니다.

내가 의문을 입 밖에 내자마자 라플라스는 예상이라도 한 듯이미 그 이유에 대해 빠른 목소리로 설명해 주고 있었다. 아니, 내 생각엔 설령 내가 의문을 느끼지 못했어도 설명해 줬을 것이다.

라플라스는 그런 요정이다.

"과연, 그렇군."

바알란 바르하는 실제 나이보다 노안이었다. 그렇다는 말은 그의 혈관에는 드래곤의 피가 거의 흐르지 않았다는 뜻이겠지. 그렇다면 저주에 걸릴 일도 없다.

―보통이라면 심해도 크게 열병을 앓고 말 일이지만, 엘리사 바르하는 특히나 드래곤의 특성을 진하게 이어받았으니 죽음에까지 이를 가능성이 지극히 높습니다.

바르하 가문의 다른 이들이 저주에 대해 무지했던 것도 그런 이유였으리라. 가문의 다른 이들에게는 어릴 때 잠깐 앓고 지나가는 감기 수준이었으니, 이걸 저주라고 인지하지도 못했을 것이다. 과거에는 그렇지 않았을지도 모르지만, 시간이 흘러 잊힌 탓이겠지.

"하지만 그 저주는 내가 풀어줬잖아?"

내가 엘리사의 몸에다 신성력을 가득 불어 넣어 저주의 기운을 흩어놓았다. 그래서 엘리사가 병석을 털고 일어날 수 있게 된 거기도 했고.

―다른 바르하였다면 그걸로 충분했겠습니다만, 엘리사 바르하의 경우에는 일시적인 해결법에 지나지 않습니다.

"일시적……."

이 단어가 가리키는 바는 명백했다.

―곧 다시 저주가 발현하게 될 겁니다.

라플라스는 단호하게, 확정적으로 말했다.

―드래곤 킬러는 바르하 가문의 시조에 의해 멸망당한 이들의 원혼이 건 저주로, 그 원혼이 이 세계에 묶여 남아 있는 한 없어지지 않습니다. 즉, 이 저주의 근본적인 해결법은 원혼을 이 세계에서 추방하거나 성불시키는 것뿐입니다.

설명을 다 듣고 나니, 침음을 삼키지 않을 수가 없었다.

"꽤 어려워 보이는데……. 이게 왜 무료야?"

─왜냐하면 새 주인님께서 지금 목적지로 삼은 유적에 그 원혼들이 있거든요.

"아. 이미 샀다는 게 그런 의미였어?"

나는 30루블을 주고 유적의 위치를 구매했다. 그리고 그 정보에 이 저주에 관한 정보가 포함되어 있었던 모양이다.

─그렇습니다. 새 주인님께서 유적을 완전히 공략하고 원혼들을 처치하거나 성불시키면 드래곤 킬러는 자연히 풀리게 될 겁니다.

라플라스가 내 추측이 정답임을 알려주었다.

─물론 완벽하게 해결하기 위해서는 유적의 공략법을 구매하시는 게 가장 확실하긴 합니다. 지금이라면 100루블로 저렴하게 모시겠습니다.

빈틈없는 라플라스의 판촉이 이어졌다.

"…뭐, 한번 가보고 결정하자고."

내 목소리에 헛웃음이 섞인 건 불가피한 일이었다.

*　　　　*　　　　*

나는 말 위에 올라 초원 위를 달렸다.

목적지는 당연히 원혼 유적. 엘리사 바르하에게 걸린 저주, 드래곤 킬러를 풀기 위한 여정… 인 건 아니다.

그냥 원래 가려고 했던 곳에 가는 것뿐이다.

…아무튼 그렇다.

"이번에는 대현자의 유적이 아니니 좀 쉽겠군."

나는 가벼운 말투로 라플라스에게 말했다. 그러나 돌아온 대답은 가볍지 않았다.

─그럴 수도 있고, 아닐 수도 있습니다.

"그게 무슨 소리야?"

─어떤 힘을 갖고 계시면 쉽게 돌파하실 수 있으시겠지만, 아니라면 목숨이 위험하실 수도 있다는 뜻으로 말씀드린 겁니다.

이상하게 돌려 말하는 라플라스의 말투를 듣고, 나는 녀석의 의도를 금방 눈치챘다.

"아하, 공략은 유료라고?"

─정확히 알아들으시네요.

"그럼, 너랑 몇 년……. 어라, 아직 1년도 안 지났네."

내가 이 세계에서 처음 눈을 뜬 지 꽤 오래된 것 같은데, 실상은 아직 해가 바뀌지도 않았다. [성장의 반지] 덕에 잊어버리기 쉽지만, 카를 페르디넌트는 아직 12살이었다.

"이번 인생은 밀도가 참 높군."

나는 픽 웃었다.

"뭐, 원혼이 나온다면야 성법으로 충분하겠지."

─유료입니다.

라플라스의 목소리에는 자신감이 붙었다. 그렇다는 건… 성법으로 해결이 안 된다는 의미인가? 나는 내심 불안해졌지만, 겉으로 티 내지는 않았다.

"가서 보지, 뭐."

말을 달릴수록 자라난 풀의 높이가 낮아지고 밀도도 듬성듬성해지더니, 어느새 주변은 초원이 아니라 황무지에 가까운 모습으로 변모해 있었다.

─거의 다 와가는군요.

라플라스가 가리킨 방향 저 멀리 건물 비슷한 것들이 보였다. 나는 말에다 [에너지 주입기]까지 써가며 발걸음을 재촉했다. 어느덧 해가 서쪽으로 향하고 있었으므로, 도착 직전에 야영을 하는 꼴을 보지 않으려면 서둘러야 했다.

목적지가 가까워짐에 따라, 나는 내가 향하는 곳이 도시, 혹은 마을조차 아닐 수도 있겠다는 생각을 하게 되었다.

이제 날은 저물어 저녁때임에도 요리를 하는 연기 한 줄 피어오르지 않는다. 더욱이 주변 환경은 황무지에 가까운 것에서 그냥 황무지가 되어 가고 있었다.

서쪽 하늘이 붉게 타오를 때쯤에나 나는 목적지에 도착했다.

내가 건물이라고 봤던 건 건물의 잔해에 불과했고, 사람이 사는 흔적도 보이지 않았다.

"폐허로군."

이 장소를 가리키는 단어로 가장 적절한 것이 이것이었다.

─그냥 폐허처럼 보이지만, 여긴 과거에 타니티아 왕국의 수도였던 타니티움입니다.

"이런 곳에 왕국이? 그냥 황무지처럼 보이는데."

내 되물음에 신이 난 듯, 라플라스는 긴 설명을 첨부했다.

─구 제국이 이 왕국을 점령한 후, 도시의 모든 시민들을 학살하고 철저한 약탈을 행한 후 땅에는 소금을 뿌렸습니다. 그 뒤로 이 땅은 아무것도 자랄 수 없는 땅이 되었고, 따라서 사람들에게서 버려지고 기억에서도 잊히고 말았죠.

"그래? 구 제국 놈들이 아주 나쁜 놈들이네."

내가 단편적인 감상을 늘어놓자, 라플라스는 손바닥을 휙 뒤집었다.

─구 제국의 군인들이 잔혹하기로 유명하긴 했습니다만, 아무 이유 없이 대학살을 저지른 건 아닙니다. 타니티아 왕국 사람들은 인신 공양을 즐겨 했거든요. 특히 아직 탯줄도 자르지 않은 갓 태어난 아기를 불에 태워 신에게 바치는 것을 가장 신성하다 여겼습니다.

"아……. 그래? 죽어 마땅한 놈들이었군."

그래서 나도 손바닥을 뒤집어주었다.

그러자 라플라스는 질 수 없다는 듯 또 손바닥을 뒤집었다.

─그래도 대학살은 지나친 처사였다고 평가할 수 있습니다. 더욱이 구 제국인들도 때때로 인신 공양을 벌였으니까요. 학살을 벌인 후 정당성을 찾느라 인신 공양을 가져다 붙인 거라 생각하시면 됩니다.

손바닥을 몇 번을 뒤집는 거야.

"…넌 누구 편이야?"

─굳이 따지자면 새 주인님 편입니다.

그렇구나. 알고 있었다.

"응? 분명히 이 유적은 바르하 가문에 의해 멸망당한 원혼이 있는 곳이라며?"

─그렇게 말씀드렸죠.

"그런데 왜 구 제국 이야기가 나와?"

─그때만 해도 바르하 가문은 구 제국의 편에 섰으니까요.

아항. 그러고 보니 카트하툼은 구 제국 시절엔 제국 영토였다는 말을 들은 적이 있는 것 같다.

"그럼 여기에 그 원혼이 있다는 거로군?"

—그렇습니다.

"어디야?"

—안내를 드리기 전에, 일단 야영 준비를 하시는 편이 좋을 것 같다는 말씀을 올려야 할 것 같군요.

직접적인 설명이 나오진 않았지만, 아무래도 여기도 특정 시간에만 출입할 수 있거나 발견할 수 있는 뭐 그런 게 있는 모양이다.

나는 괜히 깊이 캐물어 역사 공부를 더 하는 대신 그냥 말없이 야영 준비를 하는 쪽을 택했다.

*   *   *

자정쯤 된 시각, 라플라스가 나를 깨웠다. 솔직히 피곤하고 더 자고 싶긴 했지만 미리 마음의 준비를 하고 있던 상황인지라 나는 불평을 늘어놓지 않고 바로 일어났다.

"저게 뭐야?"

텐트에서 기어 나온 나는 나도 모르게 라플라스에게 그렇게 물었다. 내가 본 물체가 이 세상의 것이라 느껴지지 않을 정도로 기괴했기 때문이다.

뭔가 검붉은 안개가 뭉글뭉글거리는 깃처럼 보였는데, 그 안개에 핏줄처럼 생긴 게 여기저기 뻗어 꾸물럭거리는 게 너무 징

그러웠다.

─구 제국의 대학살 때 만들어진 원령의 집합체입니다.

"저게 그건가……."

─아뇨, 아닙니다. 바르하의 혈통에 저주를 퍼붓는 건 원혼이라고 말씀드렸잖습니까?

"어……. 원혼이랑 원령이랑 다른 거야?"

─네, 그렇습니다.

라플라스는 의기양양한 목소리로 대답했다. 그 목소리의 음색을 들으며 나는 이렇게 생각하고 말았다.

아, 이거 설명 각이다.

─원령은 원한을 품은 영체고, 원혼은 원한을 품은 혼입니다.

의외로 짧았다. 게다가 문자 그대로잖아!

그러나 내 항의가 내 입 밖으로 나가기 전에 이미 라플라스는 다음 설명을 시작하고 있었다.

─보통이라면 영체가 남아 있는 원령 쪽이 더 골치 아프겠습니다만, 지금부터 상대해야 할 적은 원령의 집합체니까요. 혼자서는 이 세계에 남아 있는 것조차 버거워 집단으로 엉겨 붙어 존재를 유지하는 게 고작인 불쌍한 존재입니다.

─여러 영이 한데 모여든 탓에 자아는 희박하고 기억도 혼재된 상태입니다. 그러니 원한도 그저 원한으로서만 남았을 뿐, 이제는 자신들이 무엇에 원한을 품었는지도 잊어버린 상태입니다. 이런 존재가 누군가에게 저주를 거는 것은 불가능하죠.

─…하지만 원한 자체는 남아, 주변의 살아 움직이는 모든 생물에게 적대적으로 나옵니다.

라플라스의 설명이 끝나기도 전에, 원령의 집합체가 내게 스물스물 소리 없이 기어 오기 시작했다.

나는 반사적으로 잭 제이콥스의 성물을 꺼내 손에 쥐었다.

"싸워야 하는 거, 맞지?"

—그렇습니다. 처치하시면 됩니다. 하지만 조심하십시오. 악마와 마찬가지로 물리력은 잘 통하지 않는 상대입니다.

라플라스의 답을 듣자마자 나는 손에 쥔 성물에서 신성력을 뽑아내면서 동시에 반짝이는 끼릭이를 소환했다.

끼에에에에엑!

내 머리에 떠오른 헤일로에서 뿜어져 나온 신성한 빛에 노출된 원령은 괴로운 듯 울부짖으면서도 오히려 더욱 빠른 속도로 내게 기어 오기 시작했다.

"오버드라이브!"

나는 즉시 정령 폭주로 반짝이는 끼릭이를 강화하고 신성력을 가득 주입한 신성한 유탄을 발사했다. 퐁, 하는 경쾌한 발사음후 쾅! 하는 거대한 폭발음이 밤안개를 흩었다.

꺄아아아아악!

괜히 정령 폭주까지 해가며 쏜 건가, 하는 생각이 들 정도로 원령은 긴 비명과 함께 간단히 소멸했다.

"이래서 그런 말을 한 거로군."

어떤 힘을 익히고 있다면 쉽겠지만 아니면 어려우리라는 라플라스의 언급은 아마도 이 원령 때문이리라. 신성력을 다룰 줄 몰랐다면 이거 잡느라 꽤 고생했겠지.

—죽음을 극복하셨습니다. 현재 새 주인님의 계좌에 남은 경

조사비는 625루블입니다.

"역시."

여기서 안 죽으면 카를이 아니지. 나는 납득하며 고개를 끄덕였다.

─이제 원령의 잔해에서 열쇠를 건져내십시오.

"열쇠? …이건가."

움직임을 멈춘 검은 뭉글거림 속에 뭔가 반짝이는 게 보였다. 주워 들어서 자세히 보자, 황동빛으로 빛나는 투박한 열쇠였다.

"생김새가 특이하군."

내가 아는 기존의 일반적인 납작한 열쇠와 달리, 원통형의 기다란 금속 막대기에 돌기 같은 것이 돋아난 모양이다. 그리고 열쇠 머리에는 호박색으로 반짝이는 보석이 장식되어 있었다. 이걸 보면 이 열쇠 하나도 유물로 인정받을 법했다.

"이걸 유적에서 구했으면 탐사 점수에 포함되어 있을 텐데…… 어?"

반사적으로 각성창을 뒤적거렸더니, [탐사 일지]가 이미 생성되어 있었다.

─아마 이 폐허 전체를 유적으로 판정했나 봅니다.

"그런가 보네."

이제까지 어딜 들어가야 탐사 일지 생성됐었는데, 이렇게 야외에서 일지를 보니 신기하기도 하고 신선하기도 하다.

─기준이 뭔지 모르겠네요.

라플라스는 투덜거렸지만, 나는 기분이 좋았다. 시작부터 100점을 벌었으니 기분이 나쁠 이유가 없었다.

─열쇠를 얻으셨으니, 이제 문을 여셔야죠.

"아, 그렇지. 문은 어디 있지?"

─안내해 드리겠습니다.

라플라스가 안내한 방향으로 가보니, 원령의 집합체가 하나 더 있었다. 그런데 이번 원령은 내게 바로 덤비지 않고, 내 손에 쥐어진 열쇠를 바라보는 듯했다.

"뭐야, 왜 안 덤벼? 생물에 대한 적개심만은 잊지 않았다며?"

─이 원령은 누군가의 통제를 받고 있기 때문입니다. 자세한 사항은 유료입니다만…….

"그럼 어떻게 하면 되는 거야?"

─원령의 몸에다 대고 열쇠를 삽입하십시오.

"왠지 모르게 불쾌한데……."

나는 투덜거리면서도 라플라스의 말대로 열쇠를 원령의 몸속에 밀어 넣었다. 그러자 원령의 뭉글거리는 몸이 양쪽으로 밀려나며 통로를 생성했다.

─여기가 유적의 입구입니다.

"굉장히 불쾌한데!"

그러나 좀 불쾌하다고 이대로 유적 탐사를 중지할 생각은 추호도 없었다.

내가 얼굴을 잔뜩 찌푸린 채 원령에게 접근하자, 원령의 집합체가 나를 두려워하기라도 하듯 뒤로 물러났다.

─아, 들어가시기 전에 헤일로는 끄셔야 합니다.

라플라스가 뒤늦게 생각났다는 듯 말했다.

"흐, 찝찝하네."

나는 축복들을 갱신하고 헤일로를 껐다. 반짝이는 끼릭이도 반짝이의 소환을 해제하고 끼릭이만 남겼다. 반짝이는 아쉬워하듯 반짝거렸지만 뭐 어쩌겠는가.

—공략을 구매하시겠습니까?

항상 듣던 말이지만 이번만큼은 기분이 좀 이상했다. [트레저 헌터]의 직감과는 관계없는 나 자신의 육감이라고 해야 할까.

"얼만데?"

—100루블입니다.

"평균가네……."

특별히 더 비싸지도 않은데 안 좋은 예감이 드는 이유는 뭘까.

"에이, 그래. 사자!"

목숨을 다섯 번 걸고 얻은 100루블이지만 진짜 목숨 하나보다 더 비싸지는 않다. 나는 육감을 무시하지 않기로 결정했다.

그리고 나는 기겁했다.

"뭐야, 성법이 아니었어?"

사실 기겁할 일은 아니었다. 이제까지 라플라스가 몇 번 힌트를 주기도 했으니까. 성법이 아닌 다른 능력이 필요하리라고.

하지만 이런 식일 줄은 몰랐다.

"원령으로 이뤄진 유적이라니……. 처음 보는 패턴인데."

벽도 원령, 천장도 원령, 바닥도 원령으로 이루어져 있었다. 정확히는 원령의 집합체겠지만, 뭐 그거야 어쨌든.

유적 내부의 적은 주로 망령들로 이루어져 있는데, 원령과 마찬가지로 칼이나 총이 잘 통하지 않는 상대이다.

문제는 이들을 상대하는 것에 특효인 성법을 쓰면 원령으로 이루어진 유적 내부가 무너져 내려 목숨이 위험해지게 된다는 점이다.

쓸 때마다 헤일로가 번쩍번쩍 빛나니까!

그렇다고 성법을 쓰지 않으면 망령을 처치할 수 없으니 마찬가지로 위험하다.

"그냥 밖에서부터 원령들째로 터뜨리면 안 되나?"

—그러시면 던전 자체가 소멸합니다.

단언하는 걸 보니 대현자도 해본 적이 있나 보다. 하긴 대현자가 안 해봤을 리 없다.

결국 성법이 아니면서 망령들을 상대할 수 있는 수단을 마련해야 비로소 유적 탐사를 진행할 수 있게 될 것 같다.

—그게 바로 마법, 혹은 술법의 부류죠.

잠시 생각한 나는 결론을 내렸다.

"그럼 술법 쪽이 좀 낫겠어. 어떤 술법을 배우면 되지?"

그나마 연금술 때문에 미리 1성급의 영력을 확보해 놓은 술법 쪽이 조금이라도 더 싸게 먹히리라는 계산으로 내린 결론이었다.

—좋은 판단이십니다, 새 주인님. 몇 가지 선택지가 있는데요……

상품 설명을 시작한 라플라스의 목소리는 너무나도 활기찼다.

*　　　　*　　　　*

"아, 이러다가 머리카락 다 뽑히겠다."

나는 투덜거렸다. 투덜거리지 않을 수가 없었다. 또 머리카락을 한 움큼 뽑으려니 스트레스가 이만 저만이 아니었다.

하지만 어쩌겠는가? 살려면 뽑아야 하는데.

"…윽!"

불쾌한 고통을 견디고, 나는 손에 쥔 머리카락에 영력을 불어넣었다. 그러자 머리카락이 마치 쇠로 만든 바늘처럼 곧게 솟았다.

끼에에에에엑!!

이 세상의 소리가 아닌 비명을 내지르며 망령들이 내게로 달려들고 있었다. 나는 더 고민하지 않고 머리카락을, 머리카락으로 된 영침을 던졌다.

꺄아아아아악!!

영침에 맞은 망령들이 단말마를 남기며 소멸해 가는 모습을 바라보며 나는 안도의 의미가 아닌 한숨을 내쉬었다.

영침이라는 건 영력이 실린 침이라는 의미로, 이 침으로 펼치는 술법이 영침술이었다.

사방에다 신성력을 흩뿌리는 성법과 달리, 영침술은 침 하나에 영력을 집중시키면서 망령 같은 적을 처치하는 데 좋아서 확실히 이런 상황에 쓸모가 있었다.

원래는 제대로 된 침을 써야 하지만, 이가 없으면 잇몸으로 하라는 말도 있지 않은가.

그래서 머리카락을 뽑아서 대신 쓰고 있다.

처음 아이디어를 들었을 땐 좋은 생각이라고 했는데, 이제는 생각이 좀 달라졌다.

나는 너무 많은 머리카락을 뽑았다.

"…이럴 줄 알았으면 카트하툼에서 바늘 한 뭉치라도 좀 사 오는 건데……."

─미리 공략을 구매하셨으면…….

"내 사전에 후회는 없다!"

소릴 버럭 질러 라플라스의 말을 끊어버리긴 했지만, 후회가 아예 없을 수는 없었다.

더군다나 영침술 말고 다른 선택지가 아예 없었던 건 아니다. 하지만 닿기만 해도 생명력을 빨아가는 망령을 상대로 근접전을 펼칠 수도 없고, 다른 도구를 미리 준비할 수도 없었으니 당장 머리카락을 쓸 수 있는 영침술이 가장 좋은 선택처럼 보였다.

문제라면 아는 것과 경험하는 건 다르다는 점이었다.

이렇게 망령들이 잔뜩 튀어나올 줄 알고는 있었다. 있었는데…….

아니, 나는 스스로 내 머리카락을 뽑는 게 이렇게 스트레스 쌓이는 일인 줄 몰랐지.

머리카락 뽑힌 자리가 지끈거려서 지금 당장에라도 치유를 하고 싶은데, 그게 가능했다면 아예 처음부터 성법을 썼지 영침술을 배우진 않았을 것이다.

그나마 다행인 건 이제 더 이상 머리카락을 뽑을 필요가 없어졌다는 점이다.

망령은 이제 진부 저지했고, 망령으로 이뤄진 유적을 탐사하는 것도 끝났다.

이제 마지막으로 미뤄놓았던 유적의 중심으로 향할 차례다.

나는 손아귀에 남은 머리카락 몇 올에 영력을 불어넣고 유적 중심부를 향해 던졌다. 그러자 원령으로 이뤄진 벽이 퍼퍼펑 뚫리며 직선 통로가 만들어졌다.

나는 거침없이 그 통로를 통해 달렸다. 원령들이 다시 뭉글거리며 벽을 재생성하고 있었지만, 3단계까지 강화된 내 [순간 가속]을 저지할 수 있을 정도로 빠르지는 않았다.

유적 중심부는 바닥이 원령이 아닌 그냥 땅바닥이었기 때문에, 더 이상 유적을 유지시킬 필요가 없었다. 따라서 나는 아무 망설임 없이 성법을 사용하기로 했다.

내가 마음을 먹자마자 내 뒤통수에서 헤일로가 번쩍 켜졌다. 그러자 원령으로 이뤄진 벽과 바닥과 천장이 순식간에 소멸하면서 공간을 만들었다.

"과연, 이렇게 되는 거로군."

시야를 가리던 벽이 다 없어지고, 유적 중심부에 버티고 서 있을 터였던 거대한 망령의 모습이 보였다.

"끄오오오오!"

놈도 나를 발견한 건지 원한에 찬 울부짖음을 토해내었다. 아직 꽤 거리가 남았지만, 이 정도 거리면 충분하다.

나는 자유낙하하면서 각성창에서 꺼낸 [툴루 왕의 보주]를 집어 던졌다. 보주는 내 의지에 따라 정확히 거대 망령을 향해 날아갔다.

그러자 거대 망령은 무슨 생각인지 그 보주를 꿀꺽 집어삼켰다.

"엥?"

의도대로 된 건 아니나, 의도보다 더 좋은 상황이다.

"먹어랏, [신성한 폭발]!"

번쩍!

보주를 기준으로 터진 짜라스트로계 2류급 성법이 폭발하면서 신성한 빛을 흩뿌려 대었다.

"끄오오오오오옥!!"

보주를 집어삼켰던 거대 망령은 마지막 단말마를 토해내면서 소멸해 버렸다. 동시에 내 헤일로의 빛에 닿지 않았던 원령의 벽이 형태를 잃고 무너져 내리기 시작했다.

ㅡ죽음을 극복하셨습니다.

뭉글뭉글한 원령의 바닥이 아닌, 단단한 땅바닥에 착지한 나는 라플라스의 메시지를 들으며 고함쳤다.

"아오, 진짜. 속이 다 시원하다!"

그제야 나는 뒤늦게 머리카락이 뽑혀 손상된 피부를 치유했다. 그런데 피부는 치유됐지만 이미 뽑혀 나간 머리카락까지 다시 나진 않았다.

"이거 다시 나겠지?"

ㅡ네, 새 주인님께선 아직 열두 살이시니까요.

라플라스의 대답이 워낙 의미심장해서, 나는 재빨리 [성장의 반지]의 힘을 해제하고 카를의 모습으로 돌아왔다.

주변을 둘러보니 미로 형태였던 유적의 모습은 간 곳 없고, 내가 처음 있었던 폐허의 모습으로 돌아와 있었다.

"유적 안에 있을 때는 아래로, 아래로 내려간 것 같은데, 나와 보니 지상이네."

나는 거대 망령이 소멸한 곳으로 다가가 아직 뭉글거리며 남은 잔해를 휘적거렸다. 찾던 것을 찾아내는 데에 그리 많은 수고가 들지는 않았다.

"이거로군."

—제가 설명해 드려야 하는데……

원래라면 라플라스의 설명을 받아야 하지만, 이미 공략을 다운로드받은 나는 이 물건의 정체와 가치를 알고 있었다.

"[여신의 부월]."

황동으로 만들어진 것처럼 보이는 이 작은 양날 손도끼는 아주 섬세하게 가공되어, 날의 양면에 사자의 얼굴이 조각되어 있었고 도낏머리는 금으로 장식되어 도저히 전투용으로는 쓸 수 없을 것처럼 보였다. 도낏자루는 나무였던지, 썩어서 없어져 버린 상태였다.

—네, 맞습니다. 정식 레갈리아에는 포함되지 않지만 타니티아 왕의 상징물이니 뭐, 같은 레갈리아라고 할 수도 있겠군요.

내가 다 안다고 해도 설명을 해야 직성이 풀리기라도 하는 건지 라플라스는 가차 없이 내게 설명을 퍼부었다.

—세게 휘두르면 불꽃이 피어나는데, 이 불꽃이 보통 것이 아니라 영험한 힘을 품고 있어서 원령이나 망령, 악마 따위도 찍어 낼 수 있습니다.

"실화냐."

물론 실화다. 알고 있었던 사실이다. 왜냐하면 공략을 미리 다운로드받았으니까.

그럼에도 불구하고 나는 이 처사가 믿기지가 않았다.

"이 유적을 공략하는 데에 필요한 물건이 유적 공략 보상으로 나와도 되는 거야?"

심지어 이 유적은 반복 도전이 가능한 곳도 아니거니와, 설령 가능하다고 해도 얻을 것이 없어서 다시 도전할 일이 없다.

─뭐… 삶이 너무 쉬우면…….

"그거 하지 마."

나는 라플라스에게 일침을 날렸지만, 통쾌함 따위는 조금도 느껴지지 않았다. 애초에 이 유적을 만든 건 대현자가 아니다. 그냥 멸망당한 도시의 시민들이 남긴 원령들과 망령들이 만들어 낸 것이지.

"아무튼 이걸로 된 거지?"

─네, 이걸로 엘리사 바르하는 안전해졌습니다.

단 한 마리의 망령도 남기지 않고 모조리 소멸시켜, 이 유적이 다시 던전으로 재생될 여지를 없애는 것. 이것이 엘리사 바르하에게 걸린 저주를 해제시키는 유일한 방법이었다.

바깥에서 그냥 던전만 파괴해서는 결코 달성할 수 없는 목표였다. 사람이 안으로 들어가야 망령들이 그 영육을 탐내 나타나니까. 사람이 들어가지 않으면 망령은 모습을 드러내지 않고, 파괴된 던전은 아주 천천히 재생되어 다시 나타난다.

"생각해 보니 내 입장에선 어차피 달성할 목표긴 했네."

탐사 일지가 나온 이상, 유적을 구석구석 탐험해야 할 건 당연했다. 그리고 망령들은 내가 가까이 간 때마다 나타날 테니 어차피 해치워야 했고. 결과적으로 나는 딱히 의도하지 않아도 모든 망령들을 처치해야 했을 테고, 그럼으로써 엘리사 바르하의 저주는 풀릴 터였다.

괜히 라플라스가 공짜로 대답해 준 게 아니었다.

"후, 두피만 아팠구먼."

인생무상의 한숨을 내쉬면서 도끼를 각성창 안에 갈무리하고, 탐사 점수 정산을 위해 [탐사 일지]를 꺼내려 들 때였다.

"오."

─또 뭔가요? 앗, 설마……. 그것도 레갈리아라고…….

"요즘 감이 좋아졌구나, 라플라스."

나는 의기양양하게 고개를 끄덕여 주었다. [몬토반드의 왕검]이나 [툴루 왕의 보주] 때처럼 이번에도 내 트레저 헌터의 능력이 이 보물의 진짜 능력을 깨닫게 만들어주었다.

─예?!

"예스."

나는 손가락 두 개를 펴 브이자를 그려보았다.

"[마롤카의 왕홀] 때 먹통이어서 방심했지?"

아니, 사실 왕홀도 다른 힘이 있는 것 같긴 한데, 영 모르겠단 말이지.

뭐, 모르는 거야 어쩔 수 없다.

아무튼 이 도끼, [여신의 부월]이 지닌 진짜 능력은 좀 세게 휘두른다고 불이 나오는 것에서 그치지 않는다.

진정한 활용법은 따로 존재한다.

"그 전에 필요한 게 있는데, 라플라스. 혹시 조각술 같은 술법도 있어?"

―어… 아뇨. 조각 기술은 있습니다만, 술법이 아닌 그냥 조각 기술입니다.

조련술은 술법인데 조각 기술은 술법이 아니네. 어떻게 보면 이게 더 당연한 데도 이상하게 여겨지니 이것 참 이상한 일이다.

"그래? 얼만데?"

―기초적인 수준이라면 5루블입니다. 수준을 올릴 때마다 두 배씩 하시면 됩니다.

"그럼 전문적인 수준이라면?"

―기초, 일반, 숙련, 전문의 순이니……. 50루블입니다.

뭔가 계산이 이상한데.

"뭐야? 두 배씩이면 40루블 아니야?"

―전문가 수준은 특별하니까요.

내 항의에도 라플라스의 대답은 여상하기 그지없었다. 게다가 이걸로 끝난 것도 아니었다.

―그 다음은 장인 수준인데, 200루블입니다.

"…갑자기 뒤통수치네."

―그 정도 가치가 있으니까요.

나는 화를 내려다 그만뒀다. 라플라스가 그만한 가치가 있다면 그만한 가치가 있는 게 맞을 테니까. 더군다나 지금 당장 장인급의 조각 기술을 사야 할 정도로 급한 것도 아니다.

어차피 지금은 조각칼도 없고, 조각할 만한 목재도 없다.

"내가 그냥 해보다가 영 안 되겠다 싶으면 말할게. 이것도 내가 미리 수련해 두고 숙련될수록 싸지겠지?"

―그렇습니다.

라플라스는 조금 아쉬운 듯 대답했다. 나는 녀석에게 왜 아쉬워하냐고 굳이 캐묻지 않았다.

"다음 마을이나 도시에선 잡화상 같은 델 들러봐야겠군."

조각칼도 사야 하고, 도낏자루에 쓸 만한 목재도 구해야 한다.

아, 맞다. 침도 사야 한다.

그것도 잔뜩.

"침을 팔지 모르겠는데, 안 팔면 바늘이라도 사야지."

앞으로 내 머리카락을 뽑아서 영침술을 쓸 생각은 없다.

다시는 그런 일이 생겨선 안 된다!

나는 이를 꽉 깨물며 다짐했다.

―그런데 갑자기 조각 기술을 말씀하시는 걸 듣자 하니, 어떤 특정한 모양의 도낏자루를 깎아서 맞춰 넣어야 그 도끼를 제대로 활용할 수 있는 모양이로군요?

"응, 맞아. 별로 어려운 추리는 아니었지?"

―…그런 걸 어떻게 압니까?

라플라스의 되물음이 의외였기에 나는 고개를 잠깐 갸웃거렸다가, 그게 대현자의 입장을 가리킨 거란 걸 깨닫고는 크게 웃었다.

"확실히 그렇지!"

이런 건 지식이나 경험으로 알 수 있는 부류의 것이 아니다. 나도 트레저 헌터의 능력이 없었더라면 이 도끼, [여신의 부월]의 진짜 성능을 끌어낼 가능성 따위는 없었으리라.

"뭐, 도끼의 진정한 능력에 대한 설명은 나중으로 미뤄두고."

―미리 말씀해 주시면 안 됩니까?

"이번에 나 몇 루블 벌었어?"

―지금 새 주인님의 계좌에는 805루블이 남아 있습니다.

"그럼 대충 400루블쯤 번 건가?"

―정확히 380루블을 벌어들이셨습니다.

"그렇군. 산수는 나중에 하자고."

―산술도 구입하실 수 있습니다만.

"아무튼 이번엔 다행히 흑자로군. 공략도 사고 영침술도 사서 적자를 각오했는데……."

―…너무 무시하지 말아주십시오.

라플라스의 목소리가 슬슬 진짜로 처량해지기 시작했다. 나는 장난은 이쯤 해두기로 마음먹으며, 녀석의 기분을 풀어주기 위해서라도 뭐 하나쯤 사두기로 했다.

그런데… 뭐 사지?

"정령법은 이미 5령급을 달성했고, 성법이 2륜급에 성기사 특화, 술법이 1성급에 흑법이 1야급인가."

―아, 네!

라플라스는 내가 뭘 살 것처럼 보이니 바로 기운찬 목소리로 대답을 해 왔다. 녀석의 사고 회로가 단순해서 다행이다.

"흑법을 3야급으로 올리면 [어둠장막의 단검]을 쓸 수 있게 되고, …연금술도 놓치기 싫군. 가지고 있는 [청심대환단]을 활용해야 하니까."

지금도 1성법의 연금술을 보유하고 있긴 하지만, [청심대환단]을 재료로 한 연금약을 만들려면 더 높은 수준의 연금술이 필요했다.

─악마의 두개골도 잊으시면 곤란합니다.

"아, 그게 있었지."

카오아만이라는 악마를 잡을 때 얻은 두개골은 분명 꽤 높은 가치를 지닌 전리품이었다. 정확히 어느 정도의 가치였는지 잘 기억이 안 나지만, 그거야 뭐 아무튼.

"그럼 흑법 아니면 술법… 인가."

나는 잠깐 고민했지만 그 시간이 길지는 않았다. 2 : 1. 술법의 승리다.

"일단 술법을 올리자. 2성급으로 올리겠어."

─네! 300루블입니다!

"딜!"

나는 15루블을 추가로 들여 2성급의 연금술을 추가로 개방했다. 새롭게 다운로드받은 지식으로 [청심대환단]의 강화에 필요한 재료를 알아냈다.

"이건 나중이군."

─490루블이 남았습니다. 어떻게 하실 건가요?

"그것도 나중으로 돌리지."

그리고 이번에 얻은 탐사 점수로 [순간 가속 3], [이중 도약 3], [방향 전환 3]을 업그레이드해서 [트레저 헌터의 몸놀림 1]을 얻었다. 남은 탐사 점수는 410점.

"고생은 했지만, 고생한 보람이 있군!"

나는 보람차게 탐사 일지를 덮었다. 이걸로 이번 유적의 공략도 끝이다.

"라플라스, 다음 유적!"

이 소릴 하는 것도 꽤 오랜만인 것 같았다.

이상하게 일상으로 돌아온 것 같은 느낌인데?

제6장

—

깨닫다

잭 제이콥스가 카트하툼을 떠난 지 어느새 사흘이 흘렀다.

"벌써 그립네."

한밤중, 반쯤 비워진 술잔을 손에 든 엘리사 바르하는 한숨처럼 혼잣말을 흘렸다.

잠이 오지 않았다. 다행히 드래곤의 피가 흐르는 강인한 그녀의 신체는 하루 이틀쯤 잠을 자지 않아도 상관없었다. 한 달 전만 해도 꿈도 못 꿀 일이긴 했지만, 지금으로부터 열흘 전을 기점으로 그래도 괜찮게 되었다.

"잭 제이콥스 덕이지."

엘리사 바르하는 달콤한 벌꿀주가 담긴 술잔을 여기에 없는 누구와 긴배라도 하듯 들어 올리곤 단번에 마셔 비웠다.

"…잭 제이콥스."

엘리사는 남자의 이름을 입안에서 굴려보았다. 입안에서 아련히 느껴지는 달콤함은 조금 전에 비운 벌꿀주 탓만은 아니리라.

잭 제이콥스는 매력적인 남자였다. 어디가 어떻게 매력적이라고 말하기는 좀 애매하지만, 엘리사 바르하는 그에게서 매력을 느꼈다.

그러나 그 이상으로, 엘리사 바르하는 잭 제이콥스를 필요로 했다.

원인을 알 수 없는 병마에 평생을 시달렸다. 실제론 저주였지만, 그때는 몰랐다.

처음에는 그리 큰 고통이 아니었다. 그것이 저주였음을 인지하지 못할 정도였으니.

그러나 가슴께에 자리 잡아 조금씩이지만 확실하게, 꾸준히 커지기만 하는 위화감은 더 이상 무시할 수 있는 것이 되지 않았다.

10살이 되던 해, 꽤 용하다는 치료사를 불렀다. 병인 것은 맞지만 무슨 병인지는 모른다는 대답이 돌아왔다. 이대로 병세가 진행된다면 10년 후쯤엔 죽을 거라는 말을 여러 번 들었다.

약사, 주술사, 방랑 신관. 누구를 불러와도 비슷한 말을 했지만 아무도 치유하지 못했고, 병세를 호전시키는 것조차 불가능했다.

이런 병 따위에 지고 싶지 않아 이를 악물고 버텼다. 잠은 아끼고 노력은 아끼지 않았다.

다행인지 불행인지 다소 무리를 하더라도 병세가 더욱 악화되는 일은 없었고, 그녀의 혈관에 흐르는 드래곤의 피는 치료사들의 말보다 그녀를 오래 생존시켜 놓았다.

전대 가주였던 엘리사 바르하의 조부는 그녀의 재능과 능력을 아깝게 여겼다. 그래서 살아 있는 동안이라도 바르하를 위해 그 힘과 지혜를 쓰라며 차기 가주의 자리를 내어 주었다.

그것은 엘리사 바르하가 스무 살일 때의 일이었다.

갓 가주가 된 시점엔 실제로 젊기도 했거니와, 그 젊은 나이보다도 어려 보이는 외견 탓에 가문 내외를 막론하고 얕보이기 일쑤였다.

그러나 철혈의 판단으로 가문 내부를 완전히 휘어잡고 카트하툼의 어지간히 거친 용병들조차 한 수 접어두는 존재가 된 뒤에는 도시 전체의 번영을 위해 전력을 다했다.

그렇게 10년을 버텼다.

그러나 지난 30년 동안 꾸준히 깊어지기만 하던 병세는 결국 그녀가 버텨낼 수 있는 기준을 넘어서고야 말았다.

병상에 눕혀진 후, 온갖 더러운 꼴을 봐야 했다.

끊임없이 전신을 쥐어짜는 것 같은 고통을 이 악물고 버티는 그녀에게 숙부는 빨리 가주 자리를 넘기라고 압박해 왔고, 조금이라도 빨리 그녀를 죽음으로 몰아넣기 위해 독을 먹이려고도 들었다.

그녀의 남은 수명이 결코 길지 않으리란 것을 직감한 가신들 또한 하나하나 숙부의 편으로 돌아섰고, 가주의 권한은 조금씩, 하지만 확실하게 축소되었다.

물론 그녀가 더 이상 병상에서 일어나지도 못하게 되고, 죽음이 거의 확실시된 후에는 숙부도 완전히 태세를 바꿔 정당하고 명예롭게 가주의 자리를 이어받을 준비를 시작했다.

잭 제이콥스를 데려온 것 또한 그 일환이었다.

카트하툼의 모든 주술사와 신관, 그리고 의사, 약사, 치료사가 이미 엘리사 바르하의 치유에 실패했다. 고작 1류급의 방랑 신관이 자신의 병을 고칠 수 있으리라고는 숙부는 물론 엘리사 본인조차 기대하지 않았다.

"그런데 나아버렸단 말이지."

30년이나 자신을 괴롭혔던 병이, 아니 저주가 한순간에 혹 사라져 버렸다. 그 느낌이란! 마치 생명을 다시 부여받은 것 같았다.

"후후."

그때의 느낌을 지금 다시 떠올려도 저절로 웃음이 나올 정도다. 엘리사 바르하에게 있어 그것은 문자 그대로 구원이었다.

그러나 그 구원은 영속적인 것이 아니었다. 한 번은 깨끗이 나았으나, 잭 제이콥스로부터 겨우 수십 분 떨어져 있자 익숙했던 저주는 다시금 그녀를 찾아왔다.

그런데 신기하게도 잭 제이콥스에게 달라붙으면 다시 저주가 깨끗이 사라졌다. 그뿐일까, 그의 품속에 파고들어 겨드랑이 냄새를 맡고 있자면 어째선지 행복한 기분이 들기까지 했다.

이게 사랑일까? 아닐 것이다. 그저 어린아이처럼 자신에게 사탕을 준 어른을 따르는 것일 뿐이리라. 그에게 달라붙어 있으면 아프지 않으니까 달라붙는 것에 불과했다.

감정 따위는 둘째 문제로 넘겨도 상관없다. 엘리사 바르하는 가주답게 생각했다. 중요한 것은 잭 제이콥스가 자신에게 얼마나 유용한가였다.

그거야 물론 어마어마하게 유용했다. 반드시 잡아둬야 할 정도로.

그래서 잭 제이콥스와 지내는 동안 엘리사 바르하는 꽤 필사적이었다. 돈, 지위, 그밖에 그녀가 줄 수 있는 모든 것을 동원해 그를 유혹했다.

그러나 실패했다.

그럴 만도 했다.

아무도 깨우지 않는데 늦잠도 자지 않고 항상 같은 시간에 일어나 칼부터 휘두르고, 점심을 먹나 했더니 바로 뛰어나가 돈도 받지 않은 채 사람들을 찾아다니며 치유했다.

사람이 저렇게 욕망에 초연할 수가 있을까? 그럴 수가 있었다. 잭 제이콥스라면 말이다.

심지어 자신과 함께 지내주는 대가로 받아 간 것이 아무짝에도 쓸데없는 구리 반지 하나였다.

아무것도 받아가지 않음으로써 자신의 체면을 상하는 걸 걱정한 배려라는 걸 깨닫고 나니, 더 이상 억지를 부리며 그를 붙들어두고 있을 수가 없어졌다.

엘리사 바르하는 심장께를 부여잡았다. 두근, 두근, 두근. 심장 뛰는 속도가 빨랐다. 저주의 영향으로 제대로 혈류가 통하지 않는 탓에, 심장은 보다 자주 뜀으로써 생명을 유지하려 들기에 일어나는 현상이있다.

잭 제이콥스가 떠난지 사흘밖에 지나지 않았는데 이렇다니,

저주의 진행이 생각보다 빠르다.

"그래도 앞으로 30년은 버티겠어."

이제까지 치료 없이 30년을 버텼으니, 앞으로도 30년을 버틸 수 있겠지. 엘리사 바르하는 투박하게 생각했다.

60살이면 다른 사람들이 사는 만큼 산 것일 터. 물론 고통의 삶일 터이나 이것만으로도 자신은 충분히 구원받았다. 엘리사 바르하는 그렇게 여겼다.

동쪽 하늘이 검은색에서 남색으로 뒤바뀌기 시작했다. 해가 뜨고 있었다.

"…이제 잘 수 있겠군."

저주의 기운은 낮이 되면 약해진다. 아직 해가 완전히 뜬 것은 아니나, 한밤중보다는 확연히 몸 상태가 나아졌다.

비워진 술잔을 테이블 위에 내려놓은 엘리사 바르하는 무거운 차광 커튼을 쳐 곧 떠오를 아침 햇살을 미리 가린 후 침상으로 향했다.

며칠 전만 해도 잭 제이콥스와 함께 누웠던 침상이었다.

"…훗."

한 번 짧게 웃은 그녀는 괜히 침상 한 쪽으로 치우친 자세로 누웠다.

그 자리는 잭 제이콥스가 누워 있던 자리였다.

"…어?"

베개에 한창 코를 박고 있던 엘리사 바르하는 자리에서 벌떡 일어났다.

"…저주가 사라졌어."

엘리사 바르하는 저주에 걸려 있던 본인이다. 저주의 증상이 있고 없음에 대해서는 누구보다 잘 안다. 그리고 이미 잭 제이콥스와 접촉함으로써, 저주가 완전히 없어졌을 때 어떤 느낌인지도 파악하고 있다.

"하하."

바로 지금이 그런 상태였다.

왜 갑자기 저주가 풀렸는지에 대해서는 모른다. 알 도리가 없다. 하지만 어쩐지 그녀는 잭 제이콥스가 자신의 저주를 풀었다고 아무 근거 없이 생각했다.

"아니, 왜?"

엘리사 바르하는 그런 스스로의 생각을 이상하게 여겼다. 그래서 고민했다.

고민의 시간은 길지 않았다.

두근, 두근.

저주가 풀렸음에도 여전히 심장은 빠르게 뛰고 있었다.

"그렇구나."

이것은 저주 때문이 아니었다.

촤악!

엘리사 바르하는 무거운 차광커튼을 단번에 걷어냈다. 어느새 아침 해가 동쪽 하늘을 새빨갛게 물들여 놓았다. 밝아오는 하늘을 바라보며, 그녀는 큰 목소리로 외쳤다.

"…사랑이었구나!"

그러고선 그녀는 하하하하, 하고 크게 웃었다.

　다음 유적으로 향하는 길목에 놓인 작은 마을에서 나는 바르하의 금 패를 보여주고 온갖 서비스를 무료로 제공받을 수 있었다.

　"이거 편리하긴 편리하네."

　―바르하 가문의 입김이 미치는 영역에서만 사용할 수 있지만요.

　"그 정도는 나도 알아."

　말이 무료 서비스지, 라틀란트 제국 기준으로 치면 귀족 취급이나 마찬가지였다.

　촌장이 자신의 안방을 비워주고, 식사는 그날 바로 소를 잡아서 가장 좋은 부위의 고기를 구워다 줬다. 말에게는 잘 삶은 콩과 보리까지 주어졌다. 이 작고 소박한 마을에서 제공할 수 있는 최고의 것은 모두 내게 가져다주었다고 보면 된다.

　"좀 미안하기까지 하네."

　―어차피 보은 패로 인해 나간 금액은 바르하 가문에서 다 보상해 주니 새 주인님께서는 염려하지 않으셔도 좋습니다.

　"그래도 좀."

　마을 사람들은 내게 주고 남은 다른 부위의 소고기로 작은 잔치를 벌였다. 아주 약간 찔리는 구석을 느낀 나는 그 잔치에 끼어들어 사람들에게 치유와 축복을 남발해 주었다.

　"감사합니다, 성자님! 몸 상태가 이렇게 좋은 건 태어나서 처음입니다!"

"성자 아니라니까요."

"괜히 바르하 가문의 금 패를 받으신 게 아니로군요! 대단하십니다, 성자님!"

"성자 아니라니까요."

그러다 보니 마지못해 하던 잔치가 어느새 진짜 잔치가 되어 있었다.

"역시 분위기 띄우는 데에는 성법이 최고로구나."

─분위기 띄우는 데에 성법까지 쓰실 필요가 있으셨을까요?

"어차피 남는 신성력인데 뭐 어때."

게다가 내 성법 수련에도 필요한 일이다. 라플라스도 잘 알고 있을 텐데 이런 소릴 굳이 한 이유는 뭐, 그냥 내 기분 좋으라고 한 거겠지. 나는 깊이 생각하지 않았다.

마을 사람들은 술까지 내어 왔고, 나는 거부하지 않았다. 엘리사 바르하의 저택에서 먹던 술과는 비교도 안 되는 거칠고 조악한 싸구려 술이었지만 분위기가 좋았고 내 기분도 좋았다.

"성자님을 위하여, 건배!"

"성자 아니라 건배!"

*　　　　*　　　　*

춤추고 노래하고 시끌벅적 떠들며 하룻밤을 보내고, 나는 다시 말에 올라 초원을 달리기 시작했다.

일부러 일정과 방향을 조절해 가며 가능한 대로 마을에 들르고, 보은 패와 성법의 콤보로 극진한 대접을 빼놓지 않고 받다 보니 몸과 마음이 살찌는 기분이었다.

내가 찌는 건 기분 탓이겠지만, 말은 진짜 살쪘다.

"이놈, 이러다가 풀 먹는 법을 까먹는 게 아닐까?"

마을에 들를 때마다 삶은 콩과 온갖 곡식, 혹은 당근이나 순무 같은 걸 받아먹다 보니 말 털에 기름기가 자르르 흘렀다.

"이제 풀 먹어야 되는데."

우리는 목적지에 도착했다.

나는 유적에 들어갈 거고, 말은 이 주변에 놓아줄 생각이었다. 내가 유적 공략에 며칠이나 쓸지 모르겠지만, 그동안 말은 스스로 끼니를 해결해야 할 터였다.

내가 말에게서 마구를 풀어주니, 지난번에는 좋다고 떠나던 놈이 이번에는 고개를 갸웃거렸다. 왜 이런 데서 멈추냐고 말하는 것 같은 반응이었다.

"하하하."

나는 짧게 웃고 말에게서 등을 돌렸다.

*   *   *

이번 유적의 공략에는 꼬박 일주일이 걸렸다.

말에게 엿을 먹이려고 일부러 그런 게 아니라, 유적 자체가 공략에 일주일을 요구했다. 문이 하루에 하나씩만 열리는데 뭐 어쩌란 말인가. 혹시 내가 뭘 잘못했나 싶어서 라플라스에게서 공략까지 샀다.

일곱의 시련을 각각 하루씩 버틸 때마다 다음 문이 열리는 식이었는데, 그 시련의 내용을 몰랐으면 모를까 이미 다 알고 있어서 미리 대비할 수 있었던 내겐 지루할 뿐인 일주일이었다.

첫 번째 시련은 태양의 시련으로, 하루 종일 엄청난 광량의 빛이 쏟아지는 방에서 하루 버티면 되는 거였다. 이 시점에서 나는 공략을 구매했고, 이게 뭔지 알게 된 난 텐트 치고 잤다. 텐트 바깥이 번쩍번쩍 빛났지만 뭐, 참을 만은 했다.

두 번째 시련은 달의 시련으로, 이름과는 달리 어둠으로만 뒤덮인 방에서 하루 버텨야 했다. 다만 망령이 두 차례의 습격을 가해왔으나, 반짝이를 경계병 대신 세워놓고 난 잤다. 자고 일어나 보니 루블이 들어와 있었으니 아마 반짝이가 처치했겠지.

세 번째 시련은 불의 시련으로, 불로 뒤덮인 방에서 하루 버텨야 했다. 하지만 내겐 불의 속성력이 있었으므로 그냥 옷 다 벗고 있으면 됐다. 그래서 다 벗고 잤다. 물론 소모되는 속성력 때문에 중간 중간 깨어나 뭘 자꾸 먹어야 했던 건 좀 귀찮았다.

네 번째 시련은 물의 시련으로, 물이 가득 찬 방에서 하루 버텨야 했다. 이게 조금 힘들었다. 피식이랑 정령 합일 하고 물속에서 버티다가 정령력 떨어지면 수면으로 올라와서 숨 쉬면서 정령력을 채워야 했기 때문이다.

다섯 번째 시련은 나무의 시련으로, 온갖 독초와 식인식물로 가득 찬 방에서 하루 버텨야 했다. 이 하루는 내게 있어 노동의 시간이었다. 잡초는 태워 버리고 쓸모 있는 풀은 캐고 나무는 잘라서 목재로 가공히느리 바빴다.

여섯 번째 시련은 철의 시련으로, 강철 골렘이 공격해 왔다.

예전엔 그렇게 나를 고전시켰던 강철 골렘들은 마침 3검급에 올라 내력 도금, 아니 검기를 사용할 수 있게 된 내 검 앞에 무참히 썰려 나갔다. 참고로 이 방이 제일 신났다.

일곱 번째 시련은 흙의 시련으로, 흙이 가득 찬 방에서 하루 버텨야 했다. 그냥 흙을 3톤 정도 각성창에 집어넣어 공간을 마련한 후 텐트 치고 잤다. 자다가 산소가 부족해지면 피식이를 불러내서 산소를 좀 채우고 하다 보니 끝나 있었다.

"공략 끝!"

─뭐, 이렇게 될 줄 알고 있었습니다.

라플라스가 기대도 안 했다는 투로 말했다.

"자, 이제 보상 확인하자."

과정이 좀 지루하면 어떠랴. 결과만 좋으면 됐지.

"이게 이번 보상이로군."

꽤 크기가 큰, 뚜껑이 달린 투명한 통이었다. 재질은 유리인가? 하지만 촉감이 유리하고는 다르다. 어떻게 다르냐고 물으면 대답하기 좀 곤란하긴 한데, 확실한 건 유리는 아니다. 뚜껑의 재질도 고무 비슷하지만 고무가 아니고.

─[연금 쉐이커]입니다.

라플라스가 이름을 가르쳐 주었다.

"명칭부터 대놓고 연금술용이네?"

─네, 그렇습니다.

라플라스는 아무렇지도 않게 인정했다.

─물질을 잘게 갈거나, 균일하게 섞거나, 원심분리를 할 수 있습니다. 내열 그릇이라 가열하셔도 되고요, 뚜껑을 닫고 밀봉하

실 수도 있습니다. 가장 큰 이점은 이 쉐이커가 대단히 단단하다는 것으로, 고온, 고압, 강산은 물론이고 강염기, 극저온에도 잘 버팁니다.

"오! 편리하군."

라플라스의 설명을 들은 나는 감탄사를 토해냈다.

안에 칼이 든 것도 아니고 별다른 동력원이 있어 보이지도 않고, 그냥 투명하기만 해 보이는데 그런 기능이 다 있다니. 신기하기 짝이 없다. 당장 사용해 보고 싶다.

―대현자님의 발명품이니까요.

"그럼 이건 버려도 되겠네?"

나는 툴루 지하수로에서 얻었던 낡은 연금술 도구를 꺼내 들었다. 조금 전에 각성창을 살짝 잘못 다뤄서 흙에 파묻히는 바람에 더럽혀져 있었다.

―아… 네. 하지만 팔아넘기는 편이 낫지 않을까요?

"그건 그렇네."

잠깐 생각한 나는 더럽혀진 연금술 도구를 들고 [변신 브로치]에 등록시켰다. 그리고 오랜만에 레너드 몬토반드의 복장을 불러냈다가 다시 잭 제이콥스의 복장을 불러내자……. 짠!

"깨끗해졌네!"

―매우 지혜로우시군요.

라플라스의 말은 분명 칭찬일 텐데, 어째 갈수록 요령만 는다는 소리처럼 들리는 건 그저 나의 피해망상에 불과한 걸까.

"그럼 당장 써볼까?"

―무엇을……. 아!

그랬다. 다섯 번째 시련에서 캐놓은 독초 중에 [청심대환단]의 개량에 쓸 만한 게 있었다.

"이번에는 공략 잘 샀어."

만약 공략을 안 샀으면 아마 그 독초들 다 불 질러서 없앴을 거다. 그런 아까운 짓을 할 뻔했다니, 큰일 날 뻔했다.

먼저 독초 중 칠흑 고사리와 사람 잡는 물풀을 꺼내 잘 손질한 후 [연금 쉐이커]에 넣고 갈아서 나온 내용물을 이번엔 원심분리해 꺼멓게 뜬 기름을 걸러내고 다시 섞어서 불 위에 올리고 가열해야 했다.

나는 기대로 두근거리며 [연금 쉐이커] 안에 칠흑 고사리를 넣었다. 내용물을 갈 때 안에서 칼날이나 튀어나오나? 하고 기대했는데 그런 일은 없었다. 그냥 뚜껑을 조작해서 분쇄 명령어를 넣으면 안에서 재료들이 저절로 분쇄됐다.

"마법인가?"

―유료입니다.

그렇군!

원심분리도 마찬가지였다. 안에서 뭔가 힘이 가해지더니 저절로 분리됐다. 이걸 과연 '원심분리'라고 할 수 있는 걸까? 의문은 들지만 물어봤자 어차피 유료라는 대답만 돌아오겠지.

의외로 가장 신기했던 게 가열이었다. 쉐이커를 손으로 잡고 있어도 바깥은 뜨거워지지 않는데 안쪽의 내용물에는 열이 가해져 변하는 모습이 실시간으로 보였다. 무슨 짓을 한 건지 김으로 투명한 내벽이 가려지는 모습도 보이지 않았다.

"되게 편리하네."

—그렇죠?

어째선지 라플라스가 잘난 척을 했다. 네가 왜?

아무튼 나는 혼합물을 계속 끓여서 수분을 제거한 후, 까맣게 남은 고체를 잘 으깬 다음 다시 물을 부어 넣은 후 원심분리해 남은 기름을 마저 분리해 냈다. 이 과정을 세 번 반복해 기름을 꼼꼼히 제거한 후, [청심대환단] 하나를 잘 으깨 남은 혼합물과 섞는다.

그리고 이대로 쉐이커의 뚜껑을 닫아 밀봉한다.

"됐다. 이걸로 [독심대환단] 완성!"

—정확히는 일주일 후에 완성되는 거지만요.

[독심대환단]에는 숙성이 필요하다. 마치 좋은 술처럼 말이다.

"이걸 먹으면 이제 4검급 되는 거지?"

—…그럴 리 없잖습니까. 약 한 번 드실 때마다 1검급씩 느는 걸 예사로 생각하시면 안 됩니다. 하물며 4검급이면!

"알았어. 미안. 농담이었어."

생각보다 격렬한 반응에 나는 얼른 손을 내저었다.

하긴 정령법도 3령급까지 300루블씩 받았었는데 4령급 올라갈 때는 500루블을 받았다. 검법과 정령법을 같은 선상에 놓고 비교하는 건 좀 아닌 것 같긴 하지만, 굳이 비교하자면 그렇다는 소리다.

"아, 루블. 라플라스, 루블 정산하자."

—아, 네.

라플라스는 재미있을 정도로 간단하게 진정했다.

─새 주인님의 경조사비 계좌 총액은 620루블입니다. 어떻게 하시겠습니까?

"우선 다음 유적 정보를 사는 걸로 하지."

─알겠습니다. 남은 루블은 590루블입니다.

마지막으로 나는 탐사 일지를 펼쳤다. 그리고 첫 경험을 했다.

"아무것도 못 사는 건 이번이 처음이네."

이번 유적에서는 500점을 얻어서 축적된 탐사 점수는 910점이었는데, 새 능력은 등장하지 않았고 손재주와 몸놀림의 업그레이드에는 1,000점이 필요한 탓에 아무것도 살 수 없었다.

"독초들이 유물로 분류되지 않은 탓이 커."

─만약 그랬다면 놀라웠겠습니다만…….

그건 그렇다. 하지만 아쉬운 건 아쉬운 거다. 나는 아쉬움에 몸을 비틀며 탐사 일지를 덮었다.

"다음 가자, 다음!"

＊　　　　＊　　　　＊

유적 바깥으로 나와 보니, 원래의 건강한 몸집을 되찾은 말이 나를 빤히 바라보고 있었다. 그 표정이 마치 왜 이제야 나왔냐고 타박하는 것 같아서 절로 웃음이 나왔다.

"자유를 누리게 해줬는데, 왜 그 자유를 못 누리냐?"

"히히히힝!"

투레질의 의미는 굳이 해석할 것도 없었다.

"그래, 알았다. 가자, 가."

나는 말 위에 올랐다. 말은 기다렸다는 듯 나를 태웠다. 그러더니 어디로 향할 건지 말도 안 했는데 먼저 달리기 시작했다.

"이 녀석, 삶은 콩을 먹고 싶어서 안달이 났구나."

"히히히힝!"

이러다가 바르하 가문의 영향권을 벗어나면 어쩌려고 이러는 건지, 쯧쯧⋯⋯.

하지만 녀석에겐 다행이게도 아직 여긴 바르하 가문의 영향권이었다. 다음 마을에 가면 또 삶은 콩을 먹을 수 있을 테니, 녀석이 기대하는 것도 무리는 아니었다.

"그쪽 아니야. 저쪽. 가자!"

"히히히힝!"

말은 왔을 때보다 빠른 속도로 달리기 시작했다.

거참, 욕망에 충실한 말일세.

＊　　　　＊　　　　＊

나는 다음 마을에 도착했다.

뭐, 정확히는 다음 마을이라는 말에는 어폐가 있다. 지난 유적은 카르하툼의 영역 끝자리에 놓여, 거의 사람이 살지 않는 곳에 위치해 있었으니까. 그리고 이 마을은 그 유적에서 가장 가까운 마을이었고.

그래서 내가 여기 오는 건 이번이 두 번째였다.

"⋯⋯?!"

그럼에도 불구하고, 나는 놀랐다.

"이 마을에 저렇게 제대로 된 여관이 있었던가?"

아니, 없었다.

이 대초원에서 사람들은 양이나 염소 따위를 놓아 기르며 생계를 이어나갔다. 즉, 기본적으로 유목 생활을 한다. 그렇다 보니 아무리 돈이 많아도 잠시 머물 땅에 건물을 짓는 것은 기본적으로 할 필요가 없는 낭비다.

그럼에도 불구하고 마을에 번듯한 여관이 한 채 서 있었다.

지난번엔 본 적이 없었던.

"…뭐지?"

내가 홀린 듯 여관 쪽으로 다가가니, 여관 앞에 칼을 차고 서 있던 남자가 나를 보고는 내게 말했다.

"기다리고 있었습니다, 잭 제이콥스 님."

"예?"

처음 가는 마을에서 처음 보는 사람이 나를 알아보고 이름까지 부른다고?

무시무시하게 수상했다.

'라플라스!'

─괜찮습니다.

라플라스는 마치 이 상황을 예견이라도 한 듯, 평소와 다를 바 없는 목소리로 대답했다.

'아니, 진짜로?'

─네.

라플라스가 괜찮다니 괜찮겠지. 나는 별 근거 없이 믿으며 남자의 뒤를 따라 여관 안으로 들어갔다.

여관에는 방이 딱 하나 있었다. 객관적으로 봐도 지나치게 좋은 방이었다.

일단 넓었다. 그야 건물 하나를 통째로 쓰다시피 한 방이니 안 넓을 수가 없다.

그리고 그 넓은 공간에 모든 것을 최고급으로 채워놓았다. 아무리 그래도 바르하의 저택 주인 방만큼은 아니지만……

"음? 엘리사 바르하?"

보다 보니 방 안의 물건들이나 배치 등이 딱 엘리사 바르하의 취향이었다.

"그래, 나야."

혼잣말이었는데, 혼잣말이 아니게 되었다.

나는 뒤를 돌아보았다. 거기엔 엘리사 바르하의 모습이 있었다.

갑자기?

'…위기 감지는 조용했는데?!'

─위기가 아니니까요.

'정말로? 저렇게 눈웃음을 치는데?'

물론 10대 초반의 모습으로 눈웃음을 쳐봤자 그냥 귀여울 뿐이다.

문제는 그 안에 든 내용물이 귀엽다는 한마디로 치우기에는 지나치게 노회했다는 점이다.

그리고 나는 그 내용물에 대해 잘 알고 있었다.

다는 모르지만, 알 만큼은 안다.

"잭 제이콥스."

그때, 엘리사가 잭의 이름을 불렀다.

"네."

나는 나도 모르게 정중히 대답하고 말았다.

실수긴 했지만, '히익!'이라고 대답 안 한 나 자신을 칭찬해 주고 싶다.

이런 내 대답이 마음에 들지 않은 듯, 엘리사는 눈살을 찌푸렸다.

"왜 높임말로 대꾸해?"

"나도 모르게 그만."

"아니, 왜?"

그렇게 물어보면 또 대답이 궁하다. 따라서 나는 말을 돌리기로 했다.

"…여기까지 어인 행차야?"

그렇다. 내가 알게 모르게 모종의 두려움을 느끼는 이유 중 하나는 엘리사가 왜 여기까지 왔는지 모르기 때문이다.

여기가 카트하툼에서 하루 이틀 거리인가? 아무리 내가 꼬박꼬박 마을을 들러 체력을 온존하고 충분히 휴식을 취하면서 왔다지만, 그래도 결코 가깝다고 할 수 있는 거리는 아니었다.

그런데 카트하툼의 유력자이자 바르하 가문의 가주, 그것도 병석에서 일어난 지 얼마 되지 않아 일이 밀려 바쁜 엘리사 바르하가 여기까지 행차하시려면 보통 이유로는 안 된다.

그리고 지금 내 입장에서 짚이는 점이라고는 하나밖에 없었다.

'설마 바르하의 반지에 대해 알고 쫓아온 건 아니겠지?'

—…….

'왜 대답이 없어?!'

나는 라플라스에게 재차 따져 물으려 했지만, 엘리사 바르하가 그 틈을 주지 않았다.

"한 가지 묻고 싶은 게 있어, 잭."

왔다.

"뭐, 뭐지?"

아니, 태연한 척을 해야 하는데 말을 더듬어 버리다니! 얼굴에서 핏기가 가시는 걸 느꼈다. 저질러 버린 건 어쩔 수 없다. 나는 다시 입을 다물고 처형을 기다리는 사형수의 심정으로 엘리사의 입에서 나올 질문을 기다렸다.

"내 저주를 푼 게, 너야?"

"으, 응?"

엘리사 바르하의 입에서 나온 질문이 워낙 의외였던 터라, 나는 얼빠지게도 되물을 수밖에 없었다. 하지만 다음 호흡 때 나는 질문의 의도를 뒤늦게 파악했다. 그리고 직감적으로, 본능적으로 결정했다.

모르는 척하자!

"그게 무슨 소리야?"

"내게 걸려 있던 저주 말이야."

드래곤 킬러 말이지? 알지, 알지. 물론 이렇게 대답할 수는 없다.

"그야 그렇지. 그 저주는 널 처음 본 날 풀었잖아."

"그거 말고."

"말고?"

나는 고개를 가능한 한 귀엽게 보이도록 갸웃거렸다.

—타니티아 여왕의 저주 말입니다.

그런데 여기서 라플라스가 답답한 듯 끼어들었다.

아, 가만히 있어.

반면 입으로는 이렇게 말했다.

"아니야, 나는 아무것도 안 했어."

"…그렇구나."

엘리사 바르하는 나를 한참 동안이나 주시하더니 갑자기 훗, 하고 짧게 웃었다.

"그렇다면 역시 이건 사랑이야."

"…뭐?"

여기서 웬 사랑 타령? 맥락도 없이 튀어나온 엘리사의 말에 나는 당황하지 않을 수가 없었다.

"사랑이야, 잭 제이콥스. 사랑을 몰라?"

"모, 모르겠는데요……."

나는 겨우 열두 살이다. 내가 뭘 알겠는가?

물론 이 나이는 카를의 나이이고, 내용물인 김연준은 조금 더 오래 묵었지만 그건 중요하지 않다.

아무튼 모른다.

나는 아무것도 모른다!

"그렇게 나온다, 이거지?"

그러자 엘리사 바르하는 오기 서린 눈동자로 나를 노려보왔다.

"두고 봐, 반드시……!"

이어지는 말은 입술로만 달싹여 잘 들리지 않았다.

그러더니 새빨개진 얼굴로 뒤돌아, 방에서 나가 버렸다.

―꼬셔 버리겠다는데요?

라플라스가 쓸데없는 말을 했다.

사실 나도 알아들었었다는 대답을 굳이 할 필요는 없을 것 같았다.

*   *   *

엘리사로부터 선전포고 비스무리한 선언을 듣고 약 15분 후.

나는 엘리사 바르하와 함께 늦은 저녁 식사를 했다.

이유는 간단하다.

이미 해가 지고 있는 상황에서 마을을 나서는 건 위험하기 때문이다.

카트하툼의 실질적 지배자인 엘리사 바르하를 위협할 만한 세력은 이 주변에 존재하지 않는 것이나 다름없었지만, 그렇다고 엘리사가 카트하툼 전체를 이곳에 끌고 온 건 아니었다.

기껏해야 백여남은 명 정도 되는 호위 병력이 전부였다.

…그걸 '기껏해야'라고 표현하는 게 또 엘리사의 매력이다.

그런 이유로 엘리사는 마을에 머물 수밖에 없었다.

그렇다고 한다.

엘리사가 그렇다는데 내가 뭘 어쩌겠는가?

물론 나도 마을 밖으로 나갈 생각이 없었다. 사실 나는 밤에 나가더라도 신변에 위험이 생길 가능성이 매우 낮았지만 내가 왜? 하늘 아래 부끄러운 점 하나 없는 내가 먼저 굳이 엘리사를 피해 이 밤에 마을을 나갈 생각은 없었다.

밥도 먹고 잠도 잘 거다! 상황이 허락하면 씻기도 할 거다!

그래서 우리는 같은 마을에서 같은 시간을 보내게 되었다.

그렇다면 뭐, 저녁을 같이하는 건 자연스러운 흐름이 된다.

내 생각에는 별로 자연스러운 것 같지는 않았지만… 엘리사가 그렇다는데 내가 뭐 어쩌겠는가?

결과.

이 마을에 하나밖에 없는 여관의 식당 테이블을 채우고 있는 건 나와 엘리사, 단 둘이었다.

그 백여남은 호위 병력은 어디서 밥을 먹는 걸까? 나는 묻지 않았다. 다 밥 먹자고 하는 짓인데 알아서들 챙겨 먹겠지. 설마 굶고 살겠는가?

엘리사는 새빨개진 얼굴로 내게 특별히 말을 거는 일도 없이 고기를 깨작깨작 썰어 먹고 있었다. 아무래도 15분 전에 한 이야기가 신경 쓰이는 모양이었다.

그렇다고 엘리사의 식욕이 떨어진 건 아니었다. 깨작깨작 먹은 고기 접시가 어느새 세 장째. 접시마다 놓인 고기양이 적은 것도 아닌지라 벌써 1kg쯤은 족히 먹은 것 같다.

"엘리사."

"왜."

"과식하는 거 아냐?"

"아냐."

사실 과식 아니다. 엘리사는 원래 저 정도 먹는다. 저 작은 몸에 어떻게 저만한 양이 다 들어가는지 의문이긴 하지만, 아무튼 저게 엘리사 바르하의 정량이다.

그냥 나는 하도 분위기가 어색해서 한마디 던져본 것뿐이었다.

그런데 엘리사는 접시의 고기를 깨끗하게 해치우더니 테이블 위의 종을 울려 웨이터로 하여금 네 장째의 접시를 가져오도록 했다.

이건 진짜 과식이었다.

"진짜 아냐?"

내가 묻자 엘리사는 잠깐 망설이더니 내게 이렇게 말했다.

"…그럼 반 먹어줘."

"…그래."

좀 어색하긴 하지만, 평소의 대화였다.

한 달도 안 되는 짧은 시간을 같이 지낸 것 갖고 일상이니 어쩌니 하는 게 이상할진 몰라도, 엘리사와 내가 평소의 식사 시간에 나누던 대화가 이런 식이었다.

나는 엘리사의 접시를 대신 받아서 고기를 반으로 갈랐다. 그리고 고기를 한 입 크기로 썰어서, 엘리사의 입에 하나씩 쏙쏙 넣어주었다.

주방장이나 웨이터에게 말하면 알아서 갈라주겠지만, 엘리사는 유독 내게 직접 고기를 자르길 종용했다. 그래서 이번에도 그랬을 뿐이다.

엘리사는 군말 없이 내가 내민 고기를 받아먹고 씹어 삼켰다.

그러고 있으려니 픽, 하는 웃음이 절로 새어 나왔다.

"쟤."

그런 내 얼굴을 빤히 보고 있다가, 문득 내 이름을 불렀다.

"왜?"

"고마워."

"뭐가?"

"…아무것도 아니야."

그러고선 또 새끼 새처럼 입을 벌린다. 그럼 줘야지, 어쩌겠는가.

나는 미리 썰어둔 고기를 엘리사의 입에 쏙 넣어주었다.

그러자 엘리사는 생글생글거리며 고기를 받아먹기 시작했다.

어휴, 진짜. 어휴.

나는 계속해서 고기를 썰었다.

*   *   *

아침 해가 떴다.

나는 몸을 일으켰다.

옆에서 쌕쌕거리는 숨소리가 들렸다.

엘리사 바르하였다.

익숙함이란 게 이렇게 무섭다. 어제 저녁 식사를 마치고 수다를 떨다가 그냥 같이 자버렸다. 평소처럼. 뭔가 고백 비슷한 걸

받은 것 같았는데 그럼에도 불구하고 이 익숙함이 유지된다는 게 무섭다.

모르긴 몰라도, 이 침실을 엘리사 바르하의 침실처럼 꾸며놓은 것도 한몫했으리라.

나는 픽 한 번 웃고 먼저 침대에서 일어났다.

일상은 여기까지다.

정확히는 엘리사와의 일상이 여기까지인 거지만.

짐을 챙기는 데 시간이 걸릴 리 없다. 다 각성창 안에 있으니까. 그냥 몸만 나오면서 [변신 브로치]를 쓰면 그만이다.

씻는 건 포기해야 하겠지만, 이 여관에 수도시설 같은 건 없으니 애초부터 크게 기대할 일도 아니었다. 내장이 아무리 화려한들 일주일 만에 후다닥 지은 간이 건물에 뭘 바라겠는가.

그래서 나는 그냥 방문을 나섰다.

"잘 주무셨습니까?"

여관 카운터에 앉아 있던, 어제 봤던 남자가 내게 말을 걸었다.

"네, 뭐."

나는 그렇게 대꾸하고 잠시 고민했다가, 남자에게 말했다.

"엘리사에게 대신 인사 좀 전해주세요."

"…알겠습니다."

남자는 뭘 말하려는 듯 움찔거리다가, 그냥 내게 허리를 깊숙하게 숙여 보이고 말았다.

"나중에 또 밥이나 한 끼 같이 먹자고요."

"아, 네!"

남자의 얼굴이 확 밝아졌다. 저건 무슨 뜻이지? 문득 궁금해졌지만, 이미 나는 더 궁금해하지 않기로 결심한 상태였다.

＊　　　　＊　　　　＊

잭 제이콥스가 마을을 떠나고 약 15분 후.

"…갔어?"

엘리사 바르하가 부스스한 모습으로 나와 여관 카운터에 앉은 남자에게 물었다.

"예, 가주님."

남자는 급히 일어나며 엘리사에게 허리를 깊숙하게 숙였다.

"기침하셨습니까."

"…내가 아직 아침에 기침할 나이는 아니지."

엘리사 바르하는 그렇게 말하고 나서야 저주에서 풀리기 전에는 항상 괴로운 기침을 하며 잠에서 깨어나야 했었다는 걸 떠올렸다.

"그래, 이것도 잭 제이콥스 덕이로군."

"잭 제이콥스 님께서는 다음에 또 식사 한번 꼭 같이 드시자고 말했습니다."

남자는 잔뜩 긴장해서 엘리사 바르하의 입에서 나온 잭 제이콥스라는 키워드에만 반응해 발작적으로 대답했다.

"그렇군."

그냥 의례적으로 건넨 인사말이리라. 그럼에도 불구하고 엘리사는 기분이 나아지는 것을 느꼈다.

"카트하툼으로 돌아간다."

"괜찮으시겠습니까?"

"그럼, 뭐."

남자의 물음에 엘리사는 씁쓸하게 대꾸했다.

"이 상태론 어차피 무리니까."

잭 제이콥스는 어젯밤에도 자신의 몸을 손끝 하나 건드리지 않았다. 저택에서 머물 때도 그랬으니, 이번에도 그러리라는 건 쉽게 예측할 수 있었다.

그러나 예측한 일이 그대로 일어난 것에 불과하다고 해서 실망감이 안 드는 건 아니었다.

"…술이라도 먹일 걸 그랬나."

엘리사는 혼잣말을 하자마자 바로 고개를 저었다. 어차피 그날 밤, 함께 술을 마신 첫날밤에도 별일은 없었다. 어젯밤에 먹였다고 결과가 그리 달라지진 않을 터였다.

그럼에도 자기도 모르게 후회의 말을 흘린다는 것은 역시 미련이 남기 때문이겠지.

"어차피 이대로 포기할 생각은 없어."

자신의 마음을 자각하지 못했을 때라면 모를까, 지금은 달랐다.

뭐가 다르냐면 각오가 달랐다.

"방법을 찾아내야지."

엘리사의 두 눈동자는 사냥감을 주시하는 사냥꾼과 같이 빛났다.

　　　　　　*　　　　　　*　　　　　　*

　─그냥 마음을 받아주시고 이용하셔도 됐을 텐데요.

　엘리사가 있는 마을에서 조금 멀어졌을 때, 라플라스가 갑자기 그런 소릴 했다.

　"응? 무슨 마음?"

　─엘리사 바르하의 연심 말입니다.

　나는 헛웃음을 흘렸다.

　"넌 날 뭘로 보고 그런 소릴 하는 거냐?"

　─대현자님께서는 그러셨거든요.

　"아……."

　그 인성 파탄 난 대현자라면 그러고도 남을 법했기에, 난 나도 모르게 납득해서 고개를 끄덕이고 말았다.

　"하지만 난 대현자가 아니니까."

　─네, 새 주인님. 잘 알고 있습니다. 새 주인님께서는 비교적 선량하시군요.

　이미 한 번 들은 칭찬이지만, 별로 칭찬 같은 느낌이 들지 않았다.

　"그래, 뭐. 대현자랑 비교하면 누가 안 선량할까?"

　비교 대상이 대현자인데 왜 기분이 좋겠는가?

　아, 머리가 좋다거나 능력이 좋다거나 하는 칭찬을 받았으면 기분이 조금 좋을지도 모르겠지만, 하필이면 인성의 비교다. 기분 좋을 이유는 어디에서도 찾을 수 없었다.

　그런데 라플라스에게서 의외의 반론이 돌아왔다.

―그 반례는 수천만 건 댈 수 있습니다만.

반례란 건, 대현자보다 악랄한 인간의 숫자가 수천만 건이라는 소리겠지?

나는 고개를 절레절레 저었다.

"…그걸 다 듣고 나면 인간 혐오에 걸릴 거 같으니 그만둬."

―무료입니다만.

평소에는 유료라는 소릴 입에 붙이고 다니는 주제에 이런 것만 무료야, 왜 또.

"그만둬."

―알겠습니다.

라플라스의 대답에는 희미하지만 분명한 웃음기가 묻어났기에, 나는 그것이 신기하게 느껴졌다.

*　　　　　*　　　　　*

라플라스의 인도에 따라 앞으로 나아갈수록 풀의 높이는 낮아졌고, 까맣게 흙이 드러난 부분도 많아졌다.

이윽고 그 흙의 색이 붉은색, 황토색으로 바뀌더니, 풀이 완전히 사라진 황무지가 나타났다.

그때쯤 라플라스는 내게 마을에 들러 말을 맡기고 낙타를 구하는 것을 추천했다.

"낙타? 그럼 설마……."

―혹시 사막 아십니까?

모를 리가 없다. 지구에도 사막은 있으니까. 그리고 파견으로 잠깐 가본 것이긴 했지만 사막에서 작전을 뛰어본 적도 있다.

"결국 이 날이 오고 마는군."

나는 마른세수를 했다. 이제부터 가혹한 환경에 들어가야 하니 유쾌할 리는 없다.

─알고 계신 모양이로군요. 그렇다면 충분히 식량과 물을 비축하십시오. 새 주인님께는 각성창이 있으니 별로 어려운 일은 아니로군요. 더욱이 여긴 아직 바르하의 금 패가 효력을 발휘하는 마을이기도 하니 요청하면 쉽게 구할 수 있으실 겁니다.

나는 라플라스의 말대로 하기로 했다.

마지막 마을에 들어가자마자 바르하의 금 패를 내밀고, 낙타를 한 마리 받아서 물과 식량을 잔뜩 실었다.

카트하툼에서 멀어진 탓인지, 금 패의 위력이 전보다 떨어진 느낌이었다.

가장 좋은 낙타를 내놓는 걸 좀 거리낀다든지, 내게 식량을 내주는 걸 아까워하는 기색을 완전히 숨기지 못했다.

그래도 내줄 건 다 내주고 있으니 불만을 말할 사항은 아니었다.

"이걸 보니 확실히 다른 지역으로 간다는 느낌이 드는군."

거리가 있다 보니 상대적으로 엘리사 바르하나 바르하 가문에 대한 충성심이 떨어지는 건 어쩔 수 없는 일이다.

게다가 이 마을은 다른 마을보다 척박해 보이기도 했다. 뭐 작물이 잘 자라는 것도 아니고 풀이 우거진 것도 아닌데 이런 곳에다 마을을 세워놓은 것 자체가 좀 신기하기까지 할 정도였다.

곳간에서 인심 난다고, 지금 당장 풍족하지 않은데 언제 받을 수 있을지도 모르는 카트하툼의 지원을 바라고 내게 뭐든지 아낌없이 내어줄 수 있을 리는 없지.

이해한다.

그래서 나는 잭 제이콥스를 팔기로 했다.

아니, 나 자신을 노예로 팔아먹는다는 소리가 아니라 그냥 치료와 축복 서비스를 베풀었다는 소리다.

그제야 마을 사람들이 내게 고개를 넙죽넙죽 숙이며 물과 식량을 가득 실은 낙타를 한 마리 더 내주었다. 사막을 횡단하려면 낙타 하나로는 안 된다면서.

—사실 새 주인님께는 낙타 한 마리면 충분하죠.

그 말은 맞다. 낙타가 지치면 그냥 성법으로 회복시키면 그만이고, 애초에 낙타한테도 축복을 걸 생각이기 때문에 잘 지치지도 않을 테니까. 게다가 마을에서 멀어지고 나면 낙타가 멘 짐도 내 각성창 안에 집어넣을 거라 더더욱 그렇다.

그래도 나는 굳이 내어 주는 낙타를 거부하지 않았다. 일단 방랑 신관으로서 그게 맞기도 한 데다, 낙타 한 마리 더 있어서 나쁠 건 없으니까.

"잘 있어라, 잭젝아."

나는 그동안 좋은 대접받으면서 잘 먹어 투실투실 살이 찐 말과 작별 인사를 했다. 헤어지게 된 말이 아쉬워하는 눈빛으로 나를 바라봤시만, 만약 말이 말을 알아듣고 내가 사막으로 향할 것이라는 걸 이해했다면 절대 저런 눈으로 날 보지는 않았을 것이다.

　─재는 몇 대 잭잭이인 걸까요…….

　"그런 걸 일일이 따지지 말자고. 자, 가자!"

　나는 풍요로운 카트하툼의 영역권에서 벗어나 메마른 사막을 향해 발걸음을 옮겼다.

제7장
—
사막을 꿰뚫고

　낙타를 타는 법을 새로 배울 필요는 없었다. 그냥 조련술을 쓰는 것만으로 해결됐으니까.

　쌍봉낙타 위에서 편한 자세를 잡기 위해 아주 약간 고생하긴 했지만, 반나절도 채 걸리지 않고 낙타 위에 누워 갈 수 있게 되었다.

　그렇게 낙타 위에 누운 나는 나무토막을 사각사각 깎았다. [여신의 부월]의 손잡이 부분을 깎는 중이었다.

　─잘하시네요.

　"응, 나도 내가 잘할 수 있을 거라고 생각 안 했는데."

　카를도 원래는 손재주가 크게 좋은 것 같지는 않았고, 그건 지구 시절의 김연준도 마찬가지였다. 그렇다고 둔한 것까지는 아니었지만, 결코 특출난 쪽에 속하지는 않았다.

그럼에도 불구하고 나는 낙타 등 위에서 흔들리면서 조각을 한다는 곡예를 하고 있었다.

—[트레저 헌터]의 손재주] 덕 아닐까요?

"역시 그런 것 같지?"

아무래도 트레저 헌터의 능력이 이름대로 작용하고 있는 것 같았다. 그렇게 가설을 세워놓고 다시 생각해 보니 흔들리는 낙타 등 위에서 아무렇지도 않게 누워 있는 것도 [트레저 헌터의 몸놀림] 덕인 것처럼 느껴졌다.

"다음 유적에서는 꼭 능력들을 강화시켜야겠어."

나는 새삼 결의를 굳혔다.

*   *   *

사막이라고는 해도 모래만 잔뜩 쌓여 있는 사막으로 간 건 아니었다. 모래보다는 돌과 바위가 더 많았다. 대신 물과 생명체의 모습은 거의 보이지 않다시피 했고, 나무 그늘도 없이 하루 종일 볕을 받은 땅은 열기를 토해내었다.

"어, 생각보다 괜찮은데?"

그나마 다행인 건 내가 불의 속성력을 얻음으로써 더위에도 어느 정도 저항력을 얻게 되었다는 점이었다. 온도가 높다는 건 인지할 수 있어도, 더위가 고통스러울 정도는 아니었다. 그냥 좀 기분이 안 좋을 뿐이지.

—죽음을 극복하셨습니다.

"응? …아아."

날씨가 너무 더우면 사람이 죽을 수도 있다. 그리고 이건 사람이 죽을 수도 있는 더위였다. 카를이 죽음으로써 증명해 주었다.

"불의 속성력 덕에 목숨 하나 건졌군."

나는 각성창에서 물을 꺼내 꿀꺽꿀꺽 마시며 말했다.

─…꼭 그거 하나 덕분만인 건 아닌 것 같지만요.

말라비틀어진 공기와 조금만 속도를 내도 피어오르는 먼지구름 때문에 스카프를 바짝 올려 입을 막아야 하는 건 불편할 수밖에 없었지만, 이것도 어쨌든 대비는 된 셈이라 못 참을 정도로 고역인 건 아니었다.

진짜 고역은 밤에 찾아왔다.

낮 내내 받았던 볕의 열기는 어딜 간 건지, 밤만 되면 얼음이 얼 정도로 추워졌다.

그렇다고 진짜 얼음을 볼 수 있는 건 아니었지만. 물이 있어야 뭐가 얼지. 어는 건 그저 내 손발이었다.

1류급의 축복 하나로 버틸 수 있는 추위가 아니었다. 물론 내력을 돌리면 좀 낫지만, 계속 내력을 돌리고 있을 수야 없다. 며칠이고 잠을 안 잘 수도 없는 노릇이고.

─죽음을 극복하셨습니다.

불을 피우자마자 메시지가 뜰 정도로 추웠으니 뭐 말할 것도 없다.

"여기나 저기나 똑같이 극한 환경이구먼."

─…별로 극한 체험을 하시는 것처럼 보이지는 않습니다만.

"칭찬으로 들을게."

떨감을 찾을 수도 없는 사막 환경에서 장작 쌓아서 불 피우는 호사를 누릴 수 있는 건 다 각성창 덕이다. 두 마리의 낙타도 잘 버티고 있었지만, 불을 피우자마자 얼른 다가와 앉는 걸 보니 춥긴 추웠나 보다.

여기까지는 지구에서도 어느 정도는 겪어본 적이 있었던 어려움이었지만, 사막에 깊이 들어갈수록 생경한 경험을 하게 되었다.

"작전 중이 아니라서 불이라도 실컷 피울 수 있을 줄 알았는데."

며칠 후, 나는 한밤중에 칼부림을 해야 했다. 밤에 내가 크게 피운 불을 보고 달려든 날개 달린 식인사자들을 처치해야 했기 때문이었다.

날개 달린 식인사자들은 꽤 강적이었다. 이름 그대로 날개가 달린 사자인데, 사자 갈기는 없고 대신 얼굴이 일그러진 인간의 그것과 비슷해 기괴한 분위기를 자아내는 괴물이었다. 라플라스의 말로는 가죽이 튼튼해 보통 창칼로는 상처조차 입히기 쉽지 않다고 했다.

하지만 나는 3검급에 올랐고, 검기를 쓸 줄 안다. 내력 도금이 아니라. 아무튼 검기 덕에 손쉽게 목을 베고 배를 쨀 수 있었다.

―죽음을 극복하셨습니다.

"아, 그래…… 이건 인정한다."

카를이 이 식인사자들에게 죽은 적이 없었다면 그게 더 놀랄 일이었다. 3검급에 이르지 못했다면 나도 그럭저럭 고전했을지도 모르니까.

이 식인사자 놈들은 야행성인지 낮에는 조용했고 밤에만 습격을 걸어왔다. 아무리 며칠쯤 잠을 안 자도 상관없다만, 피곤한 건 피곤한 거였다.

그렇다고 낮에 쉴 수 있는 건 아니었다. 사막 망령들이 태양빛과 신기루에 섞여 습격해 왔기 때문이다.

"아니, 무슨 망령이 낮에 나돌아다녀?"

─그게 사막의 신비로움이죠.

사막의 신비로움은 개뿔. 피곤해 죽겠네.

여기까지 오면서 장침도 잔뜩 구해뒀기에 망령들을 영침술로 처치하는 것 자체는 크게 힘들지 않았다. 그냥 피곤하다. 무지 피곤하다.

그나마 식인사자들은 배를 째면 식인사자의 정수를 얻을 수 있었지만, 망령들을 상대하면서 얻을 수 있는 건 루블뿐이었다.

식인사자의 정수로는 새로운 연금약을 만들어낼 수 있다. 지금 당장 만들 만한 건 [청심대환단]에 섞어서 [사자심대환단]을 만드는 건가.

그렇다고 식인사자들이 반가운 상대들인 건 또 아니었다. 정수를 많이 주는 것도 아니었기 때문이다.

"새삼 하나밖에 못 얻은 게 아쉽네."

그렇게 많은 식인사자 무리를 상대했는데도 얻을 수 있었던 정수는 단 하나뿐이었다.

─다른 식인사자의 군락지로 안내해 드릴까요?

"아니, 유적이 먼저지."

그렇다. 유적이 먼저다. 이렇게 밤낮으로 고역을 치르면서까지 사막을 돌파하는 이유가 뭔가? 유적이다.

그나마 이 고생도 곧 끝이다.

—오늘 내로 도착하실 수 있을 것 같습니다.

"아, 그래? 그건 좋은 소식이로군."

—저 언덕을 넘으면 육안으로 확인하실 수 있겠네요.

낙타를 채근해서 라플라스가 말한 언덕을 넘으니, 과연 목적지가 한눈에 들어왔다.

"저건가?"

—그렇습니다. 오아시스 도시인 가다메아입니다.

"아, 저게? 오아시스… 라고?"

내가 아는 오아시스랑은 달랐다. 내 생각에는 그냥 호수가 하나 있고 그 주변에 대추야자나무 몇 그루가 자라나 있는 식일 거라고 생각했는데, 그거하고는 거리가 아주 멀었다.

커다란 호수 같은 건 보이지 않았고, 그 대신 나무가 잔뜩 자라난 숲이 보였다.

대추야자나무인 것은 맞았으나, 저렇게 군락을 이룰 정도로 많이 심겨 있을 거라고는 생각하지 못했다. 숲의 서늘한 그늘 아래엔 수풀이 우거져, 여기가 사막 지역인 것을 잠시 잊게 만들 정도였다.

그리고 숲 옆에는 태양빛이 하얗게 부서지는 건물들이 보였다. 각각의 건물들은 서로 유기적으로 연결되어 있었고, 외벽을 공유해 마치 거대한 성채처럼 보였다. 그리고 그 성채의 창을 통해 새 같은 것이 들락날락하고 있었다.

"저건 뭐지?"

―구입하시겠습니까?

숨 쉬는 것같이 튀어나온 라플라스의 말은 더 이상 태클의 대상이 아니었다. 대신 나는 고심했다. 위기 감지는 저 새 그림자를 보고도 반응하지 않았다. 즉, 이건 내 순수한 직감이었다.

"…그래, 사야겠군. 얼마지?"

아니, 어쩌면 이조차도 [트레저 헌터의 직감]이 가져다준 초능력일지도 모른다. 아직 확신하기에는 멀었으나, 나는 이 가설을 기억해 두기로 마음먹었다.

* * *

가다메아는 카트하툼과 마찬가지로 라틀란트 제국의 지도에는 표시되지 않은 도시지만 그 역사가 엄청나게 오래되어, 무려 고대 제국이 아직 제국이라 칭하지 못했을 때부터 이미 존재하고 있었다고 한다.

한때는 고대 제국에 복속된 적도 있지만, 사막에 둘러싸인 지형과 제국과는 다른 대륙에 위치해 있다는 점 덕에 큰 자치권을 부여받을 수밖에 없었고, 고대 제국의 쇠퇴기에는 이미 따로 왕국을 칭할 정도로 독립 세력화가 진행되어 있었다.

그 탓인지 이 도시 가다메아에는 제국인이 거의 없다. 카트하툼만 해도 제국으로부터 도망친 이들이 드문드문 보였지만, 그 도망자들조차도 사막까지 건너 가다메아까지 찾아들 생각은 없었던 모양이다.

따라서 가다메아에서는 제국어는 아예 통하지 않으며, 그나마 카트하툼의 토착어를 할 줄 아는 사람이 조금 있는 정도다. 제대로 된 이야기를 나누고 싶다면 가다메아의 토착어를 따로 구입하는 게 좋다고 라플라스가 판촉을 했다.

"뭘, 말 배우다가 루블 다 날아가겠다."

─어디까지나 추천 사항입니다.

그러나 나는 추가 루블을 지불하고 토착어를 배우기로 했다. 어쨌든 말이 통하면 굳이 통역 구할 게 없어 편한 데다, 카트하툼의 토착어와 닮은 점이 많다는 이유로 가격이 조금 싸지기도 했으니까. 마지막으로 가다메아에는 조금 오래 머무를 예정이기 때문이기도 했다.

왜냐하면 가다메아의 지하에 유적이 있기 때문이다.

내가 괜히 그 고생을 하면서 사막을 뚫고 온 게 아니다.

"사실 저 성채 비슷한 게 다 유적처럼 보이기도 하는데."

도시가 세워진 게 고대 제국 이전 시대라면, 저기 건축물들이 전부 다 유적으로 체크될 가능성이 높았다. 만약 그렇다면 라플라스가 말한 지하 유적 외에도 지상 유적도 탐사해서 점수를 받을 수 있을 거라는 기대를 가져도 좋을 법했다.

─그 판단은 제가 내리는 게 아니니까요.

그렇다. 사실 나도 가보기 전까지는 모른다. 트레저 헌터의 각 성창이 반응할지 어떨지는 직접 저 성채 안으로 들어간 후에나 결과를 알 수 있게 될 터였다.

"자, 한번 가보자고."

나는 낙타에게 말을 걸었고, 낙타는 타박타박 걷기 시작했다.

그렇게 모래 언덕을 절반 정도 내려갔을까. 가다메아의 상공을 날아다니던 새 그림자가 돌연 비행 방향을 바꾸더니, 갑자기 이쪽을 향해 날아오기 시작했다.

새 그림자가 천천히 커지고, 나는 그 새의 정체를 곧 눈으로 확인할 수 있게 되었다.

그 새는 사람이었다.

"…그러고 보니 저거 정체를 몰라서 도시 정보를 산 거였지?"

만약 도시 정보를 미리 입수해 두지 않았다면 크게 놀랐겠지만, 정체를 아는 지금은 별로 놀랄 이유가 없다.

─설명해 드릴까요?

"이미 다운로드 다 시켜놓고 지금 와서 무슨."

─아쉽네요.

라플라스는 진심으로 아쉬워하는 것 같았다. 그렇다고 새삼 설명을 시킬 나는 아니었다. 설명을 듣고 있을 때도 아니었고.

새처럼 나는 인간은 이미 여기까지 와 있었으니까.

"가다메아를 찾는 이방인이여! 죽음의 사막을 뚫고 여기까지 온 연유를 밝히시오!"

마치 인간처럼 말하고 있지만, 상대의 외견은 전혀 인간처럼 보이지 않았다. 팔이 있어야 할 곳에는 커다란 새의 날개가 붙어 있었고, 다리가 있어야 할 곳에는 새의 다리와 거대한 발톱이 붙어 있었다.

어쨌든 도시 정보를 미리 사길 잘했다. 저 괴물처럼 보이는 외견에 당황해 공격이라도 했다간 저 두시에서 보낼 일정이 심하게 꼬여 버렸을 테니까.

하지만 나는 상대의 정체를 알고, 따라서 공격할 이유가 없다.

"사막을 헤매는 나그네가 오아시스를 찾는 것에 따로 이유가 있겠소?"

이것은 이 사막의 오래된 경구이자, 가다메아를 드나드는 이들에게 있어서는 암구호나 다름없는 인사말이다.

인사말을 건네자마자 다소 적대적이던 새 인간의 표정이 약간 풀어졌다. 인사말의 내용도 내용이지만, 이 인사를 가다메아의 토착어로 한 게 유효한 모양이다.

"손님이시군. 가다메아에 오신 것을 환영하오."

새 인간은 크게 홰를 쳐 다시 고도를 높였다. 그러고는 다시 가다메아로 휙 돌아가 버렸다.

─죽음을 극복하셨습니다.

"직접 보니 더 인상적이네."

새 인간의 정체는 가다메아의 기동 경비대, 하르페이아의 대장이다. 이름은 이카로사, 큰 달 가문의 질적인 가장이자 가다메아의 2인자 격이라 할 수 있는 이이기도 했다.

─새 주인님께서도 새 새 주인님이 되실 수 있습니다.

"재미없는 말장난 하지 마."

─그렇습니까…….

라플라스는 보기 드물게 시무룩해지고 말았다.

아무튼 라플라스의 말대로 나도 저런 새 인간이 될 수 있다.

당장 방금 본 이카로사가 그 예다.

"가다메아의 대주술사인가."

이카로사는 날개 달린 괴물이 아니라 사람이다. 날개는 붙인 거다. 그렇다고 사람 팔에 깃털 좀 붙인다고 훨훨 날아다닐 수는 없다. 그렇게 날아다닐 수 있도록 힘을 부여한 것이 가다메아의 최고 권력자이기도 한 가다메아의 대주술사이다.

그렇다고 주술만 받으면 그날부터 바로 날아다닐 수 있는 건 아니고, 특수한 훈련을 받아야 한다. 바로 그 훈련을 받은 엘리트들이 가다메아 기동 경비대 하르페이아고, 그들의 대장이 나를 맞이한 경비대장 이카로사다.

즉, 가다메아의 최고 권력자가 권력을 갖는 원동력이 사람을 하늘로 띄워 올리는 주술이고, 그 능력을 투사하는 대상이 바로 하르페이아의 기동 경비대원들이다.

그런 하르페이아의 대장과 싸운다? 그것도 만약 죽이기라도 했다면? 상상만 해도 끔찍한 일이 일어나겠지.

물론 실제로 그런 일이 벌어져도 나는 몸을 숨긴 다음 다른 신분을 사면 그만이겠지만, 일단 루블이 드는 데다 시체를 찾으러 가야 하기도 하고 무엇보다 잭 제이콥스라는 편리하기 짝이 없는 신분도 당분간 못 쓰게 될 테니 리스크가 없다고는 못 한다.

그런 의미에서 가다메아의 도시 정보를 산 이번 쇼핑은 꽤 효율적이었다고 할 수 있겠다.

더군다나 가다메아 관광은 이제부터가 시작이다. 정보를 본격적으로 활용하는 건 도시에 들어간 이후가 될 테니, 정보의 가치는 올라가면 올라갔지 떨어지지는 않는다.

"가자, 낙타야! 도착하면 가다메아 특산물인 가다메아 내추야자를 먹여주마."

내 말을 알아들은 건지 어떤 건지, 낙타의 발걸음이 빨라졌다.

*　　　　*　　　　*

가다메아에 들어선 나는 바로 가다메아의 대주술사, 가니메디아에게로 인도되었다.

가니메디아는 기껏해야 10대 초반의, 젊다는 말보다 어리다는 말이 더 어울리고 멋지다는 말보다는 아름답다는 말이 더 어울리는 소년이었다. 도저히 외견만 보자면 한 도시의 통치자로 보이지는 않았다.

만약 라플라스로부터 도시 정보를 다운로드받지 못했다면 가니메디아도 드래곤의 피를 이어받은 게 아닐까 의심했겠지만 그런 건 아니었다. 가니메디아는 그저 이 도시에서 가장 강력한 영력을 지녔기에 대표 주술사 자리를 이어받은 것뿐이었다.

그리고 그 뒤에 시립한 것이 나를 여기까지 인도해 온 기동경비대 하르페이아 대장, 이카로사였다. 처음 봤을 때와는 달리 날개도 거대한 발톱도 없는, 그냥 인간의 모습으로 서 있었다. 주술을 풀고 날개옷을 벗은 것뿐, 이쪽이 본래의 모습이다.

"죽음의 사막을 건너오셨다고요?"

적당한 인사말을 주고받은 후, 가니메디아는 곧장 본론부터 꺼냈다.

"제가 건너온 곳이 죽음의 사막인지는 모르겠지만, 서쪽에서부터 사막을 가로질러 온 것은 맞습니다."

내 말에 가니메디아는 고개를 주억거렸다.

"그곳이 죽음의 사막으로 불리기 시작한지는 얼마 되지 않았으니, 외지에서 오신 분이 모르시는 것도 어쩔 수 없지요. 아마 한 10년쯤 됐을 겁니다. 카트하툼과의 캐러밴 행렬이 끊어진 것도 그 때의 일입니다."

가니메디아는 짧은 한숨을 내쉰 후 설명을 계속했다.

"원인은 날개 달린 식인사자 한 무리가 그 사막에 자리 잡은 까닭입니다. 그것들은 사막의 밤하늘을 날아다니며 움직이는 모든 것을 습격했습니다. 그리고 그놈들에게 먹힌 희생자들은 망령이 되어 사막을 떠돌기 시작했지요."

가니메디아의 눈이 번뜩였다.

"그런데 잭 제이콥스 님께서는 그 사막을 통과하여 오셨습니다. 그러니 이 도시를 책임지는 입장에서 묻지 않을 수가 없군요. 어떻게 살아서 오실 수 있으셨습니까?"

아주 간단한 질문이었다.

"해치웠습니다."

그러니 대답 또한 간단할 수밖에 없었다.

"그, 그게 정말입니까?!"

그러나 반응은 간단하지 않았다. 가니메디아는 눈을 희번득 떴고, 목소리 또한 뒤집혔다. 가니메디아를 호위하느라 응접실에 들어와 있었던 경비대장 또한 표정이 변했다.

"증거물이 필요할 것 같군요."

이 말은 내 입에서 나온 말이었다. 그리고 증거물 또한 내 품속에서 나왔다. 사실은 각성창에서 나온 거지만 그게 뭐 중요하겠는가.

"이, 이건!"

펼쳐진 내 손아귀에서 나온 물건을 목격한 가니메디아의 눈이 휘둥그레 뜨였다.

"식인사자의 정수입니다. 그렇게 많이 썰어 죽였는데 단 한 마리만이 정수를 내어놓더군요. 아쉬운 일입니다."

진짜 아쉬웠기 때문에 나는 실제로 아쉬워했다.

"서, 설마……! 진짜로!"

경비대장 이카로사가 식인사자의 정수를 삼킬 듯이 얼굴을 확 가져다 댔기 때문에, 나는 반사적으로 손아귀를 움켰다.

"시, 실례했습니다."

이카로사는 재빨리 고개를 숙였다.

"부디 경비대장의 무례를 이해해 주시기 바랍니다. 저희는 놈들 때문에 적지 않은 희생을 치러야 했습니다."

가니메디아는 경비대장보다는 덜 동요하고 있었지만, 그래도 감정이 흔들리고 있다는 것은 같았다. 그만큼 날개 달린 식인사자 무리를 상대로 고생을 많이 했다는 뜻이겠지.

나는 비교적 간단하게 해치운 식인사자를 상대로 그렇게 고생했다는 게 사실 믿어지지는 않았지만, 내막을 알고 보면 별로 이상한 일은 아니다.

─상성입니다.

라플라스가 설명했다. 이쪽은 묻지도 않았는데.

─날개 달린 식인사자의 가장 무서운 점은 교활함입니다. 그 다음은 기동력이지요. 마지막은 튼튼한 가죽과 강한 힘입니다.

식인사자의 이 세 가지 특성은 가다메아의 병력을 상대로 엄청난 효율을 발휘했다.

식인사자는 귀신같이 적의 전력을 파악하여 자신이 질 것 같으면 미련 없이 도망가고, 비등해 보인다면 동족을 불러 몰이사냥을 하며, 이길 것 같으면 가차 없이 덮쳐 희생양들을 잡아먹었다.

가다메아의 기동 경비대는 기동력은 좋았으나 날개 달린 식인사자의 가죽을 뚫을 방법이 없었고, 중장 기병대는 하늘을 날 수 없으니 식인사자를 따라잡을 수가 없었다. 평범한 보병대야 말할 것도 없다.

더욱 큰 문제는 가니메디아의 전임 주술사가 식인사자들의 전력을 오판하여, 결과적으로는 사자 입안에 먹이를 넣어주는 것 같은 전략적 실패를 거듭했다는 점이다.

그래서 현재에 이르러서는 제대로 된 토벌대를 구성하더라도 사막에 깔린 망령들 때문에 토벌에 나설 수 없는 상황에 이르고 말았다.

─하지만 새 주인님께서는 먹음직스러운 낙타를 혼자 타고 나타나셨죠.

나를 상대로는 식인사자들이 오판을 했다. 나 하나 정도는 쉽게 해치울 수 있다고 생각하고 급습한 판단이 그것이었다. 가다메아가 토벌을 포기하고 방어를 굳힌 탓에 오랫동안 인육을 맛보지 못하고 굶주린 것도 오판의 원인 중 하나이리라.

이것으로 식인사자 놈들의 교활함이 봉인되었다.

한번 비행 속도가 붙기 시작하면 빠르지만, 한번 땅에 내려앉은 후부터는 육중한 무게 탓에 재빨리 도망치기 힘들다는 점도 영향을 끼쳤다.

이것으로 식인사자 놈들의 기동력이 봉인되었다.

나는 이미 3검급에 올라 식인사자의 딱딱한 가죽을 어렵지 않게 갈라낼 수 있었고, 몸에다 덕지덕지 발라둔 축복 덕에 힘이나 체력이 모자라지도 않았다.

이것으로 식인사자 놈들의 가죽이 무용지물이 됐다.

그래서 가다메아는 식인사자 무리를 토벌하지 못했지만 나는 토벌할 수 있었던 거다.

"식인사자를 처치해 주신 것에 감사드립니다, 잭 제이콥스 님."

가니메디아는 감정을 추스렸는지 아까보다는 가라앉은 목소리로 내게 감사 인사를 건넸다.

"별말씀을요. 처치하지 않았더라면 제가 죽었을 테니 처치했을 뿐입니다."

나는 입으로는 겸양을 하면서 눈으로는 보상을 요구하는 고급 기술을 썼다. 이 기술이 어느 정도 통했는지, 가니메디아는 은으로 만들어진 패를 내게 내밀었다.

"가다메아의 감사패입니다. 저희 가다메아는 잭 제이콥스 님을 은인으로 모시겠습니다."

─가다메아에서만 유효한 감사패입니다. 가다메아에서 1년간 무료 숙식이 가능하고, 필요로 할 때 필요한 만큼의 물자가 지원됩니다.

하지만 나는 은 패에 만족할 생각이 없었다.

"제가 처치한 식인사자는 몇 무리에 불과할 뿐입니다. 길을 뚫느라 망령들을 처치하긴 했지만, 처치한 망령도 한 줌뿐이고요."

나는 가니메디아가 내민 은 패에 손을 뻗지 않은 채 겸양하는 척했다. 그리고 가니메디아가 내 말에 대답하기 전에 빠른 속도로 이렇게 말을 이어 했다.

"만약 가다메아에서 조금 지원해 주신다면 다른 식인사자 무리도 찾아서 토벌해 볼까 합니다."

내 말에 가니메디아의 눈빛이 조금 변했다.

"…특별히 원하시는 것이라도 있으십니까?"

그렇다. 내가 내 스스로 수고를 들여 이런 제안을 꺼내는 이유는 당연히 원하는 게 따로 있기 때문이다.

"어떻게 보면 별거 아닐 수도 있습니다만, 어쩌면 도시의 주민들에게는 꽤 저어되는 일일지도 모릅니다."

"그게 무엇이죠?"

"가다메아의 주거지를 탐사할 수 있게 해주십시오."

나는 이 도시의 하얀 성채에 들어오자마자 생성된 각성창 안의 탐사 일지를 만지작거리며 말했다. 내가 예상했던 대로, 지상의 성채 또한 유적으로 체크된 모양이었다.

"무슨 목적으로 원하시는지, 물어도 될까요?"

"학술적인 목적입니다."

뭐, 탐사 일지를 채우는 게 목적이니 완전 거짓말인 건 아니다.

가니메디아는 조금 망설이다가, 경비대장과 시선을 마주하더니 결연하게 고개를 끄덕였다.

"…알겠습니다. 가다메아의 은인이시기도 하니, 그 정도 부탁은 들어드릴 수 있습니다."

쉽게 내릴 수 있는 결정은 아니었으리라. 외부인인 내게 성채의 내부구조를 보여준다는 건 군사기밀을 내어 주는 거나 다름없는 것이니.

하지만 가니메디아는 그보다도 식인사자의 토벌을 더 중요시했고, 그로써 거래는 성립했다.

"지원은 어느 정도를 원하시는지요?"

"기동 경비대원 한 명이면 됩니다."

토벌대의 규모가 너무 커서는 안 된다. 그러면 식인사자들이 눈치채고 도망가 버릴 테니까.

덤으로 식인사자를 조금 더 잡아서 정수를 몇 개 더 얻고 싶은 욕심도 있다.

그런데 지원을 너무 많이 받으면 정수를 몇 개쯤은 가다메아 측에 넘겨줘야 할지도 모른다. 물론 내가 안 주면 그만이긴 하지만, 나도 눈치라는 게 있다.

그러니 애초에 여지를 주지 않도록, 지원군은 내 날개 대신이되어줄 기동 경비대원 한 명이면 된다.

가니메디아는 경비대장과 다시 한번 눈을 마주치더니, 고개를 끄덕였다.

"알겠습니다. 원하는 때에 출발하실 수 있도록 준비시키겠습니다."

*　　　　　*　　　　　*

예상했던 대로 지원군으로는 가니메디아의 기동 경비대장 이카로사가 자원했다.

"제 이름은 이카로사입니다. 잘 부탁드립니다, 잭 제이콥스 님."

나는 이미 그의 이름을 잘 알고 있었으나, 처음 듣는 것처럼 반응했다.

"네, 이카로사 님. 잘 부탁드립니다."

"부디 말씀 낮춰주십시오. 잭 제이콥스 님께서는 저희 가다메아의 은인이십니다."

"알았어, 이카로사. 그럼 나도 잭이라고 불러줘."

"알겠습니다, 잭 님."

적당히 인사를 교환하고, 나는 바로 본론으로 들어갔다.

"이카로사, 이제부터 나를 들고 날아야 해. 가능한가?"

"가능합니다. 명령만 내려주십시오."

대답 좋고.

"좋아, 그럼 바로 나가보자고."

"휴식을 취하지 않으셔도 괜찮으시겠습니까?"

"응, 오늘 할 건 대충 시험 비행 정도니까 괜찮아."

"알겠습니다. 그럼 바로 날개를 장착하겠습니다."

이카로사가 준비를 끝내자마자, 우리는 비행을 시작했다.

나를 매단 채로 크게 홰를 칠 때는 조금 불안했으나, 일단 바람을 한번 타기 시작하자 금방 안정감을 되찾았다.

"음, 문제없이 나는군."

"그렇습니다. 문제없습니다."

이카로사는 자신의 비행술에 자부심을 숨기지 않은 채 내게 대답했다.

"이 상태로 몇 시간쯤 날 수 있지?"

"반나절 정도는 너끈합니다."

이 대답은 조금 불안했다. 이카로사의 목소리에서 허세가 좀 느껴진 탓이었다.

"제대로. 우리는 작전을 나가야 해, 이카로사."

"죄송합니다. 그럼… 잭 님을 매단 채로는 세 시간 정도가 한계일 것 같습니다."

"그렇군."

나는 이카로사에게 기도술을 쓰는 척하면서 힘찬 하루와 기운찬 하루를 걸어주었다.

"오, 오오!"

"이제는?"

"한나절 정도는 문제없을 것 같습니다, 잭 님!"

"그래, 그럼 됐군."

이번 이카로사의 대답에는 허세가 아니라 자신감이 더욱 진하게 묻어났기에, 나는 안심하고 고개를 끄덕였다.

"가다메아 상공을 한 바퀴 돌아보자."

"알겠습니다, 잭 님!"

이카로사는 익숙하게 날개를 조작해 비행 궤도를 크게 틀었다. 그러자 자연히 시야가 도시 내부로 향했다.

"오, 저게 가다메아의 오아시스인가?"

가다메아의 성채로 둘러싸여, 도시 밖에서는 보이지 않는 곳에 위치한 저수지. 저것이 바로 가다메아의 오아시스였다.

라플라스로부터 도시 정보를 사서 알고 있긴 했지만, 직접 보는 것은 또 맛이 달랐다.

"그렇습니다. 가다메아의 젖줄이자 자랑거리죠."

실제로 자랑거리긴 한지, 이카로사는 보통 오아시스는 바로 먹진 못하지만 가다메아의 오아시스는 바로 마실 수 있다는 등 그 물맛이 일품이라는 등 자랑을 늘어놓기 시작했다.

그렇게 오아시스의 자랑을 들으며 가다메아 주변을 한 바퀴 돌고 나니 어느 정도 감이 잡혔다.

"이카로사, 지금 바로 출동할 수 있겠나?"

"걸어주신 축복 덕에 아무 문제 없습니다, 잭 님."

아무리 내 성법을 받았다 한들 지치지 않았을 리 없음에도 불구하고 이카로사는 대답을 망설이지 않았다. 아까와 달리 그 목소리에는 호기보다는 절박함 쪽이 더욱 많이 묻어나는 것 같았다. 그만큼 가다메아가 날개 달린 식인사자에게 많이 시달렸다는 소리겠지.

"잭 님만 괜찮으시다면 지금 당장에라도 얼마든지 출동 가능합니다."

혹여나 내가 그냥 쉬자고 할까 봐 몸이 달기라도 한 듯, 곧장 이어서 이렇게 말했다. 설령 이카로사가 지쳐 버린다고 한들 그냥 성법을 걸어주면 되니까 이쪽은 걱정할 필요가 없다. 물론 나도 문제없고. 그러니 더 망설일 이유가 없었다.

"그렇다면 바로 출발하지. 시쪽으로 가자."

"알겠습니다, 잭 님!"

*　　　*　　　*

이카로사는 내 지시에 따라 비행했다.

—이대로 직진하시면 됩니다.

그리고 나는 라플라스가 말해준 대로 지시하고 있었고.

이제껏 낙타로 터벅터벅 걸어온 드넓은 사막 위에 불길한 검은 그림자들이 신기루처럼 일렁거리고 있다.

사막의 망령들이다.

만약 이카로사를 안 타고 왔더라면 저걸 뚫는 데 또 애 좀 먹었을 테지만, 비행하고 있는 지금은 그냥 구경거리에 지나지 않는다.

망령 지대를 간단히 통과하고 몇 분 정도 더 날자, 라플라스가 안내 메시지를 던져 왔다.

—이제 곧 식인사자의 소굴에 도착합니다.

'저기야?'

—네. 식인사자들은 낮에는 적당한 동굴에서 볕을 피합니다. 그게 여의치 않으면 스스로 굴을 파든가 하죠.

그냥 저기냐고 물어본 것뿐인데 긴 설명이 되돌아 왔다.

아무튼 저기가 맞나 보다. 산 그림자가 길게 늘어진 동굴.

"이카로사, 저기다."

나는 이카로사와도 정보를 공유했다.

"알겠습니다, 잭 님!"

"이쯤해서 내려줘. 너는 공중에서 대기해."

"제 도움은 필요 없으십니까?"

"여기까지 데려와 준 것만으로도 큰 도움을 받았지. 그리고 이게 끝이 아니야. 알고 있잖아?"

"…알겠습니다, 잭 님. 그럼 부디 무운을!"

나는 혼자 착지해서 몬토반드의 왕검을 뽑아 들고 동굴로 저벅저벅 걸어 들어갔다. 그리고 동굴 안의 식인사자 한 무리를 도륙했다. 동굴 안은 좁았지만 왕검을 휘두르기엔 충분했다. 식인사자들은 날지 못하지만 나는 마음껏 공격할 수 있는 최적의 조건이다.

"승리!"

―죽음을 극복하셨습니다.

내 승리 선언과 라플라스의 메시지가 동시에 나왔다.

"한 마리에 한 번씩 주면 안 돼?"

―안 되는 거 아시잖습니까?

뭐, 알고는 있었다.

나는 칼에 난자되어 피투성이인 식인사자 시체를 질질 끌고 나왔다. 사막의 뜨거워진 모래는 피를 흡수하고 증발시켜 피비린내를 여기저기 떠돌게 만들 것이다.

"이카로사! 여기다! 착지해라!!"

내가 손을 흔들어 이카로사를 부르자, 녀석은 눈치 빠르게 착지했다. 숨이 끊긴 식인사자의 시체를 내려다보는 녀석의 얼굴에는 놀라움이 가득했다.

"정말로……! 아, 실례했습니다."

"상관없어. 그보다 할 일이 생겼어."

"무엇이든 말씀해 주십시오!"

"동굴 안의 시체를 바깥으로 옮겨야겠어. 여기, 이 자리에 차곡차곡 쌓으면 돼."

"알겠습니다. 당장 실행하겠습니다."

나는 이카로사와 함께 일곱 구의 식인사자 시체를 사막 위에 널어놓았다. 그리고 시체들의 배를 일일이 갈라 정수가 있는지 확인했다. 하나 나왔다. 일곱을 잡았는데 하나라니.

'이거 왜 이렇게 안 나오냐?'

이미 경험한 바가 있어서 놀랍진 않았지만 짜증은 났다.

─새 주인님께서는 운이 좋은 편이십니다.

그리고 라플라스의 대꾸는 더욱 짜증났다.

날이 더워서 그런가?

아무튼 피투성이 시체를 널어놓고 배까지 갈라놓았으니, 피비린내가 주변에 진동을 한다. 이카로사의 표정은 벌써 별로 안 좋았다.

"다 됐군. 그럼 이카로사, 동굴 안에서 해가 지길 기다리자."

"아, 알겠습니다."

동굴 안에도 피비린내가 가득했기에, 나는 간단히 장작을 모아 불을 피웠다. 아직 해가 지기 전이니 괜찮을 것이다.

불 위에 솥을 올리고 적당히 음식 재료를 넣어 끓이기 시작할 때쯤, 안절부절못하던 이카로사가 어렵사리 입을 열었다.

"저, 잭 님."

"응? 밥 다 되려면 아직 멀었어. 조금 기다려."

"아뇨, 그게 아니라……."

"아, 밥 먹으려면 손이 있어야지. 날개 벗고 있어도 돼. 해 지려면 멀었으니까."

"아뇨! 그게 아니라!"

"깜짝이야, 왜 큰 소리를 내고 그래?"

"죄, 죄송합니다."

"그럼 뭐야?"

"…묻고 싶은 게 산더미 같습니다만, 질문해도 되는지 모르겠습니다."

"해도 돼. 내가 대답하고 싶은 질문에만 대답하면 되니까."

"아, 알겠습니다. 그, 그러면……."

이카로사는 다시 망설이다가 간신히 입을 열어서 한다는 말이 이거였다.

"실례가 되는 질문이 아니라면 다행이겠습니다만, 혹시……. 식인사자의 소굴이 여기 있다는 건, 대체 어떻게 아셨습니까?"

녀석의 질문에 나는 눈을 휘둥그레 떴다. 그만큼 의외의 질문이었다.

"너희는 몰랐나?"

"예, 예……."

이카로사는 부끄러운 듯 대답했다.

"하늘을 날아다닐 수 있으면서?"

"…부끄럽습니다만, 저희가 밤눈에 그리 밝은 건 아니라서……."

변명치고는 좀 구차하다.

'라플라스, 가다메아의 기동 경비대도 모르는 거면 대현자는

이것들 소굴을 어떻게 발견했지?'

─우연히 발견했습니다.

'…아니, 진짜로?'

─우연은 우연이지만 대현자님께 걸린 저주의 특징을 생각해 보면 필연이나 다름없죠.

그렇구나. 납득했다. 그리고 이카로사에게도 이렇게 대답해 주었다.

"나는 우연히 발견했다."

"아, 우연히……. 말씀이십니까?"

"그래. 나는 밤눈이 밝거든."

"그, 그러시군요."

믿는 눈치다. 뭐, 안 믿을 이유도 없긴 하다.

"그, 그럼……. 이 식인사자 놈들의 가죽은 어떻게 그렇게 쉽게 가르십니까?"

"그건 간단한 질문이로군. 내가 3검급이기 때문이다."

"3검… 급이 뭡니까?"

자랑으로 말한 건데 상대가 알아듣질 못하니 이거 꽤 낯 뜨겁다.

"내력을 다뤄 검의 절삭력을 높일 수 있는 수준의 검사를 가리킨다."

아무리 그래도 다른 사람 앞에서 이건 내력 도금이 아니라 검기라고 주장하기는 좀 그랬기에, 나는 대충 둘러대는 식으로 설명을 마무리했다. 그러나 그 설명에 대한 반응은 꽤 거창했다.

"오, 오오! 그럼 잭 님께서는 칼날의 주인이신 거로군요!!"

처음 듣는 용어가 나왔다. 모르면 물어봐야지.

'라플라스, 칼날의 주인이 뭐야?'

─내력 도금이 가능한 경지를 묶어서 일컫는 말입니다.

'아, 검기 말이지?'

─…아무튼 3검급 이상의 검사나 기사를 가리키는 말입니다.

그렇군. 이해했다.

'그런데 라플라스, 이 지역에는 3검급 이상 되는 검사가 적
나?'

─네, 이 지역에선 아무래도 주술이 강세인지라……. 아주 없
진 않습니다만 그리 흔하다고 볼 수는 없습니다.

'아항, 그렇다면 식인사자 상대로 고전할 수밖에 없군.'

─설령 3검급의 검사더라도 보통은 식인사자를 상대로 고전
하는 게 정상입니다만……. 새 주인님께서는 온전히 검력으로만
싸우시는 게 아니니까요.

그러고 보니 그랬다. 나는 평소부터 축복을 덕지덕지 바르고
여기에 자기 정령화에 피식이와의 정령 합일까지 쓰는 데다, 사
실 각성창 안에 쌓인 유물들의 힘들도 무시할 수 없다.

이것 외에도 몇 가지 더 쓸 수 있는 수가 있지만 식인사자를
상대로는 그럴 필요가 느껴지지 않아서 동원하지도 않았다.

'어라, 나 꽤 강해진 거 아니야?'

─계산 외로 강해지셨죠. 만약 이런 상황을 대현자님께서 미
리 예견하셨더라면 절대 그냥 이대로 방치하지 않으셨을 거라고
확언드릴 수 있을 정도입니다.

훗, 그럼 뭐 하냐. 대현자는 없고 지금의 카를은 나다.

만약 이 자리에 이카로사가 없었더라면 한번 통쾌하게 웃어 줄 타이밍이지만, 아니 사실 웃어도 상관없긴 한데 그냥 자제했다.

아, 그렇지. 이카로사. 라플라스와 떠드느라 녀석의 존재 자체를 잊고 있었다. 문득 이카로사 쪽으로 시선을 돌려 보니 녀석은 불을 멍하니 보고 있었다.

'얘는 또 왜 이런대?'

—새 주인님 때문입니다.

'엥? 왜?'

—너무 쉽게 식인사자를 처리하셨잖아요.

아, 그런 거냐. 하긴 자기들이 그렇게 고전한 상대를 쉽게 처치하는 걸 보고 자괴감이 들 수도 있지.

'그래, 내가 잘난 탓 맞다.'

—잘 알고 계서서 다행입니다.

그건 칭찬이냐, 아니면 비꼬는 거냐? 나는 묻지 않았다.

마침 불 위에 올려 둔 냄비가 보글보글 끓기 시작했다.

"그럼 질문은 다 한 건가?"

"아, 예!"

"그럼… 이거 먹어둬."

나는 냄비를 불에서 내리고 그릇에다 내용물을 좀 담아 이카로사에게 주었다.

"해가 지고 나면 놈들이 찾아올 테니 밥 먹을 시간도 없어질 거야."

"놈들… 아아!"

이카로사는 이제야 내가 바깥에 식인사자들 시체를 넣어놓은 의도를 뒤늦게 깨달았는지 고개를 크게 주억거리곤 음식을 먹기 시작했다.

잘 먹는군. 먹이는 보람이 있다.

이카로사가 맛있게 먹는 모습을 흐뭇이 감상하다가, 나도 내 음식을 퍼서 먹기 시작했다.

그리고 깨달았다.

아니, 이거……. 별로 맛없는데.

혹시 이카로사가 맛있게 먹는 척을 하는 게 아닌가 싶어서 눈치를 보니 그런 것도 아닌 것 같았다. 오히려 녀석 쪽에서 눈치를 보더니 내게 넌지시 이렇게 말하기까지 했다.

"저… 한 그릇 더 먹어도 됩니까?"

"어, 어. 그래, 마음껏 먹어."

이상하다, 이게 맛있나?

―새 주인님께서는 가끔 잊으시는 모양이지만, 새 주인님께서 조미료로 쓰시는 소금과 후추는 상당한 고급품입니다. 그리고 그… 라면인가 하는 그것도 그렇고요.

라플라스가 보다 못한 건지 내게 말했다.

―그리고 가다메아는 꽤 오랜 기간 동안 망령이나 식인사자 등에 의해 대외무역이 봉쇄된 상태입니다. 아무리 경비대장이라도 고급 식재료나 향신료의 입수가 곤란했겠지요.

'아하, 그렇군. 그래서…….'

나는 이카로사를 측은한 눈빛으로 바라보았다.

"…잭 님?"

"아니, 아무것도 아니야. 한 그릇 더 먹을래?"

"…네!"

크게 고개를 끄덕이며 대답하는 이카로사의 미소는 밝고 맑았다.

*　　　*　　　*

충분히 먹고 쉬고 있으려니 해가 뉘엿뉘엿 넘어가고 있었다. 나는 동굴 안에 피워놓았던 불을 껐다. 냄새도 나고 연기도 나고, 이제 해가 지면 불빛이 새어 나갈 수도 있으니 어쩔 수 없다.

"이카로사, 미리 날개옷을 입어 둬라."

"알겠습니다, 잭 님."

나는 몬토반드의 왕검을 어깨에 걸치고 편한 자세로 동굴 안에서 밖을 감시했다.

곧 해가 완전히 떨어졌다. 사막의 밤은 춥지만, 그래도 동굴이라고 좀 나았다. 아까 전까지 불을 피워놓은 것도 있고.

그렇게 기다리길 얼마나 지났을까.

"…온다."

날개 달린 식인사자의 날개 소리가 들렸다. 놈들의 피막 날개는 조용함과는 거리가 멀다.

게다가 그 육중한 몸을 공중에 떠우기 위해 엄청난 힘으로 활개를 치기 때문에, 착지할 때는 바람도 세게 불 수밖에 없다. 설령 졸고 있었어도 놈들의 접근을 눈치챌 수밖에 없다.

"…히익!"

이카로사가 낮게 신음 소릴 냈다. 공포에 질린 모양이다.

쓰읍, 어쩔 수 없지.

나는 이카로사에게 다가가 녀석의 어깨를 두들겨 주었다.

"재, 잭 님."

"쉿. 놈들의 귀는 밝다. 조용히."

"…아, 알겠습니다."

이윽고 동굴 입구 너머에 식인사자가 모습을 드러냈다.

주변을 경계하듯 두리번거리던 첫 놈은 괜찮다고 느낀 건지 동족의 시체에 코를 처박고 그 내장을 뜯어 먹기 시작했다.

그러자 두 번째 놈이 첫 놈보다 서둘러 지면에 착지했다. 쿠웅, 하고 지면이 울렸다. 언뜻 보면 인간의 얼굴처럼 생겼지만 주시해 보면 영 달라 더욱 혐오스러운 그 얼굴이 정면으로 보였다.

나는 바위 그림자 속에 더욱 깊숙하게 숨었다.

눈이 마주치지는 않았다. 들키지도 않았고.

아니나 다를까, 두 번째 놈은 다른 시체를 슥 끌어 첫 놈과 떨어져 동족 포식을 개시했다. 내 존재를 전혀 눈치 못 챈 듯했다.

쿵, 쿵, 쿵!

다른 놈들은 더욱 방만했다. 먹잇감을 뺏길 것 같아 서두른 탓도 있겠지. 놈들은 서로 싸워가며 살점을 탐식했다.

됐다.

나는 피식이를 불러내 정령 합일을 건 후, 이카로사에게 말했다.

"이카로사, 말한 대로. 알겠지?"

"네, 네."

대답이 좀 불안하긴 하지만 괜찮겠지.

나는 흑법 그림자 숨기를 사용했다. 내 모습이 갑자기 사라지자 이카로사가 급히 숨을 들이켜는 소리가 들렸지만, 다행히 식인사자 놈들은 알아차리지 못한 듯 반응이 없었다.

소리가 나지 않도록 주의하면서 발을 옮긴 나는 적당한 거리까지 접근했다고 판단하자마자 즉시 뛰어올라 놈들의 뒤를 덮쳤다.

퍼억.

한 놈의 대가리를 반으로 가른 후, 왕검을 크게 돌려 다음 놈을 노렸다.

푸욱.

두 놈째. 미간에 칼끝을 박아주자 경악한 놈과 눈이 마주쳤다. 괜찮다, 즉사다.

푸더더덕.

놀란 다른 놈들이 도망치기 위해 홰를 치기 시작했지만 놈들의 육중한 몸을 쉽게 공중에 띄워 올릴 수 있을 리가 없다.

퍽, 퍽, 퍽.

호흡을 생략한 연속 공격에 세 놈이 차례차례 목을 내어주었다.

"크르렁!"

마지막 놈은 도망치길 포기하고 내게 덤벼들었지만, 운명은 다른 놈들과 다르지 않았다.

퍼걱.

머리가 반으로 갈라지면서 끝.

―죽음을 극복하셨습니다.

라플라스의 긴장감도 무엇도 없는 건조한 메시지가 승리를 장식했다.

나는 새로 잡은 놈들의 배도 갈라서 정수를 찾았다.

이번에는 한 놈도 정수를 뱉지 않았다.

"쳇."

―이게 보통입니다만…….

"쳇."

일부러 두 번씩이나 혀를 차준 후, 손에 묻은 사자의 피를 모래에 닦아낸 나는 동굴 안으로 돌아갔다.

"제가 나설 일은 없었네요……."

"없는 쪽이 좋지. 최후의 수단인데."

이카로사의 임무는 만약 내가 위험할 때 신호하면 날 낚아채고 도망치는 거였다. 식인사자의 비행 속도는 이카로사보다 느리기 때문에 포위당하지만 않는다면 따돌릴 수 있을 터였다.

물론 식인사자 놈들은 기본적으로 몰이사냥을 할 줄 알아서 속도만 빠르다고 무조건 안전하리라고 방심하면 안 된다.

하지만 이번엔 날 압도할 만한 돌연변이가 나타나진 않았다.

"자, 한 팀 더 기다려 보자."

"아, 네."

이카로사의 목소리에서는 더 이상 공포의 흔적을 찾아볼 수 없었다.

하긴 이렇게 쉽게 도륙하는 광경을 직접 견식하고 나서도 무서워하면 그게 더 문제다.

*   *   *

우리는 해가 뜰 때까지 식인사자 다섯 팀을 더 사냥했다. 그러니 총 일곱 팀을 사냥한 셈이다. 그런 데도 얻은 정수의 숫자는 네 개. 생각했던 것보다 훨씬 짜다.

"더 기다려도 안 오는 걸 보니, 이 근방엔 이놈들이 전부인 것 같군."

어쩌면 경계하기 시작한 걸지도 모른다. 하긴 이렇게 많이 죽어나갔으니 슬슬 경계를 당해도 이상하지 않은 시점이 왔다.

도중에 시체가 너무 많이 쌓이는 것 같아서 시체를 동굴 안에 옮겼는데, 그 동굴 안이 시체로 꽉 차버릴 정도로 도륙해 댔으니.

"이렇게 쉽게……."

동굴 안을 꽉 채운 식인사자의 시체들을 바라보며, 이카로사는 허망한 듯 중얼거렸다.

"놈들도 굶주려서 그래. 아니었다면 이렇게까지 쉽게 안 풀렸을걸."

나는 기지개를 펴며 이카로사의 혼잣말에 대꾸해 주었다.

꽤나 교활하다는 평가의 식인사자다. 이런 초보적인 함정에 걸려든 건 식욕 때문에 그 교활함이 둔해졌기 때문이겠지. 거기다 식인사자를 위협할 만한 세력이 이 주변에 없던 탓에 경계심이 무뎌진 탓도 있을 것이다.

"아, 아뇨. 잭 님의 위업을 폄하하는 건 결코 아닙니다."

"위업 정도씩이나."

이카로사의 호들갑에 한번 픽 웃어주곤, 나는 손을 털었다.

"어우, 피곤하다. 가다메아로 돌아가자."

"아, 네!"

나는 이카로사에 탑승했다.

*　　　*　　　*

날개 달린 식인사자의 시체는 상당히 유용하다.

일단 그 가죽은 창칼도 안 박히고 어지간한 화살조차 통하지 않을 정도로 질기다. 그중에서도 날개 부분의 피막은 일품이라 가장 비싸게 팔린다고 한다.

그리고 그 무거운 거체를 하늘에 띄워 올리는 힘줄은 얼마나 억세고 탄력이 좋은지, 이걸로 만든 발리스타는 식인사자의 가죽마저 뚫어버릴 수 있다고 한다.

발리스타에 얹는 화살도 보통 것으로는 안 되고, 화살촉은 식인사자의 어금니에 화살대는 식인사자의 뼈를 써야 비로소 제 역할을 한다.

이 식인사자의 시체로 만든 특제 발리스타가 없었다면 식인사자 떼가 가다메아에 직접 침공해 와 주민들을 모조리 도륙했을 거라나.

'뭐야, 그럼 식인사자의 시체가 있어야 식인사자를 죽일 수 있다는 거야?'

—꼭 그런 것만은 아닙니다만, 완전히 틀린 말은 아니로군요.

아무튼 이런 사정 탓에 가다메아는 식인사자의 시체를 고가에 매입해 준다.

그런 라플라스의 언질을 들었던 터라 날개는 상하지 않게 놈들을 도륙하느라 얼마나 고생이 많았는지 모른다.

사실 나도 가다메아까지 오는 동안 잡은 식인사자 시체도 상태가 좋은 걸로 몇 구 골라서 각성창에 넣어놨는데, 오늘 하룻밤에 이렇게 시체를 많이 쌓을 줄은 몰랐다.

재고가 이렇게 많은데 안 팔 이유가 없지.

그래서 50두가 넘는 식인사자 시체를 가다메아 측에 팔아넘기기로 했다.

혹시 몰라 우두머리 사자 시체 몇 구는 각성창 안에 남겨두긴 했지만, 글쎄 이걸 쓸지 모르겠다. 아직 붉은 드레이크 시체도 각성창에 방치해 둔 상태니.

"가, 감사합니다……!"

가니메디아는 눈물까지 글썽거리며 내게 고마워했다.

"이 정도 양이라면 경비대원들을 충분히 무장시킬 수 있을 겁니다. 그럼 저희 경비대원으로도 식인사자를 토벌할 수 있을 테지요. 잭 제이콥스 님께서는 저희 가다메아를 구원해 주신 거나 다름없습니다."

물론 감사가 말로만 끝날 리는 없었다.

가니메디아는 가다메아의 은 보은 패를 금 보은 패로 바꿔주었으며, 시체의 값은 금화로 따로 치렀다.

그 값은 가다메아 금화 한 상자에 달했다.

당연히 미리 약속한 성채의 탐사 권리도 주어졌다.

이 정도면 하루 꼬박 고생한 보람이 있다.

"자, 그럼 본업으로 돌아가 볼까?"

식인사자 사냥꾼은 어디까지나 일시적으로 한 부업에 지나지 않는다. 내 본업은 트레저 헌터, 유적을 탐사하며 보물을 찾는 사냥꾼이다.

주거지역에 보물이 있을 거라 기대하긴 힘들지만, 혹시 현재의 주민들은 모르는 비밀 통로라도 발견할 수 있을지 모른다는 기대는 할 수 있지 않을까?

"그렇지 않을까?"

─공략을 구매하시겠습니까?

"오."

라플라스가 팔 공략이 있다는 건 그만한 가치가 있는 비밀이 존재한다는 말과 같다.

나는 기대감에 부풀어 성채 탐사에 나섰다.

물론 공략은 사지 않았다.

＊　　　　＊　　　　＊

가다메아 성채는 아주 넓었다.

그것도 그냥 넓은 게 아니라 입체적으로 넓었다.

지상부터 세서 다섯 층인데다, 그것도 탑 같이 각 층이 좁은 것도 아니라 층마다 따로따로 넓어서 구석구석을 탐사하느라 무려 닷새라는 시간이 소요되었다.

시간을 들여 탐사를 한 보람은… 있었다.

예상했던 대로 살고 있는 주민조차 모르고 잊힌 비밀 통로가 다섯 개나 발견되었고, 나는 그것들을 모조리 개척했다.

사람이 살지 않게 된 탓에 사막 거미나 전갈 등이 점령한 곳이었기에 보통 사람들에겐 위험했지만 나한테는 별로 위험하지 않았다. 오히려 그 덕에 루블 수입도 꽤나 짭짤했다.

그리고 주민들이 사는 곳에서도 유물처럼 보이는 것이 있으면 그냥 금화 주고 샀다.

금화가 중요하냐, 유물이 중요하냐 물으면 당연히 유물이지. 아무 능력도 없는 유물이라도 탐사 점수 100점이 나오는데.

보통 유물은 귀중하게 여겨지기에 오랜 세월 동안 간직된 것이라 푼돈 좀 받겠다고 외부인에게 넘겨줄 리가 없다.

보통은 그렇다.

하지만 내가 치유도 걸어 주고 축복도 걸어주는 데다 자기네 수장으로부터 받은 금 보은 패도 갖고 있고 식인사자들을 토벌한 것도 알려져 주민들이 내게 매우 호의적이었기에 가능한 일이었다.

게다가 유물의 대가로 푼돈을 주는 것도 아니라 금화를 뿌리고 다니니까.

이 김에 케케묵은 유물들을 떠넘기고 한몫 잡아보겠다는 심리가 작용한 덕도 있으리라.

그 결과.

─이번 유적에서 정산된 탐사 점수: 4,900점.

"와, 미친."

내 입에서 절로 미쳤다는 소리가 나올 정도의 대박을 터뜨렸다.

—이 점수면… 사들인 유물 중에 유물로 판정되지 않은 것도 있긴 하군요.

내가 이번에 사들인 물건은 거의 100개에 달한다. 그러니 단순 계산으로도 그중 절반 정도는 유물이 아닌 셈이 된다.

"됐어, 뭐. 이 정도 대박인데."

나는 흡족했다. 유적 한 번 돌고 1,000점 얻기도 힘든 게 현실이다. 그런데 그 다섯 배 가까이 되는 잭팟을 터뜨렸는데 불만이 있을 리가 없다.

"벌었으면 써야지!"

지난번에는 작은 능력 하나도 못 샀지만, 이번에는 그 한을 완전히 풀어 버렸다.

그 결과가 이거다.

—[트레저 헌터의 직감 3], [트레저 헌터의 손재주 3], [트레저 헌터의 몸놀림 2], [유물 감식 1]

몸놀림 강화에 2,000점을 쓰고, 새 능력을 얻는 데 1,000점을 써서 3,000점을 소모했다.

아주 그냥, 실컷 썼다!

—새 능력을 얻는 데 드는 비용이 두 배가 된 건 신경 안 쓰이

시나요?

"조금 쓰이긴 하지만……. 뭐 어때? 이렇게 좋은 능력인데."

나는 각성창 안에 쌓인 유물들을 바라보며 흡족하게 웃었다.

이번에 새로 얻은 능력인 [유물 감식 1]은 그냥 물건을 보기만 해도 이게 유물인지 아닌지 판정해 준다. 이제부터는 굳이 유물 아닌 걸 사겠다고 금화 뿌리고 다닐 필요가 없어진 셈이다.

"이 정도면 1,000점 받을 만하지!"

─남은 탐사 점수는 2,810점입니다. 다음 유적 탐사를 완료한 후 사용하실 수 있습니다.

게다가 그래도 남은 탐사 점수가 절반 가까이 된다.

"다음 유적에서 유물이 아무것도 안 나와도 비슷하게 또 살 수 있어. 굉장하지 않아?"

이 정도면 안 먹어도 배가 부르다.

매우 마음이 넓어진 나는 별 능력이 없는 유물들과 애초부터 유물조차 아니었던 것들을 이건 연구가 끝났다는 변명과 다 갖고 돌아다니기 힘들다는 핑계를 대면서 원래 주인에게 되돌려 주었다.

사실 이런 것들은 갖고 다녀 봐야 짐밖에 안 되는 것도 사실이니 내 입장에선 쓰레기 처리나 마찬가지다.

하지만 내겐 쓰레기라도 오래 간직해 왔던 사람들 입장에선 소중한 것들인지라, 돌려주니 매우 고마워들 했다.

개중에는 가짜 유물을 줬다며 고백하며 금화를 되돌려 주는 사람도 나와서 뜻하지 않게 이득까지 봤다.

─이득이 아니라 손해를 줄인 게 맞지 않나요?

"아무렴 어때?"

그런 걸 신경 쓰기엔 막대한 탐사 점수가 내 마음을 너무 넓혀놓은 상태였다.

물론 진짜 힘을 지닌 유물은 그냥 각성창 안에 잘 간직했다.

딱 세 개였다. 수명을 아주 약간 늘려주는 작은 돌을 엮어 만든 목걸이, 조금 운이 좋아지는 미라화 된 토끼의 발, 마지막으로 머리카락이 빨리 자라는 효능의 머리핀이었다.

이 중에서 가장 마음에 드는 건 머리핀이었다.

일전에 망령 유적에서 침 없이 영침술을 쓴답시고 뜯어낸 머리카락이 잘 자라질 않는 게 고민이었는데, 이 머리핀이 그 고민을 해결해 줄 수 있을 것 같았다.

무엇을 숨기랴, 이 머리핀도 안 그래도 넓은 내 마음을 더욱더 넓혀준 원인이었다.

─그렇게까지 신경을 쓰실 거라곤 상상도 못 했습니다만…….

"나도 내가 이렇게까지 신경을 쓰게 될 줄은 몰랐어……."

하지만 이제는 신경을 안 써도 되게 될 것이다.

…그렇게 되겠지?

*　　　　*　　　　*

나는 하루를 쉬고 다음 유적에 입장할 생각이었다.

그러나 그러한 내 야망은 좌절되고 말았다.

"잭 제이콥스 님! 큰일 났습니다!!"

한밤중에 이카로사가 내 방을 습격해 왔다.

"어, 이카로사. 무슨 일이야?"

"식인사자 떼가 쳐들어왔습니다!"

나는 크게 당황하지는 않았다.

하지만 다소 당황하기는 했다.

─새 주인님께서는 희귀 이벤트에 자주 당첨되시는군요.

'…그러게.'

하필이면 왜 내가 있을 때 이런 일이 터지지? …라고 할 건 아니다.

왜냐하면 식인사자들이 쳐들어온다는 이번 사태의 원인은 내가 벌인 일 때문이니까.

하지만 꼭 터질 일은 아님에도 불구하고 터져 버린 건 좀 억울하긴 하다.

'식인사자를 너무 많이 잡아서 그런가?'

─그렇긴 합니다. 사냥한 마릿수에 따라 확률이 늘어나기는 하니까요.

하룻밤 만에 50마리를 넘게 잡아버렸으니, 확률도 꽤나 높아졌으리라.

이게 다 내가 유능한 탓이다.

"…잭 님?"

"아, 미안."

나는 자리를 털고 일어났다. 일이 터진 건 어쩔 수 없다.

"가보자고."

＊　　　　＊　　　　＊

"와."

나는 감탄사를 토해내지 않을 수 없었다.

원래 낮의 사막을 배회하며 희생자들을 습격하던 사막의 망령들이 군대처럼 모여 있었다. 비록 진짜 군대처럼 질서 정연하지는 않으나, 그 수가 물경 수천에 이르면 이야기가 다르다.

그리고 그 망령들의 뒤에 식인사자들이 도열해 있었다. 사자들이 망령을 몰아왔음은 그 배치만 봐도 잘 알 수 있었다.

식인사자들의 수 또한 수백에 이르렀다. 보통 한 무리의 식인사자 떼가 6마리에서 10마리쯤으로 구성되어 있는 것을 생각하면, 저렇게 한데 모인 건 보통 일이라 볼 수 없었다.

그뿐만이 아니었다. 일반적인 식인사자 성체의 체고가 3~4m 정도 하는데, 식인사자 우두머리는 일반적인 성체보다 50%에서 100%까지 더 크다.

그런데 그 우두머리보다도 두 배쯤 커 보이는 식인사자가 보였다.

"저놈이 왕이지?"

—그렇습니다.

이 군대를 지휘하는 왕. 식인사자의 군주.

본래 무리마다 각자도생하던 식인사자들을 한데 모아 통솔하고, 식인사자들로 하여금 망령들을 몰아오게 해 이 군대와도 같은 큰 무리를 이루도록 만든 것이 저 왕이다.

"굴복하라!"

그 왕이 외쳤다.

놀랍게도 인간의 언어로.

"네놈들 인간은 모든 종족의 왕, 우리 사자의 먹잇감에 불과하다는 것을 인정해라!"

그런데 그 내용은 더 놀라웠다.

"그러나 안심해라, 만약 굴복한다면 너희를 모두 다 죽이지는 않을 것이다. 너희에게 너희 스스로 우리의 먹잇감이 될 인간을 선택할 기회도 주겠다!"

놀라울 정도로 오만했다.

"만약 굴복하지 않는다면! 아주 작은 자비로 베풀지 않으리라. 너희 모두! 단 한 명도 남김없이 내 백성의 배를 불리는 양식이 될 것이다!!"

판에 박은 것 같은 협박질이었다.

"재, 잭 님······!"

내 옆에 선 가니메디아가 파들파들 떨었다.

전임 주술사로부터 주술사의 자리를 위임 받은 지 얼마 안 된 가니메디아다. 이런 상황에 어떻게 해야 할지 알 리 만무하다.

만약 훌륭한 스승으로부터 제대로 교육을 받았다면 또 모를까. 하지만 전임 주술사는 좋은 스승이라고는 도저히 말 못 할 종자였으니 어쩔 수 없는 일이다.

"떨지 마십시오, 주술사님."

어쩔 수 없으니, 나라도 알려 줘야 했다.

"주술사님께서 두려워하시는 모습을 보이면 도시의 모든 이들이 두려워할 것입니다."

"그, 그치만 잭 님. 저희는 아직 저만한 군세를 상대로 싸울 준비가 되지 않았습니다."

그야 그렇다. 애초에 저 식인사자들의 군주가 군대를 규합해서 오늘의 지금 쳐들어온 이유가 그것이니.

내가 이 도시로 가지고 온 식인사자들의 시체로 가다메아가 무장을 완전히 마치기 전에 어떻게든 승부를 봐야 하는 것이 저것들의 입장이다.

"괜찮습니다."

"예?"

"저는 되어 있으니까요."

가니메디아의 떨림이 멎었다. 그 커다란 두 눈동자에서 엿보이던 두려움도 사라졌다.

"그럼……."

"예."

나는 단호히 대답했다.

"저들에게 응당 해야 할 답을 돌려주십시오."

가니메디아가 고개를 끄덕였다. 공포 대신 용기가, 자신감이 가득 찬 눈동자였다. 그리고 그 작은 몸에서 나올 수 있을까 싶을 정도로 큰 목소리로 이렇게 외쳤다.

"거절한다! 우리 인간은, 가다메아의 인간은 고작 금수 따위에 굴하지 않는다!!"

오오, 이 정도면 꽤 훌륭하다.

─외부인인 새 주인님께 너무 기대는 게 아닐까, 하는 생각도

들지만요.

'응, 사실 군주로서는 별로 좋은 태도가 아니지.'

그래도 두려움에 떠는 것보다는 훨씬 낫다.

저 봐라, 식인사자들의 군주가 당혹해하지 않는가.

"…그렇다면 남은 길은 오직 하나!"

아쉽게도 그 당혹이 오래 이어지지는 않았다.

"전쟁이다!!"

제8장

—

오아시스 I

　전쟁이 터졌다. 날개 달린 식인사자 무리와 인류 도시인 가다메아 간의 전쟁이다.

　언뜻 듣기엔 참 말도 안 되는 상황이지만, 라플라스에 의하면 고대 제국이 성립하기 전에는 이런 전쟁이 흔했다고 한다.

　인류와 비인류의 생존경쟁이 주류였던 시대다. 라틀란트 제국과 달리 고대 제국이 사람들의 인정을 받는 건 비인류와 싸워 인류의 영역을 확보했기 때문이라고도 말했다.

　그러나 그건 고대가 고대라 불리기도 전의 일. 현대에 일어나서 좋을 일이 아니다.

　'하아.'

　가다메아는 물론이고 나 개인에게 있어서도 크게 반길 만한 상황은 아니었다.

피식이를 얼른 키우고 다음 정령을 소환하고 싶은 게 내 입장이다. 정령력을 다른 데다 낭비해야 하는 상황을 환영할 리가 없다.

그런데 또 그렇다고 완전 저어할 상황은 또 아니었다.

"저 식인사자 왕은 꽤나 큰 정수를 갖고 있겠지?"

보상을 기대할 수 있으니까!

—보통이라면 운에 따르겠습니다만, 저놈만큼은 예외가 없습니다.

정령력 좀 쓰고 식인사자의 정수를 확정적으로 손에 넣을 수 있다면야 별로 손해 보는 거래는 아니다.

—게다가 확률적으로 식인사자 왕의 정수를 손에 넣으실 수도 있습니다.

라플라스의 말에 나는 눈이 번쩍 뜨였다.

"식인사자의 정수하고는 또 다른 거야?"

—물론 그렇습니다.

뭔가 더 좋은 게 나온다는 소리에 군침이 돌긴 하는데, 라플라스의 설명에 신경 쓰이는 대목이 있었다.

"확률적이라니… 그게 또 운이야?"

—그렇습니다.

나는 잠깐 생각했지만, 생각해 봐야 아무 의미도 없음을 곧 깨닫고 생각을 그만두었다.

"뭐, 그렇다고 안 잡을 건 또 아니니까."

어차피 굴릴 주사위, 생각하고 던질 필요 있나.

나는 앞으로 나섰다.

"일단 망령들부터 어떻게 해야겠군."

망령들은 식인사자들의 으르렁거림에 따라 천천히 가다메아 쪽으로 움직이고 있었다.

식인사자들은 단순히 양 떼를 몰듯 몰아대고 있으나, 망령들은 본래 그리 만만한 존재가 아니었다.

더욱이 저 망령들은 평범한 무기로는 처치하지 못하는 데다 인간에게 닿으면 그것만으로도 치명적인 피해를 입힐 수 있으니 가다메아의 사람들이 두려워할 만도 했다.

그래 봐야 나한테 걸리면 영침 한 방짜리지만, 그 숫자가 네 자릿수에 육박하니 압박감이 상당했다.

이 숫자라면 나도 침이나 던져대고 있을 수는 없다. 따라서 나는 다른 방법을 쓰기로 했다.

"피식아, 반짝아. 정령 합일이다."

나는 산소의 정령 피식이와 신성의 정령 반짝이를 합일시켜 망령들을 향해 보냈다.

"피시이이……."

반짝반짝…….

피식이는 한 차례 성장하여 꽤 고순도의 산소를 뿜어낼 수 있게 되었고, 그렇게 뿜어내는 산소에 반짝이의 신성력이 담겼다.

신성한 산소 어택!

"끼기기기기긱……!"

"끼게게게게게……!"

결과, 그 산소에 닿는 것만으로도 망령들이 고통스러워하기 시작했다.

아무리 그래도 신성한 산소에 닿는 것만으로 망령들이 소멸하지는 않았다. 그저 피부가 녹아내리고 살점이 떨어지는 것에 그쳤다.

인간이라면 이것만으로 죽었겠지만, 상대는 인간이 아니다. 피부는 진짜 피부가 아니고 살점도 진짜 살점이 아닌, 그저 생전의 모습을 재현하려고 노력한 결과물에 불과하다.

그러니 여기에 한 방을 더할 필요가 있다.

"성스러운 폭발."

나는 오랜만에 짜라스트라계의 성법을 사용했다. 그것도 불꽃의 속성력을 잔뜩 담아서.

내 손아귀에 불타는 신성력 덩어리가 생성되었고, 나는 그걸 수류탄처럼 집어 던졌다.

5초 후.

쿠콰콰콰콰쾅!

화려한 폭발이 일어났다. 이 주변에 반짝이는 피식이 신성한 산소를 가득 뿌려놓은 덕인지 폭발력은 확실했다.

몇 차례인가의 연쇄 폭발까지 일어나며, 그렇게 많았던 망령들이 삽시간에 쓸려 나가 버렸다. 적어도 이제 내 앞길을 막을 망령은 보이지 않았다.

―죽음을 극복하셨습니다.

어, 그래.

"와아!"

"저, 저거⋯⋯!"

성벽에 서 있던 병사들이 놀라는 목소리가 들렸다. 그러나 놀라기엔 아직 이르다.

"이카로사!"

나는 이카로사를 불렀다.

"네!"

"나를 성채 아래로."

용건은 물론 택시다.

"네, 예?!"

"빨리."

"아, 알겠습니다!"

이카로사는 나를 붙잡고 내 말대로 성채 아래에 내려놓았다.

―죽음을 극복하셨습니다.

아, 카를은 여기에서 뛰어내리다 죽은 적도 있는가 보네. 그렇구나. 별로 놀랄 만한 일도 아니므로 나는 그냥 고개를 한 번 끄덕이고 말았다.

"좋아, 잘했다. 그럼 이제 이탈해라, 이카로사."

"하, 하지만……."

"나는 괜찮지만 넌 괜찮지 않아. 성채로 물러나라."

"…알겠습니다."

이카로사가 입술을 깨무는 것이 보였지만, 나는 상관하지 않았다. 녀석이 충분히 고도를 올린 것을 확인한 후에, 나는 식인사자 떼를 향해 저벅저벅 걸어갔다.

식인사자들도 앞에 있던 놈들은 약간 폭발에 휘말리기도 했고, 또 갑작스러운 폭발 때문에 눈이 아팠던지 제정신을 못 차리고 있었다.

"크······. 네놈!"

식인사자들의 으르렁거리는 소리 속에 알아들을 수 있는 말이 섞였다. 인간의 언어를 사용할 수 있는 건 식인사자 왕 하나뿐이니 헷갈릴 건 없었다.

"일단 왕부터 죽일까."

나는 나지막하게 읊조렸다.

"왕으로서 명령한다! 왕을 지켜라!!"

혼잣말을 했을 셈이었는데, 왕이 그걸 또 들은 모양이었다. 왕 주변에 도열해 있던 우두머리 식인사자들이 으르렁거리며 내게 달려들었다.

자, 어쩐다. 나는 조금 고민했다.

하지만 그 고민은 길지 않았다.

동시에 덤벼드는 여러 마리의 식인사자를 향해, 나는 총구를 겨누었다.

끼릭이의 총구를.

아무리 그래도 이럴 때까지 정령력을 아낄 순 없지. 나는 끼릭이에게 아낌없이 정령력을 퍼부으며 지시했다.

"발사."

드르르르르르륵!

일부러 소음기 없이 한 사격인지라, 시원한 총소리가 주변에 울려 퍼졌다.

"크악!"

"커르릉!!"

모든 정령탄이 정확하게 놈들의 미간을 꿰뚫었다.

정령력을 충분히 밀어 넣은 보람이 있어 저지력은 충분했다. 하지만 놈들이 고통의 비명을 토해내고 있는 걸 보니 살상에는 이르지 못한 모양이다.

"그럼 뭐, 한 번 더 쏘면 되지."

나는 끼릭이에게 조금 전의 몇 배쯤은 되는 정령력을 밀어 넣으며 정령 폭주를 걸었다.

"이번에야 말로 다 쓸어버려라, 끼릭아!"

"끼릭!"

끼릭이가 의욕 가득한 외침을 내지르더니, 다시 한번 정령탄 세례를 퍼부었다.

드르르르르륵!!

끼릭이의 총구가 불을 토해냈다. 한 차례의 소음이 이어진 후 그치자, 주변은 조용해졌다. 식인사자 왕을 제외하고선 모두 정령탄을 미간으로 받아먹고 누운 탓이다.

ㅡ죽음을 극복하셨습니다.

"어따, 오늘 수입 좋네!"

식인사자 왕은 우두머리들이 고작 몇 초 만에 제압당하자 놀란 건지 주변을 두리번거렸다.

"뭐… 라고……?!"

당연하지만 왕 혼자 무사했던 건 일부러 놈만 빼고 쐈기 때문이다. 딱 봐도 제일 비싼 놈인데 가급적 온전하게 죽이고 싶어서 한 선택이었다.

"자아."

무리한 탓에 총열이 새빨갛게 달아오른 끼릭이를 돌려보내곤,

나는 식인사자의 왕에게 시선을 주며 싱긋 웃었다.

"왕이시여, 비천한 인간이 배알을 청하옵니다. 주변을 물려주시옵소서."

"이……!"

내가 조롱하고 있음을 눈치챈 건지, 식인사자 왕의 얼굴이 엉망진창으로 일그러졌다. 그런 놈의 반응을 보고 나는 혀를 찼다.

"흥, 지능은 섭섭지 않게 높은 모양이로군."

"네놈!"

"1 : 1이다. 덤벼라, 왕!"

나는 몬토반드의 왕검을 꺼내 들고 외쳤다. 그러자 식인사자 왕은 의외의 반응을 보였다.

"두고 보자!"

내게서 등을 돌리고 전속력으로 도망치기 시작한 게 그거였다.

"어, 야! 어디 가!!"

나는 외쳐 불렀지만 식인사자 왕은 대꾸도 안 하고 뒤도 돌아보지 않았다. 괜히 왕이 아닌지, 다른 식인사자보다 빠르게 몸을 떠워 올린 것은 덤이었다.

"하핫, 녀석. 도망치기는."

나는 재빨리 [변신 브로치]의 능력을 이용해 들고 있던 몬토반드의 왕검을 집어넣고 대신 [여신의 부월]을 꺼내 들었다.

지난 며칠 간, 나는 가다메아의 성채만 탐사하고 다닌 게 아니다. 틈틈이 도낏자루를 깎아 마침내 [여신의 부월]을 완성했다.

나는 도낏자루에 맨 가죽 끈을 잡고 [여신의 부월]을 빙빙 돌리기 시작했다. 곧 도끼날에서 불꽃이 샘솟으며 마치 쥐불놀이처럼 불꽃의 원이 그려졌다.

충분히 회전시킨 후, 나는 가죽 끈을 놓았다.

그러자 불꽃 도끼가 붉은 궤적을 그리며 날아가 식인사자 왕의 한쪽 날개를 깨끗하게 잘라내었다.

"끄어아악!"

"아이고, 저 아까운 거!"

고통에 찬 식인사자 왕의 비명과 함께 내 비명이 울려 퍼졌다.

쿠웅!

그 거체가 추락해 지면이 흔들렸다. 역시 크기도 큰 만큼 무게도 무거운 모양이었다.

―저 식인사자 왕의 가죽은 보통 식인사자보다 훨씬 더 튼튼한데, 그걸 투척으로 잘라내시다니! 투척으로는 밀어 넣은 내력도 금방 없어져 버릴 텐데……!

라플라스의 경악성이 내 뇌리를 스쳤다.

그렇게 놀라는 라플라스에게 나는 낮은 웃음소리를 들려주었다.

'내력 안 밀어 넣었어.'

지금 것은 순수하게 [여신의 부월]의 성능에만 기댄 일격이었다.

―그럴 수가……. 그냥 휘두르면 불 좀 나오는 장난감이라고 생각했었는데!

장난감이라니, 말이 너무 심하다.

'그 말, 고대 타니티아 왕이 들으면 섭섭해 하겠다.'

아무튼 놀란 건 라플라스만이 아닌 듯했다. 얼굴부터 지면에
쳐 박힌 식인사자의 왕은 뭐라고 계속 중얼거리고 있었다.

"끄어, 끄윽! 이럴, 이럴 수가! 내 날개……! 내 날개가……!"

"오오, 왕이시여. 체통을 지키소서."

나는 웃으면서 왕을 향해 다가갔다.

"끄륵, 네놈! 어떻게, 무슨 수로 내 가죽을!!"

"도끼로 잘랐지. 보고도 몰라?"

"헛소리! 내 가죽은, 크흑! 도검불침이다……!"

어려운 말도 아네. 사자 주제에.

"그치만 도끼는 도검이 아닌데?"

나는 그렇게 이죽거리면서 오른손을 올렸다.

물론 개소리다.

하지만 개소리일수록 듣는 사람이 화가 나게 마련이다.

"말장난을……! 으억!"

저 멀리 날아갔던 도끼가 마치 부메랑처럼 돌아오며 사자왕의
반대쪽 날개를 노렸다. 눈치는 빠른지, 이걸 또 피하네. 개소리
까지 하며 도발한 보람이 없다.

어쨌든 내가 던졌던 도끼가 휘리릭 날아와 내 손에 착 하고
잡혔다.

음, 다시 잡아 봐도 좋은 그림이다. 내가 깎은 거지만 참 잘
깎았다.

"도끼가… 저절로……! 네놈, 그건 보통 도끼가 아니구나!"

당연하지. 이건 진짜 보물이고 고대 왕국의 유물이자 레갈리아다. 대현자는 이걸 장난감으로 봤던 모양이지만……. 트레저 헌터인 내 손에 들어와 비로소 진가를 발휘한다.

물론 이런 걸 놈에게 일일이 설명해 줄 이유는 어디에도 없었다.

나는 다시 도끼를 돌리기 시작했다. 붕붕붕붕붕. 불꽃이 거칠게 일어나 밤의 어둠을 찢어버리는 게 꽤 멋있긴 하다.

지금 보니 대현자가 이걸 재미있는 장난감이라고 칭한 것도 이해가 간다. 그 정도로 재밌다.

하지만 이 행위를 내가 재미만을 위해서 하는 거라고 생각하면 오산이다.

오래 돌릴수록 도끼가 내 영력을 더 많이 빨아먹고 그 대가로 더더욱 강력한 불꽃을 내뿜을 테니까.

"…크아악!"

식인사자 왕은 과연 똑똑했다. 내가 도끼를 계속 돌리게 놔둬선 안 된다고 즉각적으로 판단한 것만 봐도 알 수 있다.

한쪽 날개가 잘려 나갔다고는 하나, 그 육중한 거체가 달려드는 건 위협적이지 않을 수 없었다. 실제로 위기 감지가 경종을 울려대고 있었고.

문제는 식인사자 왕의 그 판단은 사실 잘못된 거라는 점이었다. 다만 이게 왕 탓은 아니다. 판단의 재료가 제대로 주어지지 않은 상황에서 오판을 하는 건 지능의 문제가 아니니까.

콰직!

식인사자 왕에게는 한 손에 쥐여질 정도의 작은 도끼가 갑자기 커다랗게 변하더니, 그 도끼가 자신의 미간을 찍어 내릴 거라고 예상할 수 있는 근거가 없었다.

"끄어, 네, 너, 누아악!!"

그냥 불 나오는 부메랑 도끼인 줄 알았지? 거대화 기능도 있었다, 이놈아!

"왕이시여, 만수무강하소서!"

쾅!

미간에 찍힌 도끼의 날이 폭발하며, 찍힌 부위를 기준으로 두개골을 둘로 쪼개 버렸다.

비명을 내지를 아가리도 폭발에 휘말렸기 때문에, 식인사자 왕은 별 유언도 남기지 못하고 단매에 갔다.

"앗! 이런!!"

나도 처음 써보는 거라 화력 조절에 완전히 실패해 버렸다. 대가리를 완전히 날려 버릴 줄이야. 가능하면 온전히 시체를 손에 넣고 싶었는데.

"하긴 정수는 몸통에 있으니 별 상관 없나."

나는 빠르게 미련을 정리했다.

―죽음을 극복하셨습니다.

라플라스의 메시지가 마무리를 장식했다.

내가 식인사자 왕을 죽였지만 그렇다고 싸움이 끝난 건 아니었다.

내가 왕을 노리고 적들의 진형을 일직선으로 돌파해 왔기 때문에, 적군의 양 날개는 아예 피해를 받지 않은 것이나 다름없었다. 식인사자들만 치더라도 아직 900마리 넘게 남아 있었다. 내가 해치운 건 100마리도 채 안 되니 당연한 일이다.

─신경 쓰실 필요 없습니다.

그런데 라플라스가 의외의 발언을 했다. 나는 이유를 물으려고 들었지만, 곧 관두었다. 묻지 않아도 답을 알 수 있게 되었기 때문이다.

"도망치는구먼."

─왕을 잃었으니까요.

라플라스의 설명에 따르면 날개 달린 식인사자는 원래 가족 단위로 움직이는 생물이라고 한다. 이렇게 대군이 모여 인간의 도시를 직접적으로 습격하거나 하는 일은 본래 불가능하다.

오직 왕만이 그러한 식인사자들의 생태를 무시하고 저것들을 한데 끌어모아 유기적으로 지시게 따르게 할 수 있는 통솔력을 지녔다.

그런데 내가 왕을 해치웠으니 어떻게 될지는 오래 생각하지 않아도 알 수 있었다.

"다시 본성을 되찾겠군."

─그렇습니다.

뿔뿔이 흩어져 도망치는 식인사자들. 그리고 식인사자들이 억지로 몰고 왔던 망령들도 흩어지기 시작했다.

"…앗!"

순간, 나는 깨달았다.

"라플라스, 카를은 저 식인사자들에게도 잡아먹힌 적이 있겠지?"

─물론 그렇습니다.

당연하다는 듯 나온 대답에 어이가 없어진 것도 잠시. 나는 저놈들을 도망치게 돼선 안 된다고 판단했다.

"루블!"

—예?

"저거 다 루블이야!"

카를을 죽인 적이 있는 놈을 죽이면 나는 루블을 얻는다. 지금 와서 되새길 필요도 없는 당연한 사실. 그러니 저 괴물들이 내 눈에 루블 덩어리로 보이는 것도 무리는 아니다.

이 또한 당연한 사실이지만, 도망가게 놔두고 하나하나 찾아가는 것보다는 모여 있을 때 한꺼번에 정리하는 게 더 간편하다.

즉! 지금 다 죽여야 한다! 아니, 다는 아니더라도 최대한 많이 죽여놓아야 한다!

"이카로사!"

"예, 옙! 잭 님!"

"나를 들고 날아라! 목표는 저놈들!!"

나는 그렇게 명령하면서 이카로사에게 축복을 마구 걸어주었다. 마구라고 해봤자 2개지만, 이 정도면 나를 들고 나는 데에는 충분했다.

잘 생각해 보니 이카로사는 사실 내 명령을 들을 필요가 없음에도 불구하고 충실히 내 명령에 따랐다. 하긴 불구대천의 원수인 식인사자 사냥이다. 녀석도 원하던 것이겠지.

"저쪽으로!"

"네!!"

축복을 받은 이카로사는 식인사자보다 빠르게 날았고, 나는 접근전을 펼쳐 몬토반드 왕의 검으로 놈들을 베어내었다.

물론 나는 이것으로 만족하지 않았다. 쉴 새 없이 여신의 부월을 던져대는 동시에 각성창에서 툴루 왕의 보주도 꺼내 집어 던져 속성력을 담은 성스러운 폭발을 연사했다.

그리고 마침내 끼릭이의 폭주 후유증이 끝났다.

"네가 알아서 싸워라, 끼릭아!"

"끼릭끼릭!"

나는 오른손으로 검을 휘두르고 왼손으로는 도끼를 계속해서 던지고 받고 하느라 남는 손이 없었다. 그래서 나는 끼릭이를 허공에 집어 던졌다. 정령 좋다는 게 뭐냐, 이럴 때 자율 행동이 가능하다는 점이 그것이었다.

비록 정령력 효율은 별로 안 좋지만 지금은 효율 따질 때가 아니었다.

퐁퐁퐁, 쾅쾅쾅!

끼릭이가 정령류탄을 쏴댔고 발사된 유탄은 연이어 폭발을 일으켰다.

"끄아악!"

"끼아악!!"

가다메아의 밤 하늘에 식인사자들의 비명과 단말마가 가득했다.

"놈들을 도망치지 못하게 해라!"

"꼭 죽일 필요는 없어! 발만 묶어라!!"

성벽에서 바들바들 떨고 있던 하르페이아 부대원들도 내 활약에 용기를 낸 건지, 어느새 전투에 참여하고 있었다.

하르페이아들에게 식인사자의 가죽을 뚫을 수단은 없었으나, 발을 묶을 수단은 있었다. 정확히는 날개를 묶는 거지만 뭐 어떠랴. 식인사자보다 빠른 비행 속도와 방향 전환 능력을 이용해 머리 위에서부터 그물을 던져 포박하는 것이 바로 그 수단이었다.

도망치던 식인사자들은 순간적으로 추락하긴 했지만 곧 그 괴력으로 그물을 끊어버릴 수 있었다. 이렇게 말하면 별 의미가 없어 보이긴 하지만, 한 번 멈칫하게 하는 것으로 충분했다.

"좋아, 잘했다!"

내가 직접 강습해 추락한 식인사자의 목에 칼집 하나 넣어주는 데에는 그 정도 빈틈이면 충분했다. 멈칫멈칫하던 하르페이아들은 내 치하를 듣고 환하게 웃었다.

이런 식으로 손을 맞추다 보니 합이 맞아들기 시작했고, 하르페이아들은 눈치 빠르게 도끼나 보주의 궤적을 피해 반대쪽으로 도망치는 식인사자들을 노려 그물을 던져대었다.

좋아, 효율이 오른다!

나는 계속해서 던지고 베고 쏴대었다.

식인사자들은 실로 필사적으로 도주하려고 했고, 이것들을 다 잡는 건 무리인 게 맞았다.

하지만 나는 행복했다.

─죽음을 극복하셨습니다.

─죽음을 극복하셨습니다.

─그냥 나중에 한꺼번에 정산해서 말씀드리겠습니다.

행복할 수밖에 없었다.

"그래라!"

*　　　　　*　　　　　*

긴 밤이 지나 동이 트고 있었다.

전쟁은 끝났다.

가다메아의 승리였다.

날개 달린 식인사자들은 1,000마리나 되는 병력을 동원해 가다메아를 겁박했지만, 그중에 살아 돌아간 수는 채 절반이 되지 않았다.

식인사자들의 시체가 가다메아 성벽 아래에 그득히 쌓였고, 그 피가 사막을 붉게 적셨다.

물론 대가 없이 이런 승리를 거둘 수 있는 것은 아니었다.

우선 배가 엄청나게 고팠다. 속성력을 너무 많이 쓴 탓이었다.

그뿐일까. 끼릭이를 하도 쏴대서 정령력도 바닥이고 영력도 거의 다 썼다.

성법으로 회복을 계속 한 탓에 체력은 아직 남아 있었지만 정신력과 집중력은 어쩔 수 없었다.

머리가 멍했다.

하지만 보람은 있었다.

─축하드립니다, 새 주인님. 계좌에 1,860루블이 모였습니다.

"하하, 열심히도 잠았네."

가다메아에 들어오기 전에는 잔고가 1,000루블노 안 됐던 걸로 기억하는데, 어느새 2,000루블에 육박하는 금액이 됐다. 그 고생을 한 보람이 있는 셈이다.

비단 루블 수입만이 나를 고무시키는 않았다.

등 뒤, 성벽에서 가다메아의 시민들이 외치는 우레와 같은 환호성이 들렸다.

승리의 함성이다.

―화답해 주시죠.

라플라스의 말에, 나는 사람들을 향해 손을 들어 올려 보였다.

그러자 함성은 조금 전보다 몇 배로 커졌다.

"나쁜 기분은 아니구먼."

나는 웃으며 다시 가다메아를 향해 걷기 시작했다.

내가 가다메아의 성문에 닿을 때까지 함성은 멈출 줄을 몰랐다.

＊　　　　＊　　　　＊

"이럴 수가……!"

가니메디아는 놀라서 입을 다물지 못했다.

잭 제이콥스의 전투는 그에게 있어 놀라움의 연속이었다.

망령의 무리를 기이하고 이상한 폭발로 녹여 버리는 것은 충격적이긴 했으나 아예 불가능한 일은 아니리라 생각했다.

여러 마리의 식인사자 우두머리에게 포위당하고도 단 두 호흡만에 모조리 쓰러뜨리는 건 상식의 영역은 벗어났으나 상상의 영역 안에는 있었다.

그러나 이런 상황은 전혀 예견하지 못했다.

"왕을… 처치하시다니!!"

그도 그럴 법했다. 가다메아 역사에 기록된 식인사자의 왕은 그야말로 신화적인 존재였으니.

식인사자의 힘줄로 만든 발리스타로도 그 가죽에 작은 생채기 하나 내지 못하고, 칼날의 주인이 나서도 그저 물리치는 것이 고작. 그나마 자신의 안위를 중히 여기는 왕의 습성을 이용해 쫓아내는 것이 가능할 정도라고 기록될 정도였다.

그래서 가니메디아 또한 잭 제이콥스에게 딱 그만큼만 기대했다.

왕을 쫓아내기만 한다면 향후 몇십 년간은 식인사자 무리 전체가 몸을 사릴 테니, 그동안만이라도 가다메아는 다시 사막 무역의 중계 거점으로서의 위상을 되찾을 수 있게 될 터였다.

이것만으로도 가니메디아는 만족할 생각이었다.

아니, 만족이라는 것도 지나치게 오만한 표현이다. 이미 가니메디아와 가다메아는 잭 제이콥스에게 넘치는 은혜를 입었다. 여기서 뭘 더 바라는 게 이상하다.

그저 왕에게 도시를 침략당하면 파멸적인 피해를 입을 테니, 아무쪼록 시민들의 목숨만이라도 구해주셨으면 한다는 게 가니메디아가 잭 제이콥스에게 품은 소망이었다.

그런데 왕을 물리치는 것으로도 모자라, 사냥해 버리다니?

그것도 아슬아슬하게 해치운 것도 아니다. 일방적으로 농락하다 죽여 버린 후, 왕을 잃은 잔당들까지 도륙해 버리는 그 노습은 마치……!

"전설적인, 영웅……!"

전설이라는 표현도 모자라다. 그들의 눈앞에서 벌어진 광경은 실시간으로 쓰인 역사이자, 서사시의 한 대목이었다. 도시에 머문 음유시인이 하나라도 있다면, 향후 백 년간은 오늘 밤의 전투를 소재로 노래를 부르리라. 가니메디아는 그렇게 직감했다.

그리고 가니메디아는 모종의 결심을 했다.

"…저분을 우리의 군주로 모셔야 합니다."

그것은 바로 가다메아의 최고지도자이자 권력자의 자리를 내려놓겠다는 결심이었다.

*   *   *

전후 처리.

인간 군대가 상대였다면 항복 선언을 받는 것부터 시작해서 영토를 할양받고 배상금을 요구하고 포로를 교환하는 등의 절차가 오갔겠지만, 상대가 식인사자다 보니 이야기가 단순해졌다.

포로는 없고, 전리품은 500두 가까이 되는 식인사자 시체다. 복잡할 게 없었다.

그중에 상당수가 우두머리였고, 따라서 꽤 높은 확률로 정수를 얻을 수 있었다. 그중에 하이라이트는 왕의 시체로, 이번에는 주사위를 잘 굴렸는지 왕의 정수를 두 개나 얻을 수 있었다.

—우두머리 중에 왕의 후계가 섞여 있었나 보네요.

잡은 왕은 하나인데 왜 왕의 정수가 두 개 나오나 싶더니, 하나가 왕자였던 모양이다.

—새 주인님께서는 운이 좋으십니다.

"강조 안 해도 알아."

일단 특별히 가치가 더 높은 왕과 왕자의 시체는 그냥 내 각성창 안에 입고시켰다. 대가리가 날아가고 날개도 잘리긴 했지만 뭐, 나중에라도 어디다 쓸 데가 있겠지. 그렇게 믿고 있다.

남은 시체는 가다메아에 떠넘길 생각이다. 너무 양이 많아서 가치가 좀 떨어지겠지만 뭐, 그 정도는 감안해야지.

그런 생각으로 가니메디아를 찾아갔더니, 아주 의외의 제안이 들어왔다.

"왕이요?"

"그렇습니다. 감히 청컨대, 이 가다메아의 주인이 되어주셨으면 합니다."

사실 생각할 필요도 없는 일이었지만, 나는 잠깐 생각하는 척 했다.

"죄송합니다만 받아들일 수 없는 제안이로군요."

"네?!"

저렇게 당황하는 걸 보니, 가니메디아는 자신의 제안이 거절당할 거라고는 눈곱만큼도 생각하지 않았던 모양이다.

하지만 나로서는 가니메디아의 제안을 거절할 수밖에 없었다. 내 인생의 목표는 뭐 어디 대단한 권력이나 안온한 일상이 아니라 트레저 헌터로 끝을 보는 거니까. 세계 곳곳의 유적을 찾아 떠돌아야 하는 내가 왕관 같은 거나 쓰고 앉아 있을 수는 없다.

그렇다고 이런 이야기를 늘어놔 봐야 분위기만 망치겠지. 게다가 지금의 나는 트레저 헌터가 아닌 방랑 신관 잭 제이콥스다. 지금의 신분에 맞는 이야기를 해야 한다.

따라서 나는 목을 한번 가다듬고 눈을 반쯤 감아 최대한 경건한 분위기를 자아내며 말했다.

"저는 제 몸과 마음을 신께 바쳤습니다. 신을 위한 순례를 계속해야 하기 때문에, 속세의 권력을 탐할 수는 없습니다."

유적과 유물은 탐하지만.

굳이 이런 말을 지금 꺼낼 필요는 없으리라.

"그, 그럼 대체 저희는 어떻게 이 은혜를 갚아야 한단 말입니까?"

그러자 가니메디아는 거의 울먹이면서 말했다. 보아하니 내게 군주 자리를 넘기고자 했던 건 진심이었던 모양이다.

여기서 쿨하게 '갚지 않으셔도 됩니다'나 '후대에게 갚으십시오.' 같은 소릴 하는 건 간단하지만, 내게는 간단한 일이 아니었다. 대신해서 뭘 받을까 생각하는 내가 따로 있었기 때문이다.

그래서 뭘 받을까 생각하고 있으려니, 가니메디아가 먼저 품에서 뭔가를 꺼내보였다.

"그럼 이거라도 받아주십시오."

"이게 뭡니까?"

"가다메아의 주인의 증표입니다."

"아니, 저는……."

나는 곧바로 손을 내저었으나, 가니메디아는 고개를 저으며 말했다.

"아뇨, 이건 단순한 선물입니다. 저희의 주인이 되지 않으셔도 상관없습니다. 그저 선물로 받아주십시오. 그리고 언제든… 순례를 하시다 쉴 곳이 필요하시다면 가다메아에 와주시기 바랄 뿐입니다."

가니메디아의 목소리는 절절했다.

가니메디아에게서 건네받은 이 [가다메아 주인의 증표].

과거에는 정말로 이걸 가져야만 가다메아의 통치자가 될 수 있었던 시절도 있었다고 한다.

하지만 현대에 이르러선 단순한 증표의 소유 유무보다는 주술 실력이 더 중요하게 평가되었기에 그저 상징물 비슷한 것으로 남아 있을 따름이다.

그럼에도 불구하고 증표에는 상징성이 있을 수밖에 없다. 어쨌든 쌓아온 역사가 있으므로.

그러니 사실 안 받고 넘어가는 게 깔끔했겠지만, 내가 이 증표를 받아 든 이유는 따로 있었다.

유물이었기 때문이다.

그것도 단순한 유물이 아니었다.

─그거 좋은 겁니다.

좋은 거란다.

아니, 넣어놓고 좋다고만 하면 뭘 어쩌라고? 그런데 자세한 걸물으면 루블 달라고 하겠지? 어차피 각성창 안에 넣으면 알게 될텐데 뭐 하러 생돈을 날리겠는가?

그런데 각성창 안에 넣으려면 먼저 이걸 받아야 한다.

받을 수밖에 없는 구조였다.

'……!!!'

받아서 슬쩍 각성창에 넣어보고, 나는 느낌표를 세 개 띄울 수밖에 없었다.

증표의 기능은 입에 물고 있으면 물속에서도 숨을 쉴 수 있는 능력을 부여하는 것이었다. 물론 트레저 헌터인 나는 굳이 입에 물 필요는 없었다. 각성창 안에 넣어두고 기능만 뽑아서 쓰면 된다.

더불어 물속에서 피부에 닿은 물의 움직임을 어느 정도 제어하는 기능도 붙어 있었다.

통제할 수 있는 물의 양은 많지 않고 통제 범위도 넓지 않아서 공격적으로 쓰기는 쉽지 않았지만, 몸 주변의 물을 바로바로 흘려보내 일종의 추진제처럼 쓰는 건 가능해서 쓸모 있어 보였다.

마지막으로 이건 좀 덤 같지만, 물 밖에서는 피부에 닿은 물을 날려 보내 몸을 빨리 건조시킬 수도 있다.

좀 수수하긴 해도 기능이 세 개나 붙어 있으니 좋긴 좋은 유물이다. 그래, 다 좋은데…….

'왜 사막 한가운데서 이런 게 나오냐?'

─유료입니다만…….

'유료라면 어쩔 수 없지.'

나는 대충 넘어가기로 했다. 이 정도야 뭐 늘상 있는 일이다.

─나중에 알게 되실 겁니다.

게다가 라플라스가 의미심장하게 말하는 걸 들어 보니 굳이 루블을 쓸 것도 없어 보였다.

증표에 너무 정신이 팔려 있었다. 아직 가니메디아와의 대화가 끝나지 않았다.

내가 증표를 받아 들자 가니메디아는 이상하게 안도한 표정을 지으면서 이런 말을 했다.

"그건 제가 억지로 안겨 드린 것이나 마찬가지니, 보답은 따로 해드리는 것이 맞겠습니다."

이러면서 금화 한 상자를 더 꺼내더라.

"됐습니다, 이제 금화는. 여행길에 무거울 따름입니다."

물론 이건 그냥 하는 소리다. 각성창이 있는데 고작 금화 한 상자 더한다고 몸이 그렇게 무거워지겠는가?

"그, 그럼 무엇으로 보답을 해드려야 할지……."

단지 내가 따로 원하는 게 있었기 때문이었다.

'라플라스.'

ㅡ네, 새 주인님.

'내가 다른 방법으로 비행 주술을 배워두면 루블로 지불할 가격도 깎이겠지?'

ㅡ그렇습니다.

라플라스의 목소리에선 약간의 떨떠름함이 느껴졌다. 그렇다면……!

"정 그러시다면 제게 비행 주술을 가르쳐 주십시오."

이카로사를 타고 날면서 확실히 느낀 게 있다.

역시 날아다니는 건 좋다.

하늘을 날아다닐 수 있다면 저 고역스러운 사막도 편하게 빠져나갈 수 있게 될 터였다. 말이나 낙타를 구하는 수고도 덜 수 있을 테고, 대현자가 유적 자리로 애용하는 절벽에도 쉽게 갈 수 있게 될 거다.

괴도 늑대거미 가면의 글라이더가 각성창 안에 남아 있긴 하지만, 이걸 이동 수단으로 활용하기에는 결점이 많다.

글라이더는 기본적으로 바람을 타야 하는 물건이다. 그리고 높은 곳에서 낮은 곳으로의 활강이 기본이다. 기류를 잘 타면 상승할 수도 있다지만, 그러려면 상승기류가 있는 곳을 찾아다녀야 한다.

시티 오브 페르핀에서는 참 잘 써먹었지만, 기본적으로 낯선 곳으로 계속 이동하게 되는 내게는 별로 적당하지 않은 수단이다.

그에 비해 비행 주술은 정말로 새처럼 날아다닐 수 있게 해준다. 고도조절도 상대적으로 쉽고, 급강하나 고속 선회 등의 곡예비행도 어느 정도 가능하다.

딱 봐도 되게 유용해 보인다. 괜히 이 주술 하나로 가니메디아가 이 어린 나이에 가다메아의 통치자 역할을 떠맡을 수 있게 된 게 아니라고 느껴질 정도로.

"비행 주술 말씀이십니까?"

"네. 한 번쯤 하늘을 날아보고 싶었거든요."

나는 강하게 고개를 끄덕였다.

그러자 가니메디아는 망설임 없이 흔쾌히 고개를 끄덕였다.

"구원자님께서 원하신다면 그렇게 하겠습니다."

그런데 구원자님은 또 뭐람. 내가 이상하게 여기고 있을 때였다.

─이건 좀 놀랍군요.

그때, 라플라스가 끼어들었다.

'잉? 왜?'

─사실 새 주인님께서 알려달라고 하신 주술은 가다메아 권력의 원천이요, 대주술사 후계자에게만 전승하는 비의입니다. 그걸 외인에게 전승하다니. 가다메아 군주의 좌를 이양하겠다는 발언은 진심이었던 것 같네요.

라플라스는 정말 놀랐다는 듯 말했다. 그런 녀석의 말에 나는 고개를 갸웃거렸다.

'하지만 대현자는 이 주술에 대해 알고 있었잖아?'

─네, 억지로 알아냈죠. 자세한 방법은 유료입니다만……

들어봤자 불쾌해지기만 할 이야기를 굳이 루블을 써서 들을 생각은 없었다.

더욱이 가니메디아가 뭐라고 더 말하고 있었다.

나는 라플라스에게 대꾸하지 않고 가니메디아 쪽으로 주의를 돌렸다.

"그 외에 또 원하시는 건 없으신지요?"

아무래도 가니메디아는 일인 전승의 비의를 넘겨주는 것만으로는 부족하다고 생각한 모양이었다.

"지금은 특별히 생각나는 건 없습니다."

"필요하신 게 생기면 또 말씀해 주십시오. 최선을 다해 구해보도록 하겠습니다."

하얗게 웃는 가니메디아를 보며, 나는 섣불리 아무거나 요청하지는 말자고 마음을 굳혔다.

* * *

며칠 후.

―새 주인님께서는 주술에까지 재능이 있으시군요.

라플라스가 내게 말했다.

'그러게. 나도 몰랐는데.'

나도 지구에는 없는 정령법과 주술에 재능을 보이는 이유를 모르겠다. 지구의 김연준은 진짜로 태어날 세계를 잘못 골랐던 거려나.

아니, 사실 지구에도 정령법과 주술이 있었을지도 모른다. 내가 몰랐을 뿐이지, 지구의 각성자 중에 비슷한 능력을 지닌 놈들이 있었을지도.

그런데 그게 무슨 상관인가? 내 각성창은 트레저 헌터의 그것이었으니, 어차피 정령법이나 주술 비슷한 것조차 사용 못한다.

즉, 어느 쪽이건 의미가 없는 것은 같다.

그러나 이 세계에서는 의미를 빚어냈다.

라플라스라는 조력자와 대현자가 남긴 지식 및 능력, 그리고 가다메아의 대주술사로부터 주술 강습을 받는다는 이 기연이 나의 숨겨져 있던 재능을 개화시켰다.

"잘하셨습니다, 구원자님."

그 결과가 이것이다.

"비행 주술의 전수에 이 정도밖에 안 걸릴 거라고는 상상도 못했는데……. 제가 섣부른 생각을 했군요. 역시 구원자님이십니다."

정작 날 가르친 가니메디아는 그리 크게 놀란 기색이 없었다. 아무래도 이 사람은 나에게 불가능 같은 건 없다고 믿는 모양이었다.

그거야 뭐 아무튼.

"감사합니다, 스승님."

"부디 말씀 낮춰주십시오, 구원자님."

나야말로 구원자님이라는 칭호를 없애보려고 그렇게 노력했지만 귓등으로도 안 처듣더라.

구원자님은 구원자님이시므로 구원자님이라고 말씀드릴 수밖에 없습니다, 라는 오히려 전보다 구원자님이라는 단어를 세 배 더 넣은 반론을 하며 고치지 않았다.

하긴 뭐, 객관적으로 봐도 내가 없었으면 가다메아가 멸망했을 테니 구원자이긴 하지.

그래서 내가 먼저 손을 들긴 했다. 그냥 구원자님이라는 칭호를 받아들이기로 한 거다.

대신 나도 가니메디아에게 높임말을 쓰는 것을 그만두지 않았다. 가니메디아는 여전히 포기하지 않고 말을 낮추라는 소릴 입에 달고 실았지만 나는 듣지 않았다.

양보는 한 번이면 족하다. 두 번은 없다.

"너도 고생 많았다, 이카로사."

나는 그동안 비행 주술의 비행 사범이 되어 준 이카로사에게 도 감사 인사를 전했다.

비행 주술은 주술을 받는 대상 또한 따로 훈련을 받아야 했 기에, 나 자신에게 비행 주술을 직접 걸 생각이었던 나는 그 훈 련도 직접 할 필요가 있었다.

하지만 크게 걱정할 필요는 없었다.

"별말씀을 다 하십니다, 구원자님. 제가 도움이 되었는지조차 의문일 정도입니다."

아주 의외인 일이었지만, 나는 비행에도 소질이 있었기 때문이 었다.

정확히는 내가 아니라 루브스 페르핀의 정보를 다운로드받을 때 딸려온 글라이더 탑승 기술이 비행 주술을 통한 비행과 그다 지 다른 점이 없었다.

물론 글라이더와 달리 날아오를 때 내 두 팔에 달린 날개를 스스로 펄럭여 몸을 띄우거나 착지할 때 날개를 제어하는 법 등, 배워야 할 것도 적지는 않았으니 이카로사의 역할이 아주 없 지는 않았다.

그런데 그러한 기술도 나는 금방 습득할 수 있었다. 어쨌든 날개를 충분히 세게 저을 힘과 약간의 요령만 있다면 쉽게 터 득할 수 있는 기술이었고, 나는 내 육체를 강화할 수단을 다 양하게 갖추고 있던 덕분이었다. 어지간하면 힘으로 다 해결이 됐다.

덤으로 [트레저 헌터의 몸놀림 2]의 덕도 많이 봤다. [방향 전 환]이 도움이 많이 될 건 예상했던 바지만, 몸놀림으로 합쳐지면서 [비행] 같은 게 붙어 나왔다고 말해도 의심 없이 믿을 정도였다.

"원래 비행 기술을 배울 때는 어려서부터 10년, 길게는 15년 정도의 훈련을 필요로 합니다만 구원자님께서는 이 모든 기술을 불과 수일 만에 습득하셨으니 놀라운 일입니다. 아, 재능도 재능입니다만 구원자님의 육체가 이미 충분히 단련된 덕입니다."

이카로사의 눈빛에도 존경과 흠모가 묻어났다.

아, 부담스러워.

아무튼 비행 전문가인 이카로사도 이렇게 말할 정도다. 역시 [몸놀림]에 뭔가 더 붙어 나온 게 맞는 거 같지? 아니면 뭐, 그냥 내 재능인 거고.

*   *   *

모두가 잠든 한밤중.

나는 홀로 가다메아의 오아시스를 향해 조용히 움직였다.

모두가 잠들었다고는 해도, 가다메아에도 도시의 밤을 지키는 야간 경비 정도는 있다. 하지만 내가 경비들의 교대 시간을 정확하게 파악하고 있는 고로 이 주변엔 정말로 아무도 없었다.

뭐, 설령 누가 보고 있더라도 상관없었다. 이미 흑법으로 몸을 숨기고 있기 때문에.

아니, 그 이전에 내가 굳이 이렇게 몰래 숨어 다닐 이유가 없었다. 뭘 훔치러 가는 것도 아니거니와 뒤가 켕길 짓을 하는 것도 아니니까.

"그냥 말하고 다녀와도 되지 않을까?"

그럼에도 불구하고 비밀스럽게 움직이는 건 라플라스의 조언이 있었기 때문이다.

─모르는 게 복이라는 말도 있지 않습니까?

대체 유적 속에 뭐가 있기에 이런 소릴 하는 걸까?

아, 그렇지. 지금 와서 말하기에는 조금 늦은 것 같지만, 이 가다메아는 유적이 하나 더 있다.

아니, 애초에 가다메아의 지상 부분은 라플라스가 말하는 '던전'이 아니었다. 그저 트레저 헌터인 내게 유적이었을 뿐, 대현자에게는 사소한 유물 몇 개 챙길 수 있는 '마을'에 더 가까웠을 것이다.

그러니 이 지하 유적이야말로 내가 가다메아에 방문하게 된 본래 목적이라 할 수 있었다.

"아니, 정말 아무도 모른다고?"

한 가지 놀라운 점은 가니메디아를 비롯한 가다메아 사람들이 이 도시의 지하에 존재하는 유적에 관해서 전혀 모른다는 것이었다.

"어쩌다 그렇게 된 거야?"

─조금 긴 역사 이야기가 됩니다만…….

라플라스가 '조금 긴'까지 이야기했을 때, 나는 이미 내 호기심을 죽일 준비를 마쳤다.

"그럼 됐어. 몰라도 될 것 같다."

─사실 유료 정보도 포함되어 있는 이야기라서요. 유적 탐사를 진행하신 후에나 말씀드릴 수 있을 것 같습니다.

"그렇구나. 그럼 몰라도 될 것 같다."

왜 같은 대답을 두 번 되풀이하게 만들지? 나는 굳이 묻지 않았다. 물어봤자 판촉이나 한 번 더 듣고 말겠지.

─물론 유적 공략을 구매하신다면 지금 당장에라도 들으실 수 있게 됩니다만…….

묻지 않아도 들어야 했다는 건 몰랐지…….

"일단 들어가 보고 생각하자고."

─루블도 많으시면서…….

"아, 시끄러."

지금 당장 지갑에 돈이 얼마 있든, 사람은 본래의 씀씀이를 좀처럼 버리지 못하는 법이다.

*　　　　*　　　　*

가다메아 성채의 중앙에 자리 잡은 저수지. 저게 바로 가다메아의 오아시스였다. 유적의 입구는 이 오아시스 저수지의 밑바닥에 있었다.

"여기가 유적 입구라고?"

─그렇습니다.

밤이라 그런지 물은 시커멓게 보였고, 바닥은 보이지도 않았다. 딱 보기에도 굉장히 깊어 보였다.

"자맥질을 해야겠군."

숨을 참는 건 문제가 안 됐다. 바로 며칠 전에 얻은 가다메아 주인의 증표를 쓰면 그만이니까. 더욱이 내게는 피식이도 있다.

"아무튼… 가보자고."

나는 차디찬 물속으로 몸을 던졌다.

물속으로 들어가도 물 안에 아무것도 안 보이는 건 여전했다. 그냥 시커먼 게 먹물을 풀어놓은 듯 보였다.

위기 감지는 조용했지만 역시 아무것도 안 보이는 건 좀 불안 했기에, 흑법 어둠 꿰뚫어 보기로 시야를 확보하기로 했다.

'와, 깊어.'

어둠 속을 꿰뚫어 볼 수 있게 되자 오히려 깊이가 더 실감이 났다. 흑법은 분명히 작용하고 있음에도 시야 끝은 시꺼멓게 보인 탓이었다.

20m쯤 물 아래로 내려가자, 드디어 바닥이 보였다. 벽돌로 만들어진 바닥은 시커먼 퇴적물이 쌓여 있었다. 시야 끝이 꺼멓게 보인 건 이 탓인 듯했다. 그리고 샘물이 시커먼 퇴적물 사이를 비집고 뽀글뽀글 샘솟고 있었다.

바닥의 묵직한 퇴적물을 치우자, 그곳에 유적의 입구가 보였다.

황동으로 만들어진 묵직한 문. 20m쯤 되니 물의 무게만 해도 상당해서 문을 여는 건 보통 힘으로 안 된다.

하지만 내 힘이 어디 보통 힘인가. 나는 어렵지 않게 문을 열었다.

문을 열자마자 문이 열린 틈으로 갑자기 소용돌이가 발생하며 내 몸을 힘껏 빨아들였다.

나는 저항하지 않았다. 내가 문 안으로 들어서자마자 내 뒤로 황동문이 다시 굳건히 닫히는 것이 보였다.

물의 압력은 나를 계속해서 밀어내었고 그 탓에 내 몸은 수로가 굽이질 때마다 벽에 마구 부딪혔으나 외력과 내력을 동원해 몸을 지키고 있었던지라 큰 상처는 입지 않을 수 있었다.

그렇다고 이게 유쾌한 경험이 될 수는 없었다. 피해가 없든 말든 아픈 건 아픈 거니까. 대체 언제까지 이 수로가 이어지는 거지?

그런 의문이 들 때가 되어서야 비로소 물의 압력이 약해지기 시작했다.

'도착한 거로군.'

―그렇습니다.

눈을 빛낸 나는 곧장 수면을 향해 헤엄치기 시작했다.

물속에서는 위아래가 잘 구분되지 않았지만, 몸의 힘을 빼고 떠오르는 방향을 선택했으니 아마 맞을 것이다.

맞겠지?

"쿨럭, 우웩!"

수면 위로 나올 수 있게 되자마자 한차례 물을 토해낸 다음에 나 나는 긴 한숨을 내뱉었다.

증표의 기능으로 물속에서 숨을 쉴 수 있게 되긴 했지만, 그렇다고 입안에 물이 안 들어가는 건 아니었다. 오히려 물은 실컷 먹었다.

"어휴, 꽤 고생했네."

춥기도 추웠지만 물속이라는 생소한 환경 때문에 긴장한 탓이 컸다.

─죽음을 극복하셨습니다.

그럼 그렇지. 카를이 여기서 안 죽었을 리가 없다. 익사를 했든, 물의 압력 때문에 어디 잘못 부딪혔든, 죽을 이유는 얼마든지 있었다.

"그래, 알았다. 고맙다."

나는 라플라스에게 빈말을 던지곤 주변을 둘러보았다. 자연 동굴이 아닌, 벽돌을 쌓아 올려 만든 인공적인 통로였다.

"과연, 이건 유적이로군."

물론 통로만 보고 안 건 아니다. 내 각성창 안에 생겨난 탐사일지가 이곳의 정체를 알려주고 있었다.

─공략을 구매하시겠습니까?

"일단 조금 더 둘러보고 결정하지."

이미 몇 번 사서 효용도 본 마당에 아예 안 사겠다고 하기엔 조금 그렇다. 나는 구매 결정을 뒤로 미루고 통로를 따라 걷기 시작했다.

"통로가 그리 넓진 않군."

나 혼자 걷기에 좁지는 않으나, 몬토반드의 왕검을 쓰기는 힘들 것 같았다. 따라서 나는 오랜만에 몬토반드의 검을 꺼내 들었다.

그렇게 칼을 손에 쥐고 코너를 돌 때였다.

"키이이!"

"기익, 기기긱."

나는 괴생명체와 조우했다. 머리가 생선 대가리에 사람처럼 직립보행을 하고 개구리 같은 손발을 지녀, 손에는 무기를 든 괴이한 족속이었다.

'라플라스!'

—유료입니다.

'딜!'

—1루블을 지불하셨습니다. 저놈들의 이름은 사막어인입니다.

사막어인? 사막에 사는 물고기 인간? 확실히 물고기가 인간으로 진화하면 저런 느낌이리라는 생각은 들었다.

—이름과 달리 양서류에 가까운 족속으로 아가미호흡과 피부호흡이 둘 다 가능합니다. 다만 피부가 마르면 죽습니다.

'사막어인인데?'

—뭐, 사막지역에 사는 물고기 인간인 건 맞으니까요.

내가 그렇게 라플라스의 설명을 듣고 있으려니, 두 사막어인은 서로 눈짓하더니 벌떡 일어나 괴성을 지르며 내게 달려왔다.

"꿰에에에엑!"

"꾸아아아악!!"

"이거 공격해 오는 거 맞지?"

—네, 그렇습니다.

나는 몬토반드의 검을 슥슥 움직여 두 놈의 목구멍에 구멍을 하나 더 내어주었다.

"꾸악!"

"깨액!"

─죽음을 극복하셨습니다.

"…카를은 어떻게 이런 놈들 상대로 죽을 수가 있지?"

하긴 고블린 상대로도 죽은 적이 있는데, 거의 사람 크기인 사막어인에게 죽었다고 이상하게 여기는 것도 좀 그렇긴 하다.

─잘하셨습니다. 잘못하셨으면 저놈들이 새 주인님의 시체에 알을 낳는 걸 볼 뻔했습니다.

"…그 꼴을 보느니 차라리 잡아먹히는 게 낫겠다."

나는 치솟는 구역질을 견뎌내며 놈들의 배를 갈랐다. 혹시 정수가 나올까 해서 해본 짓이었다.

─아, 사막어인에게서 얻을 수 있는 건 따로 없습니다. 따로 챙겨 온 식량이 없다면 살을 저며 구워 드실 수는 있습니다만, 대현자께서는 진흙 같은 맛이 난다고 기록해 두셨습니다.

"그걸 먼저 말해."

라플라스의 뒤늦은 첨언에. 나는 몬토반드의 검에서 피를 닦아 내며 신경질적으로 대꾸했다.

아니, 이걸 내가 닦을 필요가 없지? 난 변신 브로치로 검을 집어넣었다가 도로 꺼냈다. 검은 깨끗해졌다.

─그보다 이제 왜 지상의 가다메아 시민들이 이 유적의 존재를 몰랐는지 말씀드릴 수 있을 것 같군요.

"흠, 어인들 때문인가?"

─그렇습니다.

라플라스는 본래 이 가다메아의 주인이 어인들이라 밝혔다.

고대 제국이 성립되기도 전, 이 도시의 이름이 가다메아조차 아니었을 시절. 오아시스의 물이 지금의 가다메아를 가득 채울 정도로 수위가 높았을 시대의 이야기.

그러나 시간이 흘러 사막이 더 커지고 오아시스의 수위가 크게 내려갔을 때, 인간들이 찾아와 오아시스 위에 도시를 세웠다. 이것이 흔히 알려진 가다메아의 시초다.

"뭐야, 그럼 어인들이 이 유적을 만들었다는 거야?"

─지상의 유적은 인간들이 만들었고, 지하… 수중의 유적은 어인들이 만들었죠.

"그럼 지상의 인간들이 유적의 존재를 모를 만도 하네."

나는 고개를 끄덕였다.

"그럼 사람들에게 유적의 존재를 알리지 않아야 된다는 건?"

─발밑에 이런 게 존재한다는 걸 알아서 좋을 가능성은 3% 정도입니다.

라플라스의 설명에 의하면 이 유적은 가다메아의 선조들에 의해 완전히 봉인되어 지상의 존재와 수중의 존재가 조우할 가능성은 봉쇄된 상태라고 한다.

하지만 이 유적의 존재를 알게 되면? 봉인이 다시 풀리겠지. 그리고 97%의 확률로 그건 가다메아에 악재로 돌아오게 될 것이라고 한다.

"이 증표의 의미도 이제야 좀 알겠군."

나는 각성창에 잠들어 있는 가다메아 주인의 증표를 떠올리며 말했다.

—네, 고대에는 사막어인과 싸울 수 있는 자만이 가다메아의 주인이 될 자격을 얻었으니까요. 이제는 아니지만… 그땐 그랬죠.

힘들고 긴 싸움 끝에 가다메아의 선조들은 사막어인들을 거대한 황동문 밑에 봉인했고, 이제 이 증표는 쓸모없는 물건이 되었다. 적어도 가다메아의 통치에 도움이 될 물건은 아니다.

"그런데 상대해 본 입장에선 사막어인들이 이런 유적을 만들 수 있을 정도로 머리가 좋아 보이지는 않던데."

—퇴화라고 아십니까?

"이해했다."

슬슬 기분도 괜찮아졌고 라플라스의 더 긴 강의를 듣고 있을 생각은 없었기 때문에, 나는 엉덩이를 툭툭 털고 일어났다.

"자, 그럼 더 가볼까?"

나는 탐사를 계속했다.

그러나 그것도 오래지 않게 끊겼다.

"뭐야, 길이 없잖아?"

막다른 길이 나왔다. 이제까지 다른 갈림길이 있었던 것도 아니고, 트레저 헌터의 직감이 반응하지도 않았다. 그럼 뭐지?

—구입하시겠습니까?

"아니, 설마……."

나는 막다른 길에 차올라 있는 물을 바라보았다.

"또 물속으로 가야 한다는 거야?"

—구입하시겠습니까?

"젠장."

어느새 앵무새가 되어버린 라플라스의 판촉을 무시하고, 나는 물속으로 몸을 던졌다. 아나나 다를까, 시커먼 물속으로 길이 이어져 있었다.

더 이상 물을 먹기는 싫었기 때문에, 나는 그냥 피식이를 소환해 정령 합일을 하기로 했다. 물론 산소중독은 무서웠으므로 증표의 기능도 같이 켜고.

나는 물속으로 이어진 길을 따라가 보았다.

그때였다.

"……!"

위기 감지가 반응해 뒤를 돌아보니 뭐가 날아오고 있었다. 나는 칼을 휘둘러 그걸 쳐 냈다. 물속이라 움직임이 조금 느렸지만 쳐내는 것 자체에는 문제가 없었다.

안전을 확보한 후 시선을 돌려보니 사막어인들이 이쪽을 향해 빠른 속도로 다가오고 있었다.

뭐냐, 어뢰냐?

나도 증표의 두 번째 기능으로 물을 추진제처럼 써서 도망치려고 해보았지만 딱 봐도 속도 차가 너무 난다. 하는 수 없이 나는 칼을 겨누고 전투태세를 취했다.

그제야 나는 증표의 위력을 실감했다. 피부에 닿은 소량의 물만을 다루는 증표의 두 번째 기능은 수수했지만 왜 이것이 주인의 증표인지 알기에 부족하지 않았다.

의식적으로 수류를 다루려고 집중하는 것보다는, 그냥 지상에서처럼 움직이려고만 해도 증표는 바로바로 반응해 수었다. 이 덕에 나는 물의 저항을 무시하고 칼을 자유로이 휘두를 수 있게 되었다.

그럼 뭐, 끝났지.

끝!

—물속에서 어인들을 상대로 근접전을 승리하시다니, 이건 좀 반칙이네요.

"카를은 여기서 안 죽었었냐?"

—죽음을 극복하셨습니다.

그럼 그렇지.

나는 물에서 몸을 꺼냈다. 물속에 어인들의 피가 섞여서 그런지 몸에서 비린내가 났다.

"라플라스."

—말씀하십시오.

"나 여기가 싫어졌다."

—대현자님께서도 그러셨습니다.

그러냐.

그렇다고 여기서 탐사를 포기하고 유적에서 빠져나갈 내가 아니다.

나는 트레저 헌터니까.

—증표의 세 번째 기능을 써보시죠.

"아, 이거 이럴 때 쓰는 거구나."

나는 몸에 묻은 피 섞인 물을 증표의 기능으로 훅 날려 보냈다.

그리고 이번에는 실망했다.

"그냥 알몸으로 다녀야겠군."

피부는 뽀송뽀송하게 말릴 수 있어도 옷은 말릴 수가 없었다!

"변, 신."

물론 [변신 브로치]를 쓰면 해결되는 문제긴 했지만.

＊　　　＊　　　＊

얼마 후.

"라플라스."

―네, 새 주인님.

"나는 이 유적이 마음에 들었어."

―대현자님께서도 그러셨습니다.

"그럴 줄 알았어. 하하하하!!"

내가 유적 탐사 초반과 달리 손바닥을 휘리릭 뒤집은 까닭은 간단하다.

보상이 좋았다.

"설마 보물이 나올 줄이야."

―어느 것이 보물인지는 대현자께서도 모르셨지만요.

라플라스도 이제는 익숙해진 듯 놀라지도 않는다. 그런 녀석의 반응이 조금 아쉽다. 하지만 녀석의 반응에 집착하고 있기엔 이번에 얻은 게 너무 많았다.

―[트레저 헌터의 직감 3], [트레저 헌터의 손재주 3], [트레저 헌터의 몸놀림 3], [유물 감식 2]

몸놀림을 3까지 찍었고 유물 감식도 2까지 찍었다.

더 나아진 유물 감식으로는 이제 유물인지 여부만 판별하는 게 아니라, 유물인지 보물인지까지 보기만 해도 알 수 있을 뿐더러, 5초 정도 집중해서 빤히 들여다보면 그것이 지닌 능력에 대해서도 어느 정도 알 수 있게 되었다.

이렇게 2,000점을 추가로 소모했음에도 잔여 탐사 점수는 오히려 더 늘어서 3,010점이 되었다.

이 시점에서 이번 탐사는 이미 성공했다.

그러나 소득은 이게 전부가 아니다. 이번에 얻은 유물들은 그냥 탐사 점수만 주는 잡동사니만 있는 건 아니었다.

가장 인상적인 유물은 물빛의 조막만 한 구슬이다.

이 구슬은 [아가미 구슬]이라는 이름으로, 입에 물고 있으면 물속에서도 숨을 쉴 수 있는 능력을 갖췄다.

"아니, 야."

기능이 중표와 겹치는 건 둘째 치고, 이 유적의 탐사에 가장 필요한 물건이 이 유적에서 발굴되다니.

이건 딱 대현자 테이스트다.

―이곳은 대현자께서 만드신 곳이 아님을 유념해 주시기 바랍니다.

내가 정식으로 따지기도 전에 이미 라플라스의 실드가 쳐져 있었다. 하긴 맞는 말이지. 여긴 사막어인들의 유적이고, 깨라고 만든 던전인 것도 아니었다.

"아니, 대현자가 자꾸 그런 식으로 유적을 디자인하니까……."

—대현자님께서도 이 유적의 그러한 점을 마음에 들어 하셨습니다.

"…그렇구나."

알고 싶지 않았다.

＊　　　　＊　　　　＊

[아가미 구슬] 건은 그냥 해프닝으로 넘길 만한 일이다.

발굴된 유물이 이거 딱 하나인 것은 아니거니와, 어쨌든 기능이 붙은 유물이라 탐사 점수도 얻을 수 있었으니 화를 낼 일은 아니었다.

일단 물의 속성력이 담겨 있다고 하는 사막어인들의 가보가 몇 개 발견되었다.

투명한 보석처럼 보이는 작은 돌인데, 대현자는 이것의 이름을 [사막어인의 눈물]이라고 지었단다.

아, 물의 속성력이 담겨 있다고는 해도 붉은 드레이크의 정수만큼 극적인 변화를 가져오는 건 기대할 수 없다. 이걸 한데 모아서 정제해야 비로소 유의미한 속성력을 얻을 수 있을 정도라고 한다.

그 외에는 손가락만 한 크기의 연명의 돌이 하나 더 발견되었다.

내현자의 유적인 것도 아닌데 기능이 붙은 유물이 이만큼이나 발견된 것도 상당한 성과다.

그러나 이게 끝이 아니다.

막대한 탐사 점수로 이미 눈치챘겠지만…….

이 유적에서는 보물이 출토되었다.

『레전드급 전생자』 5권에 계속…